梁石 编著

贴出人生的祝福

红白喜事对联大全

第三版

中国农业出版社
北京

图书在版编目（CIP）数据

红白喜事对联大全／梁石编著．—3 版．—北京：
中国农业出版社，2018.10（2020.10 重印）
ISBN 978-7-109-23979-1

Ⅰ．①红… Ⅱ．①梁… Ⅲ．①对联－作品集－中国
Ⅳ．①I269

中国版本图书馆CIP数据核字（2018）第 048901 号

中国农业出版社出版
（北京市朝阳区麦子店街 18 号楼）
（邮政编码 100125）
责任编辑　刘宁波　吕　睿
————————————
中农印务有限公司印刷　新华书店北京发行所发行
2004 年 1 月第 1 版　2012 年 7 月第 2 版
2018 年 10 月第 3 版　2020 年 10 月北京第 6 次印刷
————————————
开本：787mm×1092mm　1/16　印张：13.75
字数：275 千字
定价：28.00 元
（凡本版图书出现印刷、装订错误，请向出版社发行部调换）

前言

在中国，从古迄今都习惯于将婚丧嫁娶、生育祝寿、新房上梁、乔迁新居等热闹之事统称为"红白喜事"。

中华民族素有崇尚红色的民间习俗，老百姓认为，红色象征着热烈、喜庆；革命者认为，红色标志着胜利、成功。红色在人们的眼里是一种吉祥美好的色调，看到了红色就看到了光明和希望。由此，派生出了生活中的"红腰带""红兜兜""红灯笼"；工作中的"开门红""月月红""满堂红"；以及经济利益驱动下的"红利""红包"等词语。

至于"白"字，盖出自"丧葬"。因民间以白表孝，以白示素。然而，人死如灯火熄灭，无声又无息，远不能表达人们对死者哀挽的思想感情。只要是寿终正寝，非要奏乐、放炮，甚至唱戏来热闹一番，不知哀焉乐焉？农村上了八九十岁的人死去治丧，被认为是"喜丧"。所以，有邻里专门到丧房索要盖棺布头，名曰"讨吉利"。看来中国老百姓的"乐观"是绝顶到头了，"红白"大事皆为喜事矣！

中国对联这种实用文体，品类诸多，如春联、婚联、寿联、挽联、居室联、名胜联等。从使用的场合、范围以及普及面上讲，除了一年一度"千门万户曈曈日，总把新桃换旧符"时张贴新春联之外，就是红白喜事对联了。

男大当婚，女大当嫁，世世代代繁衍生息。婚礼，是确立婚姻关系的隆重喜庆仪式，一双情侣伴着吹吹打打的鼓乐和爆竹声，美美满满地喜结伉俪良缘。新婚对联，渲染烘托了喜庆气氛，是新婚典礼的吉祥物和点睛之笔。

我国古代，人们在新婚之日，都要吟唱祝贺新婚的美好诗句。由孔子编纂的我国最早的诗歌总集《诗经》中唱道：

窈窕淑女，君子好逑。

············

窈窕淑女，钟鼓乐之。

婚联的主题意旨是表现新婚夫妇的幸福和美好的欢庆场面，因此，传统婚联多是"鸳鸯对舞""龙凤呈祥""琴瑟合璧""鸾凤和鸣""芙蓉镜

1

圆""玳瑁合欢""凤凰双栖""举案齐眉"等溢美之词，无论字面上，还是语义上，都包含着成双配对之美意。更有"比翼鸟""连理枝""同心结""并蒂莲"以及"花好月圆""志同道合""情投意合""良辰美景""珠联璧合""白头偕老""地久天长"等吉语良言。这些骈俪之词合乎婚姻习俗和人们向往和和美美、双双对对、团团圆圆的幸福生活的心情，一直被人们沿用至今。但是，在实际运用中，不能无选择、无批判地照搬和抄袭旧的对联，要注入新的时代精神。

生育和寿诞贺联似乎在实际生活中用得不多，多用喜幛和寿幛。

挽，又作輓，牵引的意思。古代，牵引灵车棺椁前行时，所吟唱的哀歌，称作挽歌。屈原的《九歌·国殇》，即是一首哀悼殉国将士的挽歌。传说屈原在汨罗投江而死之后，湘江两岸人民曾吟唱"月影茫茫，江水洋洋，歌我屈子，咒死昏王"的挽歌来挽悼屈原。

《能改斋漫录》载：北宋韩绛兄弟皆为宰相，门前植有梧桐，京师人以"桐木韩家"呼之。韩绛死后，陆农师送一副挽联：

棠棣行中排宰相；

梧桐名上识韩家。

据传，这是有史料记载的最早的挽联。

挽联，通常悬挂于死者的灵堂内。挽联的内容要切合死者的身世和身份，不能泛泛而论。在撰写手法上要别于寿联和题赠联。一般来讲，上联应概括死者的功德、成绩、品格、优点；下联则应表达挽者对死者的称颂、悼念、缅怀之情。如果只是字面上颂扬死者的高风亮节、功德业绩，而毫无哀悼之情感流露，那就混同于寿联了。所以，挽联必须饱含对死者的追思哀悼之情，有真情实感。"情动于衷而形于言"，好的挽联，字字悲切感人，读来令人潸然泪下。一副情真意切的挽联，如同一首感人肺腑的挽歌，又像一篇精炼的祭文，是血和泪的结晶。如某妇人身患绝症，自知不久于人世间，于是自挽一联给其夫，联曰：

我别良人去矣，大丈夫何患无妻，他年续娶床头，莫对生妻谈死妇；

儿依严父哀哉，小孩子终须有母，异日承欢膝下，须知继母即亲娘。

在民间丧礼仪式上，除在灵堂内外悬挂挽联外，一般多送挽幛、花圈。因此，本书特意编"挽幛实用语谱"为一辑，供读者实用时参考。

由于笔者一直从事基层文化工作，且热衷于民间红白喜事的文墨事宜，所以对民间红白喜事中所需对联，以及其间的民俗风情有较多的了解和思考。在编著此书过程中，有意识地充实了这方面的内容，注重了对联的实用性、趣味性和可操作性。

一、为了让对联爱好者在实用中有更多的选联余地，编著此书时我不厌其烦地将五千多副自创和传统古贤对联，条分缕析，去粗取精，归纳成五大类二十余辑三百多条目。基本上做到了编目细、涉及面广、选联精。对实际生活中可能存在的红白喜事均加以分类，如"弟先于兄婚""新婚并乔迁之

喜""新婚兼长辈寿"等条目均入编。

　　二、民间红白喜事由来已久，具有很深的文化底蕴，但也带有几千年的封建残余，甚至有些带有浓厚迷信色彩的民风、民俗也渗透在红白喜事中。我们是历史唯物主义者，绝不可能隔断历史，幻想一夜之间就能把旧风俗、旧习惯铲除掉，来一套全新的做法。我们只可以因势利导，移风易俗，逐渐破旧立新。本书在内容选择上，摒弃了一些过于陈旧、不符合实际需求的对联，增添了许多满足新时代人民需要的对联。对于民间红白喜事活动中，那些颇富知识性、趣味性的东西，本书做了一些介绍和演绎。对某些带有迷信色彩的东西，本书也做了披露和批判，并特别在文中指出了其迷信的本质。反面的东西并不可怕，可怕的是我们不认识它，不认识它的谬误所在。如婚姻男女属相的相生相克、新婚吉日的选择大忌、寿数的忌讳等，都有待我们去做进一步的认识和批判。

　　三、在民间红白喜事活动中，往往发现有的人为某件笔墨文化事不知如何做而犯愁。出于为人排忧解难的考虑，我把在多年实践中探索和创造的经验与作法，在吸收了友人的一些长足之处后，融会贯通地列入书中的有关章节，自认为具有很强的可操作性。个别内容加以图示，一目了然，期望读者会从中得到一点点裨益。这些东西如果能为大家在红白喜事活动中带来些许方便，即是我最大的快乐和满足！

梁　石

戊戌年夏日于逸然斋

目录

前言

第一编　婚嫁喜庆类

第二编　生育喜庆类

第三编　寿诞喜庆类

第四编　丧葬哀挽类

第五编　新居喜庆类

第一编

婚嫁喜庆类

第一编　婚嫁喜庆类

一、古今民间婚俗谈趣

婚姻，是一个人的终身大事。婚姻，古时候又称"昏姻"或"昏因"。汉朝的郑玄说：婚姻指的是嫁娶之礼。在我国古代的婚礼中，男方通常在黄昏时到女方迎亲，而女方此时随着男方出门上轿，这种"男以昏时迎女，女因男而来"的习俗，就是"昏因"一词的起源。我国最早解释词义的专著《尔雅》对婚姻作如下解释："婿之父为姻，妇之父为婚……妇之父母、婿之父母相谓为婚姻。"婚姻一词在这里指的是姻亲关系。

早期的婚姻关系，指的即是男婚女嫁。由于"性"是人类一种原始的生理需要，所以两性关系从有了人类时就存在。但原始社会中的婚嫁只是一种"自然现象"。后来随着人类社会的发展，男女关系逐渐有了规范，形成种种婚姻制度和婚俗，这时候男女之间的婚嫁变成一种"社会现象"。同时，经济成为婚姻关系的一个重要因素。从《诗经》的一些片断记载，可以知道当时的妇女对家庭经济起着举足轻重的作用。《诗经》云："掺掺女手，可以缝裳""女执懿筐……爰求柔桑。"《礼记》中也有妇女做丝麻布帛之事和酿酒的记载。过去，我国有些地方有男子早婚，娶年纪较大的妻子，即所谓娶"大娘子"的习俗，其主要目的也在于以妇女辅助家庭经济。此外，婚姻"上以事宗庙，下以继子孙"，即能够传宗接代，使家族不断繁衍，人丁兴旺，接续香火。

我国古代婚姻程序上，有"六礼"之说。《礼记·昏义》记载："六礼"包括纳采、问名、纳吉、纳征、请期、亲迎。

纳采，与现在的提亲相似，就是求婚的男方家派媒人到女方家，表达愿与女方家通婚之意。在封建社会，婚姻关系的成立奉行的是"男不亲求，女不亲许""匪媒不得"的原则。青年男女之间不允许自由恋爱，婚姻的结合必须通过"父母之命，媒妁之言"。强调"天上无云不下雨，地上无媒不成亲"。

媒人，又称"月老"。传说唐代有一个叫韦固的人，赴长安途中旅寓宋城。晚上，他看见一个老人在月下查书，便上前攀谈。老人说自己是管人世间男女婚姻的。他口袋中有一红绳，说用这红绳两端系住男女的脚，他们便会走到一起，即使男女两家是世仇冤家，也会成为眷属。韦固便问自己的婚姻，老人说，他将与一个卖菜人的女儿结为百年之好，但必须在十余年后这门婚事才成。后来果然如此。因此，人们称媒人为"月下老人"，简称"月老"。在婚姻大事上，媒人起着牵线、搭桥的作用。

问名，就是男方家正式向女方求婚之后，再派媒人到女方家问女方生母的姓名、身世和女方本人的生辰八字。问女方家生母的姓名、身世，是为了分辨嫡庶和了解根底家道。因为封建社会妻生子与妾生子是有区别的，又讲门风相当，求个门当户对。问女方本人的生辰八字，是为了问卦占卜，测算吉凶。何谓"生辰八字"？我国古代以天干、地支相配组成的六十组名目及其顺序分别指代一定的年、月、日、时辰。每一个人的出生年、月、日、时辰，皆由四组干支指代，共八个字，这就是"生辰八字"。由"生辰八字"，可知人的属相。当时人们多由男女双方的属相合与不合，判定婚姻成与不成。比如从属相判定婚姻美满的有："蛇盘兔，必定富。""兔狗呈吉祥，马羊寿命长。鼠牛两兴旺，牛猪喜洋洋，龙鸡更久长。"从属相判定婚姻不幸的有："猪见猴，泪长流。""龙虎斗，必短寿。""虎见蛇，如刀割。""鸡狗配婚不到头。""白马不配牛，羊鼠一旦休。"

批八字除涉及人的属相外，还涉及阴阳五行。五行即指金、木、水、火、土。每一个人的命运都与五行有关，或是木命，或是金命。按传统说法，五行有相生相克的关系。相生的有：金生水、水生木，木生火，火生土，土生金。相克的有：金克木，木克土，土克水，水克火，火克金。古人认为，五行的相生相克制约着天地万物的发展变化，从中也可判断婚姻的吉凶。用"生辰八字"来推断人的婚姻，是民间封建迷信成分最浓烈的旧风俗。它用神秘虚幻的"宿命""天意"，彻底否定了人的主观能动性，使得许多本该美满幸福的姻缘，就因为"八字"不合而中断，酿成一幕又一幕的婚恋悲剧。从辩证唯物论观点审视"八字合婚"之迷信习俗，其反科学的本质是显而易见的，应该为当代青年所摒弃与批判！

纳吉，男女双方经过"换帖"，即相互递送"生辰八字"之后，如果测得"八字合婚"为吉，说明男女的姻缘是天成一对、地配一双，男方家须备好礼品再派媒人到女方家告知，决定缔结婚约。过去的"纳吉"相当于现在的"相亲"。男方拿上见面礼品第一次到女方家，一般由媒人相陪。如果是自由恋爱的男女青年，第一次到女方家也是相亲。中华民族在爱情上是讲究含蓄的民族，第一次男女方见面，尤其是女方的家长一般不露声色。如果留男方吃饭，就说明这门亲事可以考虑。在北方农村还有这样的乡俗：从留男方吃的是什么饭可以判断女方的态度。如果是吃饺子或撮疙瘩，则说明女方对男方有好感，俗语说的是"格答成，格答成"。如果吃的是拉面或饸饹，意思是这门亲事可以拉扯上，成与不成看情况而定。假如女方家给男方吃的是刀切面条，则象征一刀两断，暗示这门亲事告吹。但是，这也不是绝对的态度。也有的亲事，起初女方不情愿或者故意摆出难为情的姿态，也属有城府之女子故意考验男方吧。如果男方紧追不舍，软磨硬泡，感动了女方或者说是经得起考验，亲事就最终成了。这就验证了"好事多磨"这句话。

现代的女子已非古代"大门不出，二门不迈"的封建闺秀，男方也要领女方去认门看家的。如今在北方农村，女方"看家"还是一项必不可少的程序。按民间乡俗，女方到男方"看家"，男方家要给女方"看家红包"。

纳征，与现代俗称的"订婚过礼"相似，即男方家正式向女方家交纳彩

礼和聘金，婚约至此成立。实际上就是民间现在仍履行的"订婚"或叫"定亲"。古时候，男方家向女方家交纳的彩礼和聘金，一般是金银和绸缎，具体数量根据女方的身份和地位而定。一般都要事先由媒人同男女双方分别协商好。现在的"订婚过礼"通常以礼金出现，男方还必须给女方戴上"订婚戒指"。戒指是珍贵的信物，有金戒指、银戒指和钻石戒指。戴戒指原是古代埃及人的风俗，他们认为中指的血管直接连着心，男方把订婚戒指戴在女方的中指上，就可以以此拴住女方的心，使她永远伴随着自己，白头到老。戒指是黄金打造而成的，黄金是千百年经久不变的金属，女人戴上男人给的订婚戒指，意思就是永远不会变心。戴戒指很有讲究，订婚戒指戴在女子右手的中指上。结婚之后，结婚戒指则应戴在无名指上，这是新婚夫妇的信物，男戴左手，女戴右手。

男女双方订婚之后，要亲自到婚姻登记机关进行结婚登记，领取结婚证，才能成为合法夫妻，婚姻受法律保护。

请期，实际上是订结婚日子，就是男方家选定结婚的良辰吉日，派人告知女方家。最初的规定是先由男方家告诉女方家确定的结婚日期，如果女方家推辞，就由男方家决定。后来，逐渐演变为由男方家决定日期后告知女方家，表面上有商请女方家决定之意，故称"请期"。结婚是人生的一件大喜事、大吉事。选择一个良辰吉日结婚在民间被视为十分重要的事，这个选择良辰吉日的活动也叫"择佳期"或"择吉日"。

在婚嫁上的忌讳，纯属封建社会遗留下来的陈规陋习，有较浓的迷信色彩。现代青年男女大可不必相信这一套，可以选择有时代气息和喜庆氛围的节假日举行婚礼，如元旦、"五一"劳动节、"五四"青年节、国庆节。

亲迎，指男方奉父母之命，亲自到女方家迎娶新娘。迎归后，夫妻双方再行合卺之礼，就是将匏瓜对半剖开做成两个瓢，里面盛上酒，夫妻各拿一半，然后用瓢里的酒漱口。后来演变成夫妻挽臂饮"交杯酒"。至此，婚礼才算告成，两人共入洞房，喜结同心。

亲迎，通称迎亲。这是婚嫁六礼中最后一道程序，也是最隆重喜庆的活动。古时候，男方家要用花轿吹吹打打把新媳妇娶进家门。上轿之前，一般在迎亲前一天，新娘要让母亲或长辈用彩色丝线绞去面额上的绒毛（俗称汗毛），谓之"开脸"。然后梳头、打扮。古代男子到 20 岁行"冠礼"，就是把头发挽起来盘成发髻，叫"结发"，再戴上冠表示成年。所以 20 岁也称"弱冠"。女子到 15 岁行"笄（jī 簪子）礼"，就是把头发盘成发髻再插上簪子，表示与童年不同。所以女子 15 岁也叫"及笄"。这时候结婚的男女就叫"结发夫妻"。因此，汉代苏武诗中就有"结发为夫妻，恩爱两不疑"的句子。后来人们把男女第一次婚姻叫"结发夫妻"，又称"原配夫妻"。

新娘的婚礼服饰按中国传统习俗，是穿红衣裳。民间流传以穿棉衣为好，意思是以后的日子会过得厚实富裕。缘于此，即便是在盛夏出嫁，新娘不便穿棉衣，身上也要装一点棉花表示这种含意。我国改革开放以后，城市青年男女结婚时大都穿西方婚礼服饰，即新娘穿白色婚纱，新郎着燕尾服或西服。白色象征纯洁、高雅，初婚的少女，一般都穿白丝绸、白织锦或白丝绒面料的婚礼服。头饰和手套是婚礼服的重要组成部分，用纱制成的花冠也具有代表性。头纱来自西方妇女在教堂做礼拜时戴面纱的习惯。头纱一般都喜欢用长纱拖地，有的头纱在下半截钉花饰及珠片，显得更为雍容华贵。

新娘梳妆打扮好后，与前来迎娶的新郎一起先向新娘的祖宗牌位和长辈行礼。这时候，伴娘就可以挽着新娘上轿了。在上轿前，新娘要故作恋恋不舍之态，从眼中挤出几串泪珠儿以示对父母及家人的依恋之情，民间称之为"哭嫁"。嫁女，又叫"过门"，喜嫁之日，称作"于归日""出阁期"。古时新娘出嫁，女方家要陪嫁财物，这些财物统称"妆奁"或"嫁妆"。富豪之家的妆奁丰裕，锁麟囊是必不可少的，囊内装上珠宝随女儿带进新郎家，传说可早生贵子。现在乡下嫁女，沿用古时的风俗习惯，仍然要送"嫁妆"。只不过陪嫁的"妆奁"换成了家用电器、衣箱、摩托车等。北方农村新娘子的"妆奁"中还流行两样吉祥物：一种是两个陪嫁线球，分别用五彩花线缠成，线球里面用红绸包古铜钱币十枚（也有包现代硬币的），线球外是缠绕明显的金双喜。两个线球像色彩斑斓的绣球，十分喜人。另一种是新娘子亲手绣制或请娘家亲戚友人帮绣的各种花样的鞋垫，有鸳鸯戏水、喜鹊登梅、双鱼逗莲、富贵牡丹、石榴结籽等吉祥图案。鞋垫要求新郎、新娘各十副，折叠式装入透明塑料袋子，出嫁之日供亲友观赏。十副是取其谐音"实富"。

迎娶新娘的花轿（现在都改用婚车）要装扮得五彩缤纷，起轿和落轿时，都要鸣炮奏乐。新娘上轿、下轿时脚不着地，上轿时由叫人（一般是姐夫）从娘家抱到轿子中，座位上要垫新毛毯一对。下轿时则由新郎抱回家。迎亲的花轿在路上如果遇上娶亲者，要落轿交换点小物件。有的地方是新郎互换胸花，有的地方是新娘互赠手帕或顶针。如果在迎亲路上遇上出殡的，民间俗称大吉，认为是遇到了"财"（棺材）。这时娶亲的人应口里念叨："今日大吉，遇上宝财了。恭喜发财！贺喜发财！"

民间娶亲还有一些讲究，也就是有封建迷信色彩的忌讳：如给新娘梳妆打扮和送亲之人，必须挑选有配偶、有儿女者，忌讳用孤寡和刚刚办过丧事的人。新郎这边的叫人、布置新房铺床叠被人等也有上述忌讳。另外，新娘在上轿、下轿时忌讳见几种属相之人，这也是由"生辰八字"之说派生出来的。子辰申忌见蛇鸡牛，丑巳酉忌见虎马狗，寅午戌忌见猪羊兔，卯未亥忌见龙鼠猴。这些讲究忌讳与前面提及的"生辰八字"占吉凶和五行相生相克如出一辙，都是迷信，不可信之，应予以抵制和批判！

新娘迎娶到家，新婚典礼就开始了。当新郎、新娘双双牵着用红绸系的大红绣球步入婚礼大厅时，鼓乐奏响，爆竹齐鸣。宾客向新郎、新娘头上撒五彩碎纸。古时候新婚仪式叫拜堂，内容很简单，即一拜天地，二拜高堂，夫妻对拜，送入洞房。现代的婚礼仪式增加了一些新内容。如民间流行的新娘当众叫公公"爹"、叫婆婆"娘"啦；新娘当众给公公点烟、给婆婆敬茶

啦；新郎新娘同唱《夫妻双双把家还》等爱情歌曲，等等。

　　闹洞房是新婚典礼的尾声，也是高潮。闹洞房可以增添婚礼的喜庆气氛。旧社会男女授受不亲，男女结合一般是经媒人介绍，无多少接触，双方比较陌生，闹洞房能够让双方去除陌生感，为新婚生活开个好头。闹洞房在民间有"三天无大小"之说。邻里乡亲、同事朋友闹洞房都是为了热闹，作为新郎、新娘要与大家同欢同乐，绝不可对戏耍闹房者生气。俗话说："耍出泪来也不能耍出恼来。"意思是新郎新娘受不了某些取笑捉弄，也不能生气而扫众人的兴。不过，闹房者也要把握分寸，不应也不能有出格行动，搞恶作剧，引发不愉快之事。

二、新婚礼帖格式与婚龄雅称

在我国农村，新婚彩礼随着时代的变迁也在演变。20世纪60年代，农民生活还不富裕，新婚彩礼较为"时髦"的当时称为"三转一响"，即自行车、缝纫机、手表、收音机。到了20世纪80年代，农村实行了家庭联产承包责任制，随着农民住房条件和生活水平的提高，新婚彩礼较为"新潮"的就流行"十六条腿"或"二十条腿"，即家具的腿数，如组合柜、沙发、梳妆台等。到了20世纪90年代和21世纪的今天，随着农村小城镇建设步伐加快，农村的现代化程度与城市不相上下。新婚彩礼也向"高档化"迈进，如"三金"，即金项链、金耳环、金戒指。还有的外加现金。

新婚彩礼的演变，积极的方面是反映出我国农村发生了巨变，农民生活有了很大改善。消极的一面则反映了封建的民间婚俗不会消除，彩礼这种缔结婚姻的旧风俗还在顽固地表现着，不愿轻易退出婚嫁喜庆这块阵地，我们只有因势利导，才能做到移风易俗，树立新风。

新婚彩礼在农村，一般从新娘陪嫁礼品上表现出来。通常在婚嫁吉日，女方家在嫁女同时，将陪嫁品送进男方家，随之要送一份礼帖（又称礼单）。礼帖讲究一些的要做成折叠式的（最好用洒金大红宣纸托裱而成），从右向左竖写。封面要贴金色"囍"字，同时要写"礼帖"。小字：呈○府尊翁夫妇。内文分页，将陪嫁礼品一一明细，嫁妆礼品忌写"壹台"或"壹套"（婚嫁双数为吉），而写"成台""成套"。如下图所示：

| 第2面 | 第1面 | 封面 |
| 敬奉：
电视机 成台
电冰箱 成台 | 良辰吉日
圆房喜庆
略备妆奁
不堪晒陈 | 囍 礼帖
呈○府尊翁夫妇 |

| 封底 | 第4面 | 第3面 |
| （吉祥图案）○ | 衾敬
忝眷姻愚弟○○○鞠躬
○○○○年○月○日 奉申 | 真皮沙发 成套
梳妆柜 成台
樟木衣箱 成对
摩托车 成辆 |

第一编 婚嫁喜庆类

如果陪嫁礼品是现金或存折，则用红布将现金包好，外贴金"囍"字。同时附呈礼帖。格式如下图所示：

第3面	第2面	第1面	封　面
衾敬 忝眷姻愚弟○○○鞠躬 ○○○○年○月○日　　奉申	谨具： 妆金○○○○元	两姓联姻 喜结秦晋 谨具微仪 伏冀笑纳	呈尊姻兄○○○先生 囍　礼帖

女方嫁妆礼品（或礼金）随礼帖送呈男方之后，男方家照礼帖收纳嫁妆礼，并回呈谢帖（又称回帖）。格式如下图所示：

封　底	第2面	第1面	封　面
（吉祥图案）	谢敬 忝眷姻愚弟○○○鞠躬 ○○○○年○月○日　　藉表	前烦月老 蒙允星期 今承厚贶 谨拜嘉登	囍 呈尊姻兄○○○先生 谢帖

关于结婚周年，亦称婚龄，我国习惯将结婚纪念日冠以"花烛重逢"的雅称。结婚如在 60 至 70 周年，我国统称"福禄寿"婚。

外国人，以美国为例，对结婚纪念日（婚龄）分得更细。从结婚 1 周年到 70 周年都有不同的雅称。大体上是根据婚龄的长短，取象征性的物品为代表。结婚 1 周年至 70 周年的雅称是：

第一年　纸婚

第五年　木婚

第十年　锡婚

第三十年　珍珠婚

第五十年　金婚

第六十年　祖母绿婚

第七十年　白金婚

三、男婚女嫁喜庆对联集萃

第一辑　通用新婚联

大门

一门喜庆　　一心爱意　　三星并耀　　山盟海誓
两姓姻缘　　两好情缘　　五世其昌　　地久天长

门庭有喜　　天长地久　　夫妻恩爱　　月明金屋
龙凤呈祥　　花好月圆　　琴瑟和弦　　花绽玉屏

月圆花好　　凤凰鸣矣　　凤麟起舞　　印泥发彩
意合情投　　琴瑟友之　　珠璧联辉　　兰蕊浮香

鸟看比翼　　百年好合　　百年佳偶　　芝兰千载
偶结同心　　五世其昌　　一世良缘　　琴瑟百年

吹腾彩凤　　永偕伉俪　　花开并蒂　　良辰美景
瑞应祥麟　　喜奏笙箫　　偶结同心　　盛世新婚

志同道合　　诗题红叶　　珠联璧合　　射屏得偶
意厚情长　　彩耀青鸾　　凤翥鸾翔　　种玉有缘

家庭美满　　鸳鸯比翼　　鸳鸯对舞　　鸳鸯结对
事业有成　　龙凤呈祥　　鸾凤和鸣　　蝴蝶成双

荷花并蒂　　笙箫齐奏　　康平盛世　　箫迎淑女
夫妇同心　　鸾凤和鸣　　幸福家庭　　酒贺新郎

雁鸣旭日　　新人入户　　莺歌吉日　　瑟琴齐奏
凤鸣朝阳　　喜气盈门　　偶结良缘　　鱼水合欢

第一编　婚嫁喜庆类

相亲相爱 同德同心	丰年盛世 蜜月良宵	姻缘吉庆 伴侣风流	情牵白首 爱结红心
钟情百岁 恩爱一生	心高志远 国富家齐	欣逢盛世 喜结良缘	婚联两姓 福泽百年
欣成凤侣 喜结鸾俦	鸳鸯戏水 鸿鹄凌云	天成佳偶 国倡晚婚	爱河共浴 富路同开
婚关事业 姻惠人生	爱情无价 福海有源	爱河共渡 情岭同攀	和谐社会 美满夫妻
一对钟情侣 百年好合婚	三星方在户 双喜正临门	门庭多喜气 花月正春风	文明协嘉礼 家室敦好逑
文明办喜事 美满结良缘	凤凰为世瑞 琴瑟谱新声	双莺鸣暖树 对燕舞繁花	双情新伴侣 一代好青年
玉人同月朗 秋水共情长	玉箫招彩凤 紫燕引新人	四季花长好 百年月永圆	丝罗山海固 琴瑟地天长
蓝田曾种玉 红叶自题诗	百年成美眷 五好勖新人	百年琴瑟好 千载凤麟祥	百年歌好合 五世卜其昌
向阳花竞艳 比翼鸟双飞	同心明日月 比翼效鲲鹏	同心成佳偶 合意结良缘	芝兰千载茂 琴瑟百年和
交柯树凝瑞 并蒂花吐香	对鸥逐海浪 双鲤跃龙门	鸟入同行侣 花开连理枝	吉日鸳鸯舞 良辰鱼水欢
旭日芝兰秀 春风琴瑟和	红梅迎日绽 淑女踏歌来	合欢新伉俪 幸福好家庭	当门花并蒂 迎户树交柯
吹箫堪引凤 攀桂喜乘龙	花烛光生彩 琼筵燕喜新	幸百年好合 福两个知音	幸福新家室 多情好夫妻
香车迎淑女 美酒贺新郎	鸣琴乐佳偶 鼓瑟结良缘	鱼水千年合 芝兰百世荣	良缘一世久 佳偶百年长

春随人媲美　　品偕莲共结　　柳戏双飞燕　　莲花开并蒂
月与镜同圆　　人与菊同清　　鱼游并蒂莲　　兰带结同心

卿云绕屋宇　　桃李迎春笑　　恋爱同心结　　爱情深似海
喜气满门庭　　鸳鸯比翼飞　　婚姻比翼飞　　喜事乐如仙

爱似知心燕　　烛照香车入　　栀缟同心结　　彩笔题鹦鹉
婚如比翼鸾　　花迎宝扇开　　莲开并蒂花　　文箫引凤凰

梅花思爱意　　甜蜜同心果　　鸾翔家有喜　　情联鱼戏水
绿竹羡新人　　长青连理枝　　凤落院生辉　　曲奏凤求凰

婚姻须自主　　深情同地久　　琴和瑟亦静　　琴弹幸福调
喜事倡文明　　钟爱共天长　　花好月为圆　　室绽合欢花

喜望春花放　　喜到花增艳　　喜系同心结　　喜事盈门喜
乐迎淑女来　　婚新蜜自甜　　笑开并蒂莲　　新人满面新

喜接春风客　　喜添花上锦　　紫箫迎淑女　　朝朝花并蒂
笑迎玉面人　　缔结意中缘　　笑语贺新郎　　夕夕月团圆

携手栽连理　　锦堂双璧合　　锦上花并蒂　　锦瑟调鸿案
同心结良缘　　玉树万枝荣　　空中鸟双飞　　香词谐凤台

摄成双璧影　　筵开金玳瑁　　新婚贺双美　　新风新入户
缔结百年欢　　谱证玉鸳鸯　　佳偶庆百年　　喜事喜盈门

礼花红四座　　月圆情互动　　人间花正好　　千载题红叶
喜酒醉双星　　花好爱同生　　天上月尤圆　　百年偕白头

月挂常青树　　月照红楼梦　　一世姻缘事　　缔结良缘久
花开并蒂莲　　梅香碧海春　　百年幸福人　　喜期佳偶长

月圆花好日　　幸福百年爱　　两人同理想　　新风传梓里
人乐酒香期　　和谐一世情　　千里共婵娟　　喜事耀门庭

佳人欣结对　　红联题美事　　爱情红似火　　好逑偕伉俪
好事喜成双　　绿酒贺嘉宾　　事业灿如春　　嘉礼倡文明

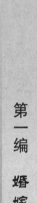

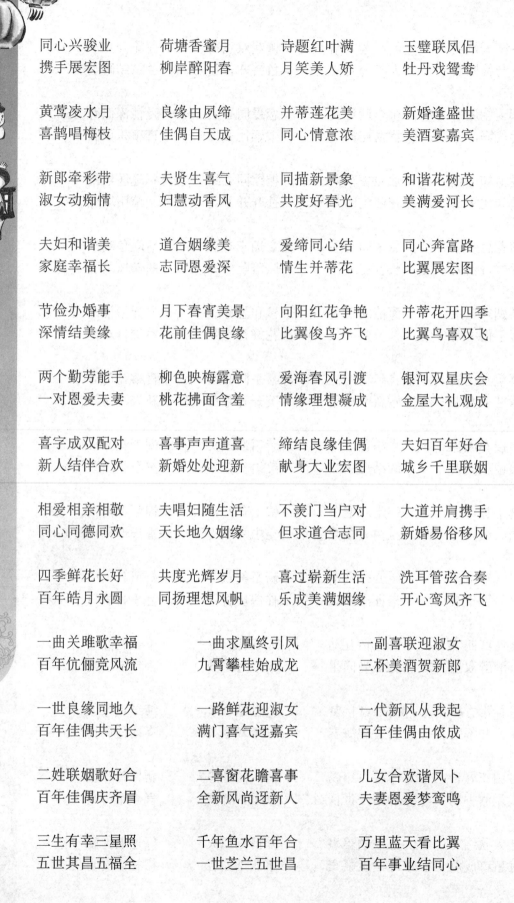

同心兴骏业　　荷塘香蜜月　　诗题红叶满　　玉璧联凤侣
携手展宏图　　柳岸醉阳春　　月笑美人娇　　牡丹戏鸳鸯

黄莺凌水月　　良缘由夙缔　　并蒂莲花美　　新婚逢盛世
喜鹊唱梅枝　　佳偶自天成　　同心情意浓　　美酒宴嘉宾

新郎牵彩带　　夫贤生喜气　　同描新景象　　和谐花树茂
淑女动痴情　　妇慧动香风　　共度好春光　　美满爱河长

夫妇和谐美　　道合姻缘美　　爱缔同心结　　同心奔富路
家庭幸福长　　志同恩爱深　　情生并蒂花　　比翼展宏图

节俭办婚事　　月下春宵美景　　向阳红花争艳　　并蒂花开四季
深情结美缘　　花前佳偶良缘　　比翼俊鸟齐飞　　比翼鸟喜双飞

两个勤劳能手　　柳色映梅露意　　爱海春风引渡　　银河双星庆会
一对恩爱夫妻　　桃花拂面含羞　　情缘理想凝成　　金屋大礼观成

喜字成双配对　　喜事声声道喜　　缔结良缘佳偶　　夫妇百年好合
新人结伴合欢　　新婚处处迎新　　献身大业宏图　　城乡千里联姻

相爱相亲相敬　　夫唱妇随生活　　不羡门当户对　　大道并肩携手
同心同德同欢　　天长地久姻缘　　但求道合志同　　新婚易俗移风

四季鲜花长好　　共度光辉岁月　　喜过崭新生活　　洗耳管弦合奏
百年皓月永圆　　同扬理想风帆　　乐成美满姻缘　　开心鸾凤齐飞

一曲关雎歌幸福　　一曲求凰终引凤　　一副喜联迎淑女
百年伉俪竞风流　　九霄攀桂始成龙　　三杯美酒贺新郎

一世良缘同地久　　一路鲜花迎淑女　　一代新风从我起
百年佳偶共天长　　满门喜气迓嘉宾　　百年佳偶由侬成

二姓联姻歌好合　　二喜窗花瞻喜事　　儿女合欢谐凤卜
百年佳偶庆齐眉　　全新风尚迓新人　　夫妻恩爱梦鸾鸣

三生有幸三星照　　千年鱼水百年合　　万里蓝天看比翼
五世其昌五福全　　一世芝兰五世昌　　百年事业结同心

万里清波游鲽鲽　　　　天上双星常焕耀　　　　天结良缘绵百世
千年嘉木舞鹣鹣　　　　人间二美永团圆　　　　凤成佳偶肇三多

天呈喜气生春气　　　　夫妻恩爱家和睦　　　　夫妻恩爱青春美
人到扬眉善画眉　　　　伉俪情浓业永昌　　　　家室文明幸福长

夫唱妇随恩爱久　　　　日暖风和欣卜凤　　　　日丽风和花并蒂
鸾飞凤舞地天长　　　　时清世盛喜乘龙　　　　珠联璧合偶同心

月下彩蛾来跨凤　　　　月映芙蓉开并蒂　　　　月圆花好婚姻美
云间仙客喜乘龙　　　　春明莺燕喜双飞　　　　夫唱妇随恩爱深

今日蓝田花并蒂　　　　今朝同植合欢树　　　　心投意合爱情笃
他年玉树果溢香　　　　来日绽开如意花　　　　夫唱妇随幸福长

文鸾对舞珍珠树　　　　文明社会春常在　　　　互尊互敬夫妻好
海燕双栖玳瑁梁　　　　美满姻缘福永存　　　　相爱相亲日月长

风流世结同心侣　　　　不求彩礼唯求爱　　　　玉宇欣看金凤舞
幸福花开如意家　　　　无愿容颜但愿诚　　　　画堂喜听彩鸾鸣

玉手裁成蝴蝶锦　　　　玉笛铜箫歌喜事　　　　玉镜人间传合璧
金针绣出凤鸾衣　　　　英男淑女乐佳期　　　　银河天上渡双星

生活中同心伴侣　　　　乐水乐山尤乐意　　　　吉日良辰成美景
事业上得意知音　　　　新郎新妇立新风　　　　欢天喜地结新婚

吉日花开梅并蒂　　　　百年恩爱同心结　　　　百年岁月天长久
良宵家庆月双圆　　　　千里姻缘一线牵　　　　一室夫妻恩爱深

百事开怀百世乐　　　　共图家国振兴事　　　　共举红旗兴骏业
两情融洽两心知　　　　同谱河山壮丽歌　　　　喜期白首缔鸳盟

此日花开梅并蒂　　　　有志青年同创业　　　　同心培育爱情树
今宵喜庆月团圆　　　　深情伴侣共成家　　　　并蒂绽开幸福花

同苦同甘同进取　　　　好儿女平分秋色　　　　并蒂红花心向党
相亲相爱相扶持　　　　新夫妻共享春光　　　　结彩凤志朝阳

并蒂花开喜二美　　红妆带绾同心结　　红梅吐艳迎新丽
同心果结颂百年　　碧叶花开并蒂莲　　美酒飘香宴故交

自主婚姻同节育　　合欢花绽良辰日　　连理枝头花并蒂
真诚伴侣共兴家　　比翼鸟翔幸福家　　向阳院里喜盈门

志同道合联双璧　　花开静处香能久　　花开并蒂芙蓉帐
地久天长福百年　　爱到深时品自高　　偶结同心琥珀杯

花好月圆桃李笑　　花好月圆欣喜日　　花好月圆羡比翼
珠联璧合凤凰飞　　灯红酒绿幸福时　　天长地久卜齐眉

花朝春色光花烛　　含笑报春花并蒂　　我喜迎来贤内助
柳絮奇姿画柳眉　　合欢迎辇树连枝　　人夸娶得好当家

男欢女笑迎宾客　　男才女貌成佳偶　　适意青鸾成对舞
燕舞莺歌引凤凰　　海誓山盟结良缘　　朝阳彩凤喜双飞

学者丽人同进取　　良宵喜见双星渡　　和睦家庭偕白首
须眉巾帼竞风流　　吉日笑开并蒂花　　振兴祖国献青春

佳偶全凭红线系　　佳偶新婚今日结　　相互有情成眷属
良辰喜接丽人来　　满门双喜合家欢　　共同造福度春秋

种玉有缘堪引凤　　兔颖生春题凤帖　　结良缘知寒知暖
射屏得偶喜乘龙　　鸾笺报喜达龙门　　配佳偶同德同心

钟情满饮交杯酒　　美满婚姻何必早　　美鸳鸯百年好合
含笑长驱并辔车　　优生儿女无须多　　亲眷属五世其昌

胜景浓情歌喜事　　容貌心灵双俊美　　恋情培植常青树
兰枝连理结同心　　才华事业两风流　　恩爱催开幸福花

莫恋新婚勤事业　　海阔天空双比翼　　海燕双飞天地阔
常怀壮志振家邦　　志同道合两知心　　关雎和咏爱情深

鸳鸯相戏清泉水　　鸳鸯结对相谐戏　　爱情纯洁联双璧
琴瑟偕弹幸福音　　俊鸟成双比翼飞　　志趣清高凌九霄

爱意坚贞花正好　　爱恋花开香四季　　爱情笑绽花香久
情缘深厚月常圆　　姻缘果硕美百年　　美酒喜酬幸福长

鸾妆并倚人如玉　　鸾凤和鸣当户乐　　鸾凤和鸣昌百世
燕婉同歌韵似琴　　夫妻同育一枝花　　鸳鸯对舞庆三春

婚尚自由家美满　　紫箫吹彻蓝桥月　　喜观银河双星会
礼崇节俭世文明　　青鸟翔环彩屋春　　笑结夫妻两姓婚

喜气盈门灯结彩　　喜扫蓬门迎雅客　　喜结鸳盟相永爱
鲜花满院月生辉　　欣将茅舍娶新人　　壮怀鹏志共双飞

喜结夫妻盟白首　　喜笑颜开迎淑女　　喜气萦回双合美
乐为祖国献青春　　笙箫乐奏贺新郎　　爱情贞洁百年长

喜气洋洋办喜事　　缘种百年双璧白　　携手祥和双幸福
新人丽丽树新风　　姻牵千里寸丝红　　同心建设两文明

蝴蝶双飞新日月　　箫奏琼楼招凤侣　　琴瑟调声歌好合
鸳鸯比翼好家园　　杯交玉液醉宾朋　　宾朋把酒赞姻缘

数年恩爱成鸳偶　　锦上添花花织锦　　璧合珠联成伉俪
两姓合欢驾鹿车　　凰中扬凤凤求凰　　山盟海誓结姻缘

德而贤协和伴侣　　德范人家办喜事　　勤劳手脚家庭富
美且好幸福家庭　　文明社会倡新风　　恩爱夫妻幸福多

一堂凤舞鸣双喜　　和谐伴侣浓情厚　　女嫁男婚成美事
两姓鸳盟乐百年　　恩爱夫妻幸福长　　月圆花好会佳期

道合志同恩爱久　　情投意合新婚美　　共度春江花月夜
月圆花好福音长　　业旺家兴富路宽　　同歌盛世艳阳天

花好月圆斟美酒　　新婚美酒诗中画　　欣逢盛世交红运
志同道合结良缘　　盛世丰年锦上花　　喜结良缘步锦程

同心果结升平世　　同心共奋千秋业　　酒绿花红春满院
并蒂花开喜庆图　　比翼齐飞万里程　　情深意笃爱终生

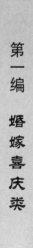

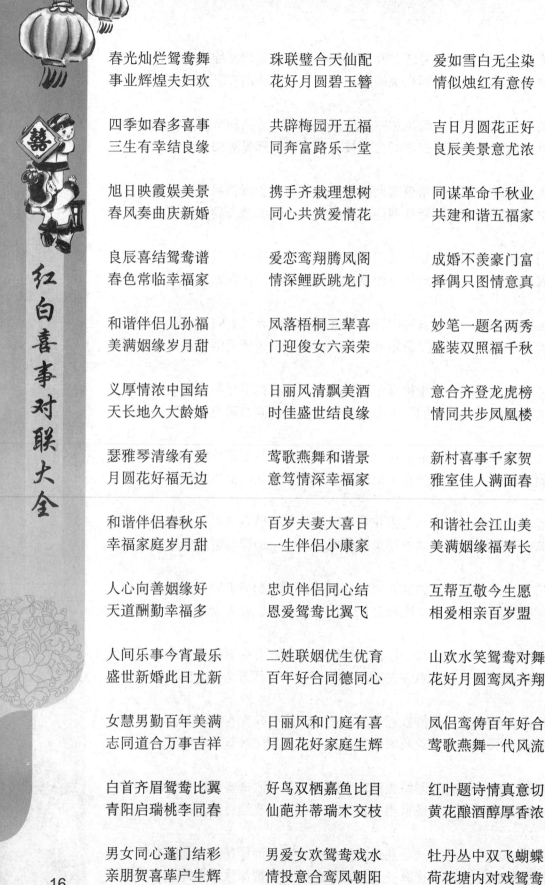

春光灿烂鸳鸯舞　　珠联璧合天仙配　　爱如雪白无尘染
事业辉煌夫妇欢　　花好月圆碧玉簪　　情似烛红有意传

四季如春多喜事　　共辟梅园开五福　　吉日月圆花正好
三生有幸结良缘　　同奔富路乐一堂　　良辰美景意尤浓

旭日映霞娱美景　　携手齐栽理想树　　同谋革命千秋业
春风奏曲庆新婚　　同心共赏爱情花　　共建和谐五福家

良辰喜结鸳鸯谱　　爱恋鸾翔腾凤阁　　成婚不羡豪门富
春色常临幸福家　　情深鲤跃跳龙门　　择偶只图情意真

和谐伴侣儿孙福　　凤落梧桐三辈喜　　妙笔一题名两秀
美满姻缘岁月甜　　门迎俊女六亲荣　　盛装双照福千秋

义厚情浓中国结　　日丽风清飘美酒　　意合齐登龙虎榜
天长地久大龄婚　　时佳盛世结良缘　　情同共步凤凰楼

瑟雅琴清缘有爱　　莺歌燕舞和谐景　　新村喜事千家贺
月圆花好福无边　　意笃情深幸福家　　雅室佳人满面春

和谐伴侣春秋乐　　百岁夫妻大喜日　　和谐社会江山美
幸福家庭岁月甜　　一生伴侣小康家　　美满姻缘福寿长

人心向善姻缘好　　忠贞伴侣同心结　　互帮互敬今生愿
天道酬勤幸福多　　恩爱鸳鸯比翼飞　　相爱相亲百岁盟

人间乐事今宵最乐　　二姓联姻优生优育　　山欢水笑鸳鸯对舞
盛世新婚此日尤新　　百年好合同德同心　　花好月圆鸾凤齐翔

女慧男勤百年美满　　日丽风和门庭有喜　　凤侣鸾俦百年好合
志同道合万事吉祥　　月圆花好家庭生辉　　莺歌燕舞一代风流

白首齐眉鸳鸯比翼　　好鸟双栖嘉鱼比目　　红叶题诗情真意切
青阳启瑞桃李同春　　仙葩并蒂瑞木交枝　　黄花酿酒醇厚香浓

男女同心蓬门结彩　　男爱女欢鸳鸯戏水　　牡丹丛中双飞蝴蝶
亲朋贺喜荜户生辉　　情投意合鸾凤朝阳　　荷花塘内对戏鸳鸯

足系赤绳姻联两姓　　　　金凤青鸾鸾鸣凤舞　　　　意重情深心心互印
诗题红叶恩爱百年　　　　欢天喜地地久天长　　　　恩知爱解息息相欢

海枯石烂同心永结　　　　燕舞莺歌云开五色
地阔天高比翼齐飞　　　　鸾飞凤翥志在九州

花好香千里男婚女嫁　　　草青水绿关雎歌古调
月圆照九州地久天长　　　日丽风和红豆发新枝

彩凤双飞正天高云淡　　　新苗从地发莲花并蒂
红莲并蒂值月朗风清　　　佳偶自天成鸾凤齐飞

百岁长和共庆红花并蒂　　知己难求白璧终归获主
三生有约永偕白首之盟　　良缘易合红叶亦可为媒

喜良辰文运幸开迎淑女　　不愿似鸳鸯游戏小溪浅水
庆盛事粗肴略备宴嘉宾　　同心如鸥鸟飞翔大海重洋

良缘一线牵牵出鸳鸯并舞　咏关雎妙句曾记互思互慕
乐曲二重唱唱来鱼水合欢　诵梁燕古词可知宜室宜家

流水有情红叶御沟传喜信　喜结鸾俦创业于今添好手
青山毓秀蓝田白璧结良缘　欣成凤侣兴家从此有良谋

礼房

乐乐贺婚事　　　　　　　礼尚往来矣　　　　　　　礼贺鸳鸯喜
彬彬有礼人　　　　　　　情当铭记之　　　　　　　房飘笔墨香

门前喜接宾朋礼　　　　　兄弟惠帮登礼簿　　　　　客自八方来小院
户外欢迎戚族仪　　　　　宾朋添赠贺婚仪　　　　　酒斟三盏贺新婚

贵客频来贺大喜　　　　　贵宾增光蒙厚贶
礼房沓至有嘉宾　　　　　高朋贺喜记隆仪

礼单谱盛情情深似海　　　薄酒酬宾朋就图热闹
笑声传友谊谊重如山　　　香烟敬戚友还说交情

红白喜事对联大全

客厅

欢声歌燕尔　　　　贵客来四面　　　　酌酒迎宾客
笑语贺新婚　　　　良缘喜百年　　　　题诗颂喜期

宾朋含笑至　　　　菊垂金作客　　　　喜高朋满座
淑女踏歌来　　　　梅点玉为容　　　　迎玉女临门

文明诗友厅间客　　厅前雅乐迎宾客　　客来八面贺新禧
远近亲朋座上宾　　户外笙歌引凤凰　　酒酌三杯祝凤仪

宾客光临欢乐乐　　宾朋散彩缤纷雨　　座上飘香飘上座
门庭彩结喜洋洋　　牛女交辉灿烂星　　堂中贺喜贺中堂

道喜嘉宾请上座　　清香四溢促嘉礼　　酒美透心人更美
贺婚贵客赶佳筵　　欢乐一堂颂喜筵　　糖甜乐口日愈甜

情歌唱乐镜中月　　琼浆玉液敬宾客　　琴瑟调和多喜事
喜酒催开庭上花　　银管金箫引凤凰　　亲朋团聚溢欢心

喜酒喜人人不醉　　　　　　喜贺新人成伉俪
好筵好客客皆欢　　　　　　聊备薄酒宴宾朋

客人不分男女堂上请　　　　喜期办喜事欢天喜地
朋友无论城乡笑中来　　　　新偶结新婚盛世新风

婚礼厅

三星光院落　　　　玉堂歌燕尔　　　　祝愿情长久
双喜萃华堂　　　　美酒贺新婚　　　　庆期月永圆

燕尔新婚日　　　　嘉礼求平等　　　　禧仪堪喜庆
良宵美景时　　　　新婚尚自由　　　　嘉礼倡文明

二姓联姻成大礼　　华堂乐奏鸳鸯谱　　行婚礼新朋共贺
百年好合乐长春　　绣阁辉生鸾凤图　　结良缘玉树交柯

金鸡昂首祝婚礼　　金箫玉笛新婚曲　　良缘喜结心花放
喜鹊登枝报好音　　月貌花容俊美人　　佳偶礼成岁月甜

18

握手初行平等礼　　　琴瑟和谐同步曲　　　婚尚自由除旧俗
鞠躬缔结自由婚　　　芝兰茂盛百年春　　　礼从简朴树新风

婚礼只需歌燕尔　　　婚树新风崇节俭　　　婚姻美满称佳偶
计生不复咏螽斯　　　礼除旧俗免奢华　　　禧礼文明结良缘

堂前喜饮交杯酒　　　堂上羞谈恋爱史　　　喜歌一曲天仙配
厅上承欢幸福人　　　案前喜唱合欢歌　　　笑溢满堂牛女欢

二人结婚全凭自主　　　乐奏双声笙歌伉俪
两姓联姻贵在同心　　　礼成偶合恩爱夫妻

红透专深两情鱼水　　　曲奏新婚文明有象
情投意合百岁姻缘　　　妆开月镜锦绣生辉

美酒盈杯嘉宾共贺　　　爱情永固山盟海誓
新人得意喜气满堂　　　志趣相投地久天长

宝鼎添香篆烟馥郁　　　爆竹声中礼求从简
礼堂散彩花雨缤纷　　　向阳院里婚尚文明

男女同心齐建文明户　　　男女双佳好似花蝴蝶
夫妻协力共谋幸福家　　　婚姻两愿喜如美鸳鸯

婚礼厅前欢植同心树　　　婚姻尚自主还凭月老
爆竹声里喜开并蒂花　　　恋爱更真诚定属情人

蓝天高正好鲲鹏比翼　　　恩爱夫妻坚持八互五爱
华灯亮欣看龙凤呈祥　　　文明家庭摈弃四德三从

情人一对缔结婚姻大事　　　缕结同心日丽屏间孔雀
宾客满堂齐夸简朴新风　　　莲开并蒂影摇池上鸳鸯

新婚堂前共饮合欢美酒　　　新郎斟美酒拱手谢宾客
幸福路上同享好合长春　　　淑女带笑颜含羞拜乡亲

一对新人万里征途手携手　　　一对鸳鸯同池相戏清波水
两情伴侣百年事业心连心　　　成双鸾凤共树长栖连理枝

第一编　婚嫁喜庆类

千里缘分淑女英男成眷属
三生奇石金琴玉瑟咏关雎

六戚三亲欢聚一堂迎淑女
左邻右舍笑飞满屋庆良缘

大地香飘蜂忙蝶戏相为伴
人间春满莺歌燕舞总成双

两姓良缘何用千金作聘礼
百年好合优生一个树新风

两姓联姻阔步同奔富裕路
六亲入座举杯共贺燕尔婚

吉日吉时行吉礼吉祥如意
嘉期嘉月会嘉宾嘉偶良缘

卓尔不群百尺楼前临吉曜
然否有约三生石上订姻盟

红雨花村交颈鸳鸯成匹配
翠烟柳驿和鸣鸾凤共于飞

相敬如宾美若鸳鸯四季乐
钟情似海爱同春水百年长

举酒贺新婚人与河山同寿
纵情歌盛世喜临门户长春

恩爱夫妻义重如山千载乐
革命伴侣情深似海百年欢

海誓山盟莫学灯笼千只眼
情浓意笃务如蜡烛一条心

美满婚姻出水芙蓉开并蒂
新风伴侣爱情罗带结同心

新天新地树新风新人新偶
喜宴喜轿办喜事喜酒喜歌

新社会新时代喜新婚嘉礼
好家庭好夫妻期好合百年

英才成佳偶杨柳舒芽除旧貌
淑女是新人桃花羞面笑春风

蓝天飞鸾凤百年共享承欢久
碧水戏鸳鸯四季同游幸福长

新婚礼满座生辉多谢宾朋同贺
喜嘉期举堂含笑争看鸾凤齐飞

新房

| 一门双喜 | 双情共枕 | 夫妻恩爱 | 月明金屋 |
| 两姓承欢 | 比翼齐飞 | 天地永春 | 喜上玉屏 |

| 百年好合 | 百年偕老 | 志同道合 | 荷开并蒂 |
| 一代风流 | 一世承欢 | 花好月圆 | 偶结同心 |

| 树交连理 | 珠联璧合 | 一室芝兰茂 | 一代风流世 |
| 苟结双花 | 凤翥鸾翔 | 双枝鸾凤鸣 | 百年幸福缘 |

云落妆台晓　　　月逊新人貌　　　月探夫妻梦　　　玉室新人笑
花迎宝扇开　　　花羞淑女容　　　风听鸾凤歌　　　洞房喜气浓

鸟语纱窗喜　　　丽人临玉室　　　花间金作屋　　　花烛生光彩
莺啼绣阁春　　　喜气满新房　　　灯下玉为人　　　新人笑合欢

志于云上得　　　明月照新夜　　　青春双合美　　　青灯同枕语
人似月中来　　　笑声透晓春　　　伉俪同床欢　　　云路比翼翔

采帏开翡翠　　　枕边声细细　　　屏中金孔雀　　　高梧堪引凤
绣被覆鸳鸯　　　镜里影重重　　　枕上玉鸳鸯　　　金屋可藏娇

家中人互爱　　　畅饮交杯酒　　　鸳鸯双戏水　　　清风浸蜜月
花下月常圆　　　喜吟合卺诗　　　鸾凤共翔云　　　喜气透新房

甜蜜鸳鸯被　　　梅帐同甘梦　　　喜透芙蓉帐　　　琴和瑟亦静
承欢鹦鹉歌　　　兰房共妙春　　　梦圆锦绣堂　　　花好月为圆

窗前鸾凤舞　　　情山栖凤侣　　　新房成眷属　　　锦瑟调鸿案
枕上牡丹香　　　爱水浴鸳鸯　　　蜜月戏鸳鸯　　　香词谱凤台

蜜月花香久　　　璧合珠联日　　　田野蛙声一片　　　幸福树常青翠
新婚幸福长　　　月圆花好时　　　洞房蜜语三更　　　爱情花永馥馨

幸福树栖鸾凤　　　鸾凤蓝天比翼　　　一园桃花香金屋　　　一朝喜结千年爱
爱情水戏鸳鸯　　　鸳鸯碧水同游　　　万盏银烛引玉人　　　百岁不移半寸心

一线姻缘真善美　　　人间二美成佳偶　　　入洞房含羞带笑
百年恩爱福康宁　　　花烛双辉映玉堂　　　出罗帐吐气扬眉

几度新诗题红叶　　　三杯美酒眼含笑　　　三和夫妇情如海
十分恩爱到白头　　　两朵红花面带春　　　七夕姻缘恩似山

才见鹊桥飞彩架　　　大好年华歌好合　　　女慧男才原有对
即迎情侣并肩来　　　裕良世景结良缘　　　你恩我爱总成双

夫妻恩爱花香久　　　夫妻披戴芙蓉月　　　夫妇同心泥变玉
伉俪祥和月永圆　　　琴瑟谐调幸福歌　　　鸳鸯比翼志凌云

第一编　婚嫁喜庆类

天上笑看星伴月　　天长地久夫妻爱　　月入花丛粘对影
人间喜观凤求凰　　月圆花好伉俪情　　情连肺腑结双心

月下同歌伉俪曲　　月圆花好鸳鸯笑　　月色临窗观美景
花前共叙凤鸾情　　璧合珠联鸾凤飞　　风声侧耳听良宵

今夜交杯传蜜意　　日暖犹闻喜鹊闹　　文字案头相砥砺
明朝跃马赴新程　　帘垂更觉桂花香　　鸳鸯被里互温存

文鸾对舞合欢树　　丹山凤振双飞翼　　对方同心千载好
俊鸟双栖连理枝　　碧苑梅开并蒂花　　两人合意百年春

双情鱼水相依恋　　凤爱鸾鸣鸾爱凤　　凤舞鸾飞花亦笑
比翼凤鸾偕久长　　鱼欢水笑水欢鱼　　琴调瑟奏鸟争鸣

比翼双飞云路远　　比翼鸳鸯偕日月　　比翼鸟双飞对舞
同心共枕福音多　　双飞蝴蝶伴春秋　　并蒂花争艳飘香

玉树风前花并蒂　　白头偕老传佳话　　百年好合同心结
绣帏月下鸟双飞　　红烛齐辉照丽人　　四季呈祥得意缘

有情鸾凤心相印　　交杯酒接屠苏酒　　交杯祝福新婚美
无悔婚姻爱更深　　得意人迎贺喜人　　共枕合欢蜜月甜

对去对来梁上燕　　对对莲开映碧水　　合欢花绽三春锦
相亲相爱水中鸥　　双双蝶舞向蓝天　　比翼鸟飞四化途

合卺交杯甜蜜蜜　　同心永结深情侣　　同心永结同心偶
乘龙引凤喜洋洋　　并蒂常开幸福花　　得意喜成得意缘

同德同心臻白首　　自爱自尊夫妇好　　自主婚姻无限爱
发光发热献青春　　优生优育子孙贤　　多情伴侣有余欢

如意郎君如我意　　共庆百年歌好合　　并蒂花中蝴蝶舞
称心淑女称人心　　相期一世结同心　　合欢枕上凤鸾鸣

戏水鸳鸯欣对舞　　连理枝头花似锦　　灯下攻书同聚首
穿花蝴蝶喜双飞　　长征路上气如虹　　窗前赏月共交心

灯下一双幸福侣　　灯旁互吐知心语　　灯前对饮合欢酒
洞房两朵爱情花　　足下同登创业峰　　屋里喜逢如意人

华堂乐奏鸳鸯谱　　成家当思创业苦　　伞借雨途成燕侣
绣阁辉生月镜圆　　立志莫贪蜜月甜　　花为媒妁渡鹊桥

红烛琼杯成凤侣　　伉俪同心歌好合　　两杯喜酒添佳兴
青梅竹马缔鸾俦　　夫妻恩爱笑团圆　　一对新人展笑颜

两情鱼水花开艳　　花烛交心互励志　　花烛摇红淑女影
共枕夫妻爱更深　　英才携手共图强　　喜歌唱乐洞房春

花烛影摇双对目　　花帐锦衾裹恋语　　花间粉蝶同歌舞
洞房情系两新人　　清风明月动情思　　蜜月夫妻竞笑颜

花好月圆甜蜜夜　　花香四季花常好　　花前两个鸳鸯戏
情投意合幸福时　　月照千秋月永圆　　月下一双鸾凤栖

赤诚招致飞鸿落　　声送玉箫来引凤　　志趣相投花亦笑
挚爱激来玉石开　　影摇银烛喜乘龙　　感情融洽月常圆

芙蓉出水花尤好　　伴侣眼前添喜色　　良缘一世同地久
孔雀开屏月正圆　　夫妻口内有知音　　佳偶百年共天长

良缘缔结百年爱　　金屋笙歌偕卜凤　　金屋人和心合意
佳偶连成一颗心　　洞房花烛喜乘龙　　画堂春晓燕知音

金屋春浓花馥郁　　金灯入夜心欢笑　　杯交玉液飞鹦鹉
新房夜永月团圆　　玉女宽衣面害羞　　乐奏瑶琴引凤凰

杯交美酒情真切　　罗帐百年同梦醒　　和声正听房中乐
月照新人爱更深　　云程万仞共跻攀　　佳偶应疑天上仙

佳偶同心偕白首　　话到怡情嫌夜短　　春情勃发新婚爱
好花并蒂笑春风　　婚成佳偶庆天长　　笑语连珠彻夜欢

春窗绣出鸳鸯枕　　待月西厢成佳偶　　轻画黛眉欣此日
夜月香斟琥珀杯　　坦腹东床庆齐眉　　同骑竹马忆当年

第一编　婚嫁喜庆类

柳色映眉妆镜晓　　柳荫双栖莫忘晓　　夜伴知音度蜜月
桃花照面洞房春　　荷塘并蒂当知时　　晨看晓日笑羞花

依依爱恋春秋永　　洞中梁孟齐眉爱　　洞中三醉桃花酒
脉脉含情伉俪欢　　房内鸳鸯比翼飞　　房内重温红叶诗

洞口雪花飞六出　　洞房镜映三分色　　洞房春暖花并蒂
房中鸾凤合双眉　　腊月梅开一脉香　　鱼水情深月常圆

洞房花烛良宵夜　　咏絮射屏双璧合　　结百年多情伴侣
美景倾心幸福人　　绿琴鸿案两心知　　配一对恩爱夫妻

院内鲜花并蒂放　　爱到心灵高格调　　爱情恰似鸳鸯鸟
房中倩影两心欢　　情垂眉宇美夫妻　　美意浑如玫瑰花

爱重情深双得意　　展尔姿容羞月色　　座上窗前皆喜气
志同道合一条心　　赐吾冬夜作春宵　　枕边灯下有知音

座满春风香结彩　　美满姻缘情似膝　　海阔天空双比翼
门盈喜气烛生花　　和谐生活乐如春　　情投意合共知心

海誓山盟弥足贵　　鸳鸯戏水春江暖　　鸳鸯枕上鸳鸯舞
情投意合更为真　　蝴蝶恋花日月长　　蝴蝶泉边蝴蝶飞

鸳鸯嬉戏传恩爱　　菡萏风清香益远　　堂上银屏方报喜
鸾凤和鸣报吉祥　　鸳鸯月朗梦尤圆　　案前金橘又呈祥

鸾凤双飞云彩上　　鸾凤双栖连理树　　鸾凤栖枝情两洽
夫妻对笑洞房中　　鸳鸯对戏并蒂莲　　鸳鸯戏水意双投

鸾妆并倚人如玉　　笙韵谱成恩爱曲　　笙笛吹调同梦语
燕婉同歌韵似琴　　灯花笑对痴情人　　灯花笑对含羞人

情山常矗双飞鸟　　情歌唤醒水中月　　情似花山香万里
爱水永滋连理枝　　喜酒润开座上花　　爱如蜜水润千年

情深互助互勉里　　情长似水游鸳侣　　秦晋缘上星拱月
爱在相亲相敬间　　爱重如山育树华　　鸳鸯阁中璧联珠

24

绿叶红花春带雨　　　绿水轻摇甜蜜梦　　　喜今日心心相印
戏言悄话夜来潮　　　青山常伴挚爱情　　　乐来年宝宝逗人

喜上眉梢鸾对舞　　　喜见情郎亲握手　　　喜鹊喜期报喜讯
笑传梦里凤呈祥　　　欣逢爱妇笑谈心　　　新人新日入新房

喜气洋洋龙戏凤　　　琴瑟喜调恩爱曲　　　窗前月色抚鸳枕
爱情脉脉蝶恋花　　　夫妻巧绘小康图　　　梦里笑声逗凤歌

意似鸳鸯飞比翼　　　意合情投鸾凤舞　　　睢歌久唱同心曲
情如鸾凤宿同林　　　夫歌妇唱笛箫鸣　　　鸳谱今描比翼图

微笑吹灯双得意　　　锦上添花花缀锦　　　歃血之盟盟蜜月
含羞解带两知情　　　情中有意意融情　　　合卺而度度华年

新婚之夜心相印　　　碧海云生龙对舞　　　愿为天上同心宿
白首永年爱更深　　　丹山日出凤双飞　　　乐作人间比翼鹣

愿似鸳鸯嬉浅水　　　蝶恋花香花恋蝶　　　燕侣双飞乘喜气
志如鸿鹄搏长空　　　鱼游水美水游鱼　　　莺朋对舞入新房

鲽鲽鹣鹣双得意　　　人间乐事今宵最乐　　　山伯英台人间伉俪
融融乐乐两含情　　　盛世新婚此日尤新　　　牛郎织女天上团圆

山水怡情福门望重　　　女爱男欢鸳鸯戏水　　　女爱郎才郎欢女貌
凤凰悦目鸿案辉生　　　情投意合鸾凤朝阳　　　花怜月色月托花姿

凤翥鸾翔喜结连理　　　合卺题诗飞觞醉月　　　石烂海枯同心永结
金声玉振贵在知音　　　挥毫作颂剪彩为花　　　天高地阔比翼齐飞

红透专深两情鱼水　　　花好月圆相亲相爱　　　花烛光照莲开并蒂
珠联璧合百岁鸳鸯　　　天高海阔自立自强　　　洞房影随带结同心

花好月圆春情缱绻　　　两只鸳鸯同游爱海　　　男好女好夫妻美好
弦柔管脆喜气氤氲　　　一双鹦鹉齐探情源　　　少生优生幸福人生

时值月圆阁中醉月　　　度蜜月共做恩爱梦　　　钟情伴侣志同道合
节逢花盛锦上添花　　　祝新婚同栽幸福花　　　恩爱夫妻地久天长

圆月梅花月花媲美　　　鸳鸯鸟誓结百年好　　　珠联璧合洞房意美
镜鸾梧凤鸾凤和鸣　　　并蒂花乐开四季红　　　花好月圆鱼水情深

喜喜欢欢和和美美　　　喜气盈门门迎雏燕　　　琴瑟共调新婚爱曲
圆圆满满蜜蜜甜甜　　　金光绕屋屋坐新人　　　夫妻同唱幸福情歌

并蒂花竞放合欢树上　　　　丽日新喜观鸳鸯戏水
比翼鸟齐飞改革途中　　　　洞房美欣看龙凤呈祥

两美和谐鸳鸯比翼鸟　　　　花灯飞异彩新房添彩
百年好合夫妇同心人　　　　明月洒清辉华屋生辉

春色祥梅新柳绿大地　　　　鸾凤齐鸣迎着朝阳舞
浓情蜜意柔灯悬洞房　　　　鲲鹏比翼争向浩宇飞

宏图方展琼楼添彩阁　　　　唯求爱永恒一生同伴侣
爱意正浓金屋藏玉娇　　　　但愿人长久千里共婵娟

一对知音鱼水情长偕白首　　千里良缘共贺联姻成大礼
百年佳偶夫妻好合奋青春　　百年佳偶定教偕老乐长春

羊角扶摇拔地冲天比翼鸟　　河汉牛女石烂海枯同心结
青春召唤披肝沥胆弄潮儿　　人间夫妻天高地阔比翼飞

绣阁景何如彩凤青鸾齐舞　　绣阁灯明鸳鸯并立齐欢笑
洞房春几许红梅翠竹竞妍　　妆台镜照鸾凤和鸣共吐心

喜气满门春风堂上双飞燕　　洞内风光好良宵共剪西窗烛
新事临阶丽日池边并蒂莲　　房中乐事多午夜常偷王母桃

朝阳彩凤喜双飞建千秋伟业　　纵有千番美景怎比今宵花烛亮
何晓红莲开并蒂树一代新风　　喜成百岁良缘更迎明日春光新

椿萱并茂欣逢红叶题诗谐淑女
缕结同心喜看蓝田种玉缔良缘

祖父母房

祖堂欣放鹤	祖德恩光远	望孙谐伉俪
孙子喜乘龙	孙婚喜气新	乐祖赛神仙
子作公翁舒美景	时代新人随时代	丽人喜施新人爱
孙迎玉女度良宵	门庭老者笑门庭	晚辈不忘前辈恩
家庭有幸孙娶媳	堂前欣享老来福	堂上酒香尊寿考
宾客尤欢子作翁	座上喜谈孙结鸾	阶前乐奏喜孙贤
福寿长宁新社会	勤劳自是家庭福	孙儿娶媳合家喜
凤鸾共舞好家庭	孝顺堪称孙媳贤	宾客贺仪满座欢

父母房

儿孝门庭瑞	门庭欣有喜	望子乘龙日
媳贤事业昌	子媳俱承欢	喜年接凤时
了却爹娘心上事	公婆爱媳如爱女	礼乐于今歌大雅
喜迎儿女意中人	夫妇尊老胜尊仙	儿郎从此建新家
成全儿女终身事	含笑欢迎宾客至	幸逢吉日办婚事
了却爹娘一片心	吹箫引得凤凰来	巧遇良辰会远亲
贵宾贺喜心添喜	桃李飘香满院喜	高堂父母同欢日
淑女临门福满门	媳儿恩爱百年欢	雅座宾朋共贺时
翁姑表率勤为首	家庭和睦推民主	喜作公婆偿凤愿
儿媳承欢孝在先	儿女婚姻在自由	欣看儿女结良缘
喜鹊登枝来报喜	勤俭人家儿女孝	
新风及第洽迎新	文明门第姑嫂贤	

兄弟房

兄结鸾俦喜	喜庆凤凰舞	长兄娶亲小弟喜
弟承幸福家	不忘手足情	大嫂有德合家欢

第一编 婚嫁喜庆类

兄结良缘遂意愿　　多谢亲朋来燕贺　　弟迎大嫂花枝俏
弟怀远志振家声　　喜期胞弟结鸾俦　　兄喜新娘人品贤

弟恭兄勉家室好　　弟媳贤惠春在户　　喜庆弟邀千里凤
妇随夫唱爱情深　　妯娌聚和喜盈门　　勤劳兄听五更鸡

姐妹房

兄娶新人丽　　好嫂全家乐　　五桂堂前身并茂
妹称嫂子贤　　贤姑四季欢　　一兰阶下引丛芳

兄结鸾俦门结彩　　姑嫂称贤赢美誉　　哥结良缘妹喜笑
妹迎凤嫂户迎春　　公婆得意坐春风　　嫂怀淑德姑欢颜

戚友咸夸新嫂好　　堪夸堂上鸳鸯侣　　新事临门家报喜
乡邻皆赞小姑贤　　幸慰闺中姊妹花　　小姑敬嫂人称贤

餐厅

婚筵腾喜气　　喜宾朋满座　　车迎淑女人如玉
美酒敬嘉宾　　结伉俪新婚　　客酌佳酿酒似诗

且将美酒宴宾客　　连理枝头腾玉羽　　琥珀杯满酬宾客
好引新人入洞房　　合欢筵上举金杯　　琴瑟乐新舞凤鸾

翡翠羽交连理树　　新婚筵上千杯少
藻芹香溢新婚筵　　合卺乐中百载长

厨房（喜厨）

八珍烹喜气　　良缘堂上结　　美味酒味美
五味调新香　　美味厨中调　　佳肴菜肴佳

婚结百年好　　婚筵调美味　　门迎淑女厨添味
喜调五味香　　喜酒贺佳期　　酒宴嘉宾盘有鱼

永结同心谋幸福　　自愧厨中无盛馔　　妙手调羹能适口
岂徒巧手烹佳肴　　乃欣堂上有嘉宾　　良缘配偶自欢心

妙手名厨调美味　　金玉良缘堂上结　　喜酒喜糖办喜事
吉日良辰宴嘉宾　　佳肴美味此间调　　佳肴佳菜宴佳宾

红白喜事对联大全

堂前新贴双喜字	厨内精心调五味	厨内青蔬酬上客
厨内初烹上宾筵	堂前聚首会三亲	堂前珠履看新人

厨中妙手调美味	愧乏名师调美味	雅兴快来猜两码
席上金盘散奇香	只凭拙手煮清羹	风流不在饮千盅

薄酒薄肴情不薄	热碟热盘款待热心好友
新人新事爱常新	知情知义感谢知己亲朋

喜幛

天作之合	双喜临门	同心永结	佳偶良缘
情投意合	皆大欢喜	情同鱼水	喜气盈门
百年恩爱	同偕永好	同心同德	天赐良缘
美满姻缘	庆赋桃夭	幸福家庭	凤凰来仪
如意伴侣	秦晋之好	珠联璧合	佳偶天成
爱情永笃	百年好合	金玉良缘	花好月圆
良辰美景	新婚嘉礼	奎璧生辉	吉日良宵
合卺之喜	永偕伉俪	燕尔新婚	金屋同春
赏心悦事	天长地久	五世其昌	美满婚姻
青春岁月	幸福常在	龙凤呈祥	并蒂花香
并肩前进	笙馨同谐	喜庆新婚	心心相印
丹开富贵	良缘夙缔	偶结同心	举案齐眉
鸳鸯比翼	琴和瑟静	喜上眉梢	喜溢华堂
真诚恩爱	移风易俗	福禄鸳鸯	情深意长
雀屏中目	喜事新办	鸾凤和鸣	人月共圆
蓝田玉佩	少生优生	花烛交辉	幸福绵长

第二辑　时令新婚联

入户春风花烛夜	人面如花闭月笑	万树宝花春不夜
盈门喜气新婚时	春风似酒透门香	一轮玉鉴月初圆

天地增三分春色	云汉桥成牛女渡	正是春醅帐暖日
人间添一对新人	春台箫引凤凰飞	恰逢花好月圆时

吉日尤添逢吉事
新春更喜结新婚

第一编　婚嫁喜庆类

正月婚

门庭盈喜气　　　　春来花并蒂　　　　紫燕衔春色
伉俪笑春风　　　　燕舞树交柯　　　　黄莺唱喜歌

新春迎淑女　　　　新春迎贵客　　　　新婚吉庆日
美酒宴嘉宾　　　　盛世结良缘　　　　双喜艳阳春

新婚大喜日　　　　燕子衔春到　　　　燕侣门前舞
长乐小康家　　　　凤凰报喜来　　　　鸾俦树上歌

人对艳妆饶艳福　　天上四时春举首　　火树吐花光灿烂
樽倾春酒醉春光　　人间五伦婚为先　　银蟾绚彩影团圆

夫妻恩爱春常在　　夫妻携手行婚礼　　日丽风和双喜日
琴瑟和谐日焕新　　鸾凤和鸣奏好音　　月圆花好艳阳春

风和日丽迎春丽　　巧借新春迎淑女　　乐新春丰年迎喜
花好月圆羡夜圆　　妙将元日作婚期　　庆吉日盛世联姻

庆新春天人共乐　　吉日吉时传吉语　　伉俪并阳春竞美
结佳偶日月同辉　　新年新岁结新婚　　门庭与岁序更新

迎来春节迎新丽　　良缘喜订鸳鸯谱　　良辰恰是新春节
闹罢元宵闹洞房　　春色早临勤俭家　　吉日正逢大有年

佳儿佳女成佳偶　　佳节良宵佳偶乐　　春风喜睹三阳泰
春燕春莺舞春风　　新年美景新人欢　　岁酒祝贺长子婚

春临大地迎新岁　　春满乾坤福满院　　春光明媚新人丽
喜到门庭迓丽人　　笑盈岁月喜盈门　　喜气洋溢蜜月甜

鸾凤和鸣期百岁　　桃符新换迎春帖　　喜逢佳节成佳偶
夫妻恩爱庆新春　　椒酒喜斟合卺杯　　好趁华年谱华章

喜鹊喜期报喜讯　　喜盈正月月光好　　喜酒喜糖办喜事
新春新岁结新婚　　婚配新春春意浓　　新春新岁迓新人

新年畅饮新婚酒　　　　一对夫妻百年恩爱
春日欣题春景诗　　　　八方宾客正月合欢

一副喜联宜春共写　　　　大地春光喜期新岁
百家柏酒合卺同斟　　　　洞房花烛吉日良辰

花好月圆春风得意　　　　花迎盛世时盛景盛
女贤男德幸福无边　　　　柳沐新风春新人新

簇律新声婚成岁首　　　　贺佳节佳节欣成佳偶
华堂喜气偶结同心　　　　迎新春新春喜结新婚

过新年结新婚春风满面　　　　春雨润春花春光处处好
逢佳节配佳偶喜气盈门　　　　新人办新事新丽人人夸

逢喜期办喜事兴高采烈　　　　大地香飘蜂忙蝶戏相为伴
庆新岁迎新人意合情投　　　　人间春满燕舞莺歌总成双

逢佳节配佳偶佳期传佳话　　　　雪兆丰年办喜事心情更喜
庆新春贺新婚新事树新风　　　　春到门第结新婚气象尤新

佳节贺佳期佳女佳男成佳偶　　　　佳节喜团圆举行婚礼真足兴
春庭开春宴春情春意醉春风　　　　新春成伉俪盛会亲朋正适时

岁首万象更新满院生辉办喜事　　　　庆佳节佳节会佳期天朗星明天仙配
春节三阳开泰合家欢庆宴嘉宾　　　　贺新春新春办新事花香月洁花为媒

逢新岁宴新婚正当万户更新花烛尤添新景色
值喜期斟喜酒博得六亲贺喜茅庐集饮喜徜徉

二月婚

才高鹦鹉赋　　　　早春门结彩　　　　红杏枝头闹
春满凤凰楼　　　　二月喜迎新　　　　新人鼓乐迎

花朝春色美　　　　春风杨柳绿　　　　春晖生绣阁
杏月丽人新　　　　喜气盖头红　　　　喜气满华堂

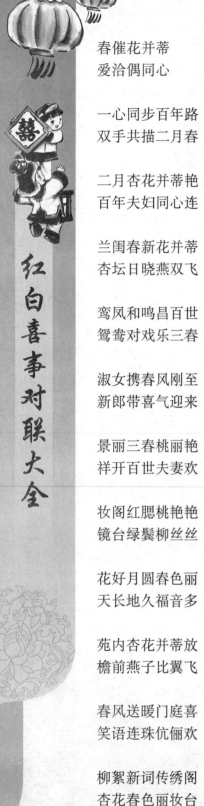

红白喜事对联大全

春催花并蒂　　　　笙歌迎淑女　　　　喜到花朝节
爱洽偶同心　　　　杏蕊醉花朝　　　　春归富贵门

一心同步百年路　　一对璧人开吉席　　一对新人传爱意
双手共描二月春　　二分春色到华堂　　二番春月表深情

二月杏花并蒂艳　　二分春色九霄月　　车辆喜乘芳草路
百年夫妇同心连　　一对新人百载情　　凤凰对舞杏花天

兰闺春新花并蒂　　正是莺歌燕舞日　　鸾凤双栖杨柳岸
杏坛日晓燕双飞　　恰逢花好月圆时　　燕莺对舞艳阳春

鸾凤和鸣昌百世　　晓日芙蓉迎日笑　　晓起妆台鸾对舞
鸳鸯对戏乐三春　　春风杨柳趁风摇　　春归画栋燕双栖

淑女携春风刚至　　欲把爱情铸磐石　　得意同欢花烛夜
新郎带喜气迎来　　常将春色锁绣帏　　开怀共醉艳阳春

景丽三春桃丽艳　　两情鱼水春为伴　　鸟弄芳园传妙韵
祥开百世夫妻欢　　百载夫妻月永圆　　花明丽日映娇容

妆阁红腮桃艳艳　　仲阳绿柳飞鹦鹉　　花朝春色光花烛
镜台绿鬓柳丝丝　　丽月春风引凤凰　　柳絮新姿画柳眉

花好月圆春色丽　　杏坛春暖花并蒂　　杏脸争夸今日艳
天长地久福音多　　兰闺日晴燕双飞　　梅花不是入时妆

苑内杏花并蒂放　　杨柳风暖鸳鸯谱　　春风绿柳飞鹦鹉
檐前燕子比翼飞　　杏花酒香琥珀杯　　夜雨青灯引凤凰

春风送暖门庭喜　　眉黛春生杨柳绿　　柳暗花明春正半
笑语连珠伉俪欢　　玉楼人映杏花红　　珠联璧合影成双

柳絮新词传绣阁　　姻缘缔结三生约　　银烛光摇金镂紫
杏花春色丽妆台　　旖旎平分二月春　　玉楼人映杏花红

景值仲春联双美　　　　　　鹈鹕鸟唤春当半
婚结两姓合一心　　　　　　比目鱼游水正温

32

莺歌画阁祥云瑞　　　　燕舞莺歌春得意
燕舞香帘喜气浓　　　　志同道合偶连心

云拥妆台和风正暖　　　　芝秀兰馨荣滋柳岸
花迎宝扇丽日初长　　　　鸿仪凤彩喜满花朝

芳草庭前箫声引凤　　　　杏雨红酣芳心乍暖
杏花村里曲谱求凰　　　　梨云香袅同梦初回

喜景宜人喜瞻雀跃　　　　春暖花朝彩鸾对舞
庭除呈瑞好咏鸠洲　　　　风和丽月红杏连枝

宴启合欢觞飞月夕　　　　荇莱诗歌风来宝扇
枝成连理颂献花朝　　　　杏花时节日丽妆台

梁燕于飞双栖双宿　　　　燕舞莺歌云开五色
彩鸾对舞若即若离　　　　兰馨芝秀喜满仲春

一对璧人丽月结成合欢璧　　　百盏千杯须放雅怀斟绿酒
几番花信春风吹绽并蒂花　　　一好二合应从节育戴红花

三月婚

三月添春色　　　杨柳成新侣　　　柳欲先梅绿
今朝娶丽人　　　桃花笑春风　　　春将合镜妍

桃月扬喜气　　　两姓成佳偶　　　桃李香三月
春风笑新人　　　三春作喜期　　　鸳鸯乐百年

喜迎三春景　　　景娇开百载　　　一门喜庆三春暖
欣结百世婚　　　桃熟丽三春　　　两姓璧联百世缘

一代诗才称谢女　　　十里桃花迎淑女　　　三月桃花春色好
十分春色醉刘郎　　　一庭芳草长宜男　　　一声爆竹玉人来

三月桃花红锦绣　　　三月桃花争暖色　　　门庆新婚门结彩
一江春水美鸳鸯　　　一声爆竹引新人　　　月明蜜夜月双圆

山青水碧春光好　　　乐和笙箫吹夜月　　　红桃宜插新人鬓
酒绿灯红蜜月甜　　　花开桃李笑春风　　　翠柳巧成连理枝

杨柳枝上栖彩凤　　　宝马踏开芳草路　　　柳色映眉妆镜晓
桃花水间戏鸳鸯　　　香车笑引丽佳人　　　桃花照面玉堂春

柳丝喜发千枝绿　　　春意先催桃并蒂　　　桃花人面红相映
桃蕾欲开并蒂红　　　恋情永系偶同心　　　杨柳春风绿最多

烟开柳叶香风起　　　莺声日暖鸣金谷　　　绿肥红瘦添诗兴
春入桃花喜气浓　　　麟趾春深步玉堂　　　玉面桃腮美丽人

鸾凤双栖杨柳岸　　　新婚日丽花愈丽　　　燕舞莺歌开五色
燕莺对舞桃花溪　　　蜜月春深意更深　　　兰馨芝秀喜三春

一代良缘三春丽日　　　　　　白首齐眉鸳鸯比翼
百年佳偶四有新人　　　　　　青阳启瑞桃李同春

杨柳楼台同斟美酒　　　　　　景丽三春天台桃熟
桃花溪水共戏鸳鸯　　　　　　祥开百世金谷花娇

并蒂花迎春桃红李艳　　　　　红雨花村交颈鸳鸯成匹配
比翼鸟展翅凤舞鸾翔　　　　　翠烟柳驿和鸣鸾凤共于飞

英才成佳偶杨柳舒新呈美景　　梓舍吉星临皓月生辉光梓舍
两姓结良缘桃花依旧笑春风　　宜人春讯早桃花含笑更宜人

嘉客饮多杯莫负他红杏撩人绿杨戏马
新婚逢三月宛如那黄莺作对粉蝶成双

四月婚

四月清和日　　　豆蔻年华好　　　良辰占吉庆
百年幸福花　　　蔷薇喜气浓　　　嘉礼演文明

艳蕊香四月　　　雀屏欣中目　　　清和天作合
良缘乐百年　　　鸿案庆齐眉　　　孟夏人团圆

蔷薇香在户　　　　孔雀开屏欣在目　　　　且喜种田添助手
芍药喜盈门　　　　牡丹展艳庆齐眉　　　　更欣中馈得佳人

合欢乐里人如玉　　　地上绿荷探彩笔　　　池上绿蒲呈彩锦
共枕窗前笑似花　　　天边朗月偃新眉　　　心中爱意赋新人

豆蔻正开香尚蕊　　　花开小院新人笑　　　花开宝镜祥云霭
蔷薇才放露初匀　　　乐奏大门彩凤来　　　乐奏囍箫彩凤来

牡丹花下人如玉　　　林鸟声声催布谷　　　杨柳荫浓莺渡曲
幸福堂前月似盘　　　新人步步踏青云　　　芰荷花好燕于飞

采花恰值辰初夏　　　宝镜台前人似玉　　　恰逢芍药开花日
梦燕欣逢麦报秋　　　金莺枕侧语如花　　　正是标梅迪吉期

美满姻缘天作合　　　美满姻缘光景好　　　首夏为翁难设宴
清和时节日初长　　　文明家室地天长　　　麦秋醮子喜成家

绕屋扶疏杯映绿　　　清和盛世应佳日　　　三春刚过莺歌燕语
照人欢爱烛摇红　　　恩爱夫妻度永年　　　四月初来凤舞鸾翔

麦浪芳菲莺花共艳　　佳偶天成清和时节　　黄莺报喜蒲柳滴翠
桃潭秾郁鱼水同欢　　良缘缔结蒲柳人家　　初夏迎新槐花飘香

喜报小门梧桐招凤　　　　满架蔷薇香凝金屋
笙歌四月芍药惹蜂　　　　倚阑芍药艳映红楼

春归雪化果结如意树上　　阳春美景正喜梅兰竞秀
日丽风和花开幸福泉边　　今夜良宵同调琴瑟和声

大地香飘蜂忙蝶戏相为伴　春色娇娇容貌心灵皆俊美
人间春到燕舞莺歌总成双　喜期乐乐欢歌笑语尽开颜

美酒同斟忠贞爱情春有信　金屋藏娇百载姻缘从此缔
福音共享雍和夫妇乐无边　春花吐艳万般恩爱自斯来

春暖花香连理枝头腾凤羽　鹤舞楼中玉笛琴弦迎淑女
志同道合合欢筵上对芹杯　凤翔台上金箫鼓瑟贺新郎

第一编　婚嫁喜庆类

儿媳好姻缘四月新婚荷衬绿　　　　鸳鸯爱碧水畅游同乐乾坤暖
宾朋同祝贺百年佳偶叶题红　　　　雎雀喜蓝天高翥共享日月光

五月婚

五月花般好　　　　百榴花并蒂　　　　彩凤翔云岚
双情蜜样甜　　　　比翼鸟双飞　　　　榴花耀院庭

绿柳交柯舞　　　　榴开临碧水　　　　榴花映喜日
红榴并蒂开　　　　蝶舞绕华堂　　　　蒲叶畅和风

榴花添蜜意　　　　榴花含笑脸　　　　才子凌云娘咏月
仲夏结良缘　　　　蒲月照新人　　　　榴花映日郎翻书

五月榴花香爱侣　　　五月石榴红似火　　　云开兰叶香风起
二人仲夏结良缘　　　同心夫妇贵如金　　　火灿榴花喜气浓

风管音谐金镂曲　　　只因菡萏连枝发　　　合欢花灿双辉烛
蝶衣粉饰石榴裙　　　惹得鸳鸯比翼游　　　竞艳榴开五福图

花开并蒂鸳鸯戏　　　花间蝴蝶翩翩舞　　　花坛影照鸳鸯立
连理同根杨柳青　　　水面鸳鸯对对游　　　月廓门新蝴蝶飞

妆匣尚留玉翡翠　　　佳期恰近端阳节　　　青鸾镜里花如锦
麝香数度金芙蓉　　　小院长开幸福花　　　黄鹤楼头笛正吹

卺酒香浮蒲酒绿　　　举觞婚礼倾蒲酒　　　抬头欣喜青鸾舞
榴花艳映烛花红　　　合卺洞房浴兰汤　　　侧耳笑听彩凤鸣

荷花敷粉疑归脸　　　绣阁烛摇鸾凤舞　　　喜酒香浮蒲酒绿
荔子拖前似入唇　　　纱窗日照石榴红　　　榴花艳映佩花红

蒲月欣看金鹤舞　　　蒲酒泛春迎淑女　　　榴花映衬新婚日
新婚喜听彩鸾鸣　　　榴花映日宴嘉宾　　　蒲月吐辉双喜门

榴花浮映红妆艳　　　榴花似火迎亲日　　　榴火烧天符系赤
荷茎轻摇绿水香　　　蒲月如春宴客时　　　荔云笼院叶题红

榴火舒丹门壮色　　镜里彩鸾留倩影　　才子凌云佳人咏月
烛花献瑞户增光　　钗头艾虎助新妆　　彩毫作画妙笔题诗

云拥妆台和风正暖　　艾绶舒风榴花光耀　　伉俪新成兰汤乍试
花迎宝扇丽日初长　　鸣鸾歌日彩凤翔云　　琴瑟好合雅乐初调

烛花焕彩鸿宾咸集　　莲炬生辉竹琴谱曲　　夫妻似胶膝恩恩爱爱
榴火舒丹鸾凤和鸣　　榴花映日蒲叶摇风　　光景如榴花火火红红

禧志五月里郎才女貌　　门庭有喜宾喜客喜合家喜
婚成百年间凤舞鸾翔　　榴蕊飘香酒香饭香满院香

喜酒醉榴花面容未似榴红请杯莫放
爱情舒柳眼妇眉欲如柳细把笔轻描

六月婚

六月芙蓉艳　　　　红烛映红匵　　　　荷花香六月
一门伉俪新　　　　白莲并白头　　　　佳偶乐百年

荷月艳阳日　　　　荷塘新蕾绽　　　　荷塘澄月色
新婚幸福家　　　　月下丽人欢　　　　绣阁展花容

莲花开并蒂　　　　莲蓬多结子　　　　夏日荷花秀
兰蒂结同心　　　　池水有新鱼　　　　新房人月圆

夏暑蝉鸣喜　　　　笙管奏新乐　　　　一岁光阴今过半
新婚萤亮光　　　　芙蓉逊丽人　　　　百年伉俪喜成双

已向蓝桥收白璧　　六月红莲并蒂艳　　月季丛中蝶对舞
还于绣幕引红绳　　一堂好友共杯欢　　荷花塘里鲤双游

双飞黄雀鸣翠柳　　云路高翔比翼鸟　　水面莲花朵朵美
并蒂红莲映碧波　　龙池深种并蒂莲　　梁端燕子双双飞

水暖池清莲并蒂　　红妆带绾同心结　　牡丹丛里蝶成对
情投意合偶同心　　碧沼花开并蒂莲　　荷藕塘中鱼结双

第一编　婚嫁喜庆类

沼里荷花舒并蒂　　波塘趣作浮瓜事　　香稻啄余鹦鹉粒
庭前荔子缀连枝　　帏帐欣交合卺杯　　碧梧栖就凤凰枝

柳叶眉添京兆笔　　柳岸双栖莫忘晓　　鸳鸯相戏藕抽节
藕丝纱罩美人裳　　荷塘并蒂当知时　　鸾凤和鸣莲吐花

莲渚风清迎淑女　　莲沼鸳鸯歌爱意　　雅奏鸣鸾谐佩玉
梅庭月朗宴嘉宾　　蓉屏孔雀绚文章　　佳期彩凤喜添翎

新花瑞气浮妆阁　　碧沼荷花开并蒂　　酷暑锁金金屋见
早稻熏风入洞房　　绣帏凤侣结同心　　荷花吐玉玉人来

翡翠树间栖彩凤　　熏风已送丰收信　　玉树连枝百年启瑞
芙蓉花上舞青鸾　　筵席多倾幸福杯　　荷花并蒂五世征祥

并蒂花开莲房有子　　花烛光中莲开并蒂　　荷花丛中蝴蝶双舞
同心缕结竹簟生凉　　笙簧乐里带结同心　　清水塘内鸳鸯对歌

鸾凤和鸣莲花并蒂　　　　新莲迎朝阳并蒂绽放
麒麟瑞叶玉树连枝　　　　乳燕沐喜雨比翼齐飞

缕结同心日丽屏间孔雀　　　翠竹碧梧丽色映屏间孔雀
莲开并蒂影摇池上鸳鸯　　　绿槐新柳欢声谐叶底银蝉

七月婚

七月度蜜月　　二美百年好　　夫妻情结伴
两心结同心　　双星七夕逢　　鱼水爱相依

天上双星会　　兰秋恩爱重　　欢声偕鱼水
人间两姓婚　　牛女幸福长　　喜气满门庭

爱情花并蒂　　九牛灯迓仙姬驭　　九华灯映销金帐
比翼鸟双飞　　七孔针穿织女丝　　七孔针穿彩缕纬

天上牛女七夕会　　月照碧梧双凤影　　云汉桥成牛女渡
人间夫妻百年欢　　风流绿柳偶莺鸣　　春台箫引凤凰飞

双星牛女窥银汉　　　牛女双星渡银汉　　　引入凤凰歌雅曲
并蒂芙蓉映彩霞　　　夫妻同路奔前程　　　莫来鸿雁培新秋

玉镜人间传合璧　　　巧节佳期迎淑女　　　两朵红莲开并蒂
银河天上渡双星　　　新秋吉日贺郎男　　　一生恩爱结同心

男德女贤百载偶　　　含笑花摇帘帨里　　　菱花光映妆台镜
妇随夫唱一生缘　　　嫩凉秋到酒杯边　　　瓜果香分合卺杯

银汉一泓凭鹊渡　　　银汉喜看双星会　　　银汉歌催天渡美
金凤万里引鸾飞　　　蓝桥先订百岁盟　　　蓝江鱼戏水生花

银河驾鹊欢今夕　　　银河七夕看鹊渡　　　鹊桥初驾双星渡
绣幄迎鸾庆吉期　　　彩凤九重伴鹏飞　　　熊梦新征五福临

路入桃源花烂漫　　　蓝天遥望双星会　　　瑶琴一曲双星会
桥横银汉水涟漪　　　金屋初开对影花　　　月殿二秋百桂香

燕子漫疑钗是玉　　　新秋金闺成佳偶　　　醴酒初成邀客醉
仙郎应悟鹊为桥　　　七月婚期结美缘　　　蓝桥相会渡仙缘

玉律鸣秋鹊桥路近　　　　　银汉双星金秋吉日
金风送爽鱼水谐欢　　　　　人间七巧天上佳期

银汉新秋金闺日暖　　　　　七夕良宵天上人间共乐
人间巧节天上情浓　　　　　二秋美景新婚喜事同欢

金风清爽陈排鸿客欣赐驾　　银河桥架喜看两人成佳偶
银汉辉煌桥架鹊儿喜联姻　　玉盏酒斟乐生一个树新风

喜今日牛女相会银河初渡　　嘉礼际文明好述初征双璧合
祝来年夫妻同心玉树生枝　　良辰占吉庆盛仪喜见七香迎

阳洧阴长夏去秋来把酒谈心歌泄泄
山盟海誓珠联璧合良辰卜凤咏关关

八月婚

八月稻谷熟　　　　月掩芙蓉帐　　　　丹桂香门户
中秋人月圆　　　　香添锦绣帏　　　　中秋结彩球

合欢花好日　　　　香车迎淑女　　　　桂花香八月
同赏月圆时　　　　桂酒贺新郎　　　　喜气满中秋

喜凤凰对舞　　　　喜看金桂放　　　　蟾宫新月色
庆人月双圆　　　　乐接玉人来　　　　小院喜秋香

人共月圆天作合　　大地合欢花正好　　云楼欲上攀丹桂
时同春暖玉生香　　长天比翼月双圆　　月殿先登晤素娥

月圆花好看今日　　丹桂清香传合卺　　玉种蓝田偕凤侣
夫唱妇随乐百年　　碧云丽色映新妆　　香飘丹桂谱华章

正是鸾翔凤舞日　　巧借花容添月色　　吉日恰逢桂子熟
恰逢花好月圆时　　欣逢秋夜作春宵　　新婚喜庆月儿圆

妆阁试呈双凤舞　　花好月圆多喜庆　　花前月下团圆酒
蟾宫先折一枝香　　珠联璧合更光辉　　天上人间伉俪诗

金屋光辉花正好　　金风乍动题红叶　　画屏射雀成双璧
玉楼宵静月常圆　　皓月新圆弄玉箫　　桂树鸣鸾庆百年

秋色平分佳节夜　　黄花艳吐东篱月　　婚对月圆心更满
月华羡慕美人妆　　丹桂香飘北国诗　　饮当桂馥兴尤浓

喜把桃夭歌八月　　皓月清光增客兴　　瑶琴一曲双声奏
乐将桂酒醉千盅　　中秋佳节乐宾筵　　月殿三秋五桂香

稻熟果香开喜宴　　　　　　　才子佳人词填月谱
秋高气爽结良缘　　　　　　　人间天上曲奏霓裳

月下花前十分美满　　　　　　天朗气清三星在户
人间天上一样团圆　　　　　　月圆花好百世其昌

花好月圆丹桂馥郁　　　序应三秋桂花馨馥
志同道合夫妇欢颜　　　祥开百世瓜瓞绵长

秋色清华吉祥逸逸　　　彩凤和鸣梧桐荫茂
婚仪征美乐意陶陶　　　关雎雅化苹藻仪修

喜溢华堂地天交泰　　　箫彻玉楼声和凤侣
香飘桂苑人月双圆　　　花盈金屋香满蟾宫

稻熟谷香百果张喜宴　　　朗月喜长圆光照人间佳偶
秋高气爽二人结新婚　　　卿云何灿烂瑞符天上吉星

银汉双星任海枯石烂同心永结
人间佳节共地阔天高比翼齐飞

九月婚

九月艳阳景　　　红叶展秋色　　　丽日开金菊
百年幸福婚　　　蓝桥迎丽人　　　香车接玉仙

青鸾成对舞　　　菊香庭院雅　　　菊迎秋色好
鸿雁结双飞　　　喜满艳阳秋　　　箫奏丽人来

菊花迎淑女　　　九月艳阳秋色好　　　人间好句题红叶
喜酒宴嘉宾　　　两人恩爱福音多　　　今世良缘系赤绳

几朵秋花簪凤髻　　　三秋行聘三星耀　　　马佩红缨宾客笑
一弯新月画娥眉　　　九月联姻九世昌　　　菊舒黄蕊夫妻欢

不劳鸿雁传情信　　　凤凰簪挂茱萸蕊　　　凤髻黄花添秀色
且喜佳人入洞房　　　鹦鹉杯浮杞菊香　　　娥眉斑管画新妆

比翼鸿雁衔红叶　　　百合香车迎丽女　　　同心结染红枫色
同心夫妻话青春　　　九秋朗月照新房　　　并蒂花凝金桂香

合卺欣逢人酌酒　　　扫净苔阶迎淑女　　　红叶诗成婚贵子
开筵喜见客题诗　　　酿成菊酒宴嘉宾　　　黄花酒熟宴嘉宾

完婚喜值三秋候　　　青鸾和鸣光满月　　　诗题红叶同心句
合卺欣逢九月天　　　鸿雁比翼志凌云　　　酒饮黄花合卺杯

诗题红叶晴方好　　　笑把黄花轻插凤　　　萸囊色映齐眉案
酒饮黄花月正圆　　　闲拈黛笔淡描娥　　　菊圃香传合卺杯

酒酿黄花偕紫凤　　　黄菊绽金光绿鬓　　　菊花吐艳迎新妇
诗题红叶舞青鸾　　　芙蓉含露醉朱颜　　　竹叶浮香宴贵宾

堂上菊花看并蒂　　　彩笔题就枫叶好　　　雁送秋声言喜事
天边鸿雁听和鸣　　　红颜擎来菊花香　　　风传菊馥上红楼

气爽秋高金菊吐艳　　鸾凤和鸣秋光满月　　酒酿黄花杯交合卺
月圆花好丹桂流香　　雁翎比翼壮志凌云　　诗题红叶爱结同心

酒酿黄花情联鸾凤　　彩笔生花书成锦字　　酿熟黄花节逢重九
诗题红叶梦协熊羆　　新诗撷艳体合香奁　　眉分碧月样画初三

新笔红叶句诗歌南国　　　　丹桂凝香结百年佳偶
深秋黄花香酒酿东篱　　　　蓝天比翼展万里鹏程

山紫潭清三径黄花邀客宴　　绮户拱三星笑指蓝天腾比翼
秋高气爽重阳令节缔儿婚　　佳期当九月好将红叶写新诗

十月婚

十分美好日　　　　小春宴贵客　　　　玉林飘小雪
百载幸福婚　　　　丽月迓新人　　　　金屋抱新人

向阳花并蒂　　　　美满阳春日　　　　艳阳高照日
幸福侣同心　　　　合欢蜜月婚　　　　花烛喜擎时

喜花阳雀化　　　　新妆香点额　　　　一帘新梦香蜜月
明月凤凰飞　　　　佳偶结同心　　　　十里柔情畅和风

十月好花迎淑女　　十月美景常在目　　几度新诗题红叶
一庭芳草贺新郎　　两情佳期早归心　　十分恩爱到白头

大雁比翼飞万里　　女貌男才幸福侣　　日丽风和金十月
夫妻同心乐百年　　志同道合爱情缘　　妇随夫唱乐百年

云抱玉林芝草茁　　同心盟订三生石　　此日花开梅并蒂
香飘金屋篆烟青　　连理枝开十月花　　今宵人庆月双圆

好句联吟初夜月　　合卺喜逢十月锦　　如意香生红玉宇
卺杯醉饮小阳春　　齐眉欢庆百年期　　明珠光入紫微垣

华堂藻丽阳春日　　红锦裁云天满月　　池生新月竹声脆
锦里枫丹双喜联　　翠屏引凤帐栖鸾　　帘映丽人笑语甜

两姓良缘天作合　　花放早梅春尚小　　画娥自见银钩灿
阳春好景月初圆　　门迎新媳喜偏多　　簪凤犹闻玉骨香

择吉小春迎淑女　　点额新梅香绣阁　　梅花芳讯先春试
敬邀大雅耀新房　　向阳丽日暖妆台　　柳絮吟怀小雪初

梅开庚岭欣邀客　　喜日流辉迎凤辇　　锦帐梅花初入梦
玉种蓝田喜作翁　　祥云呈瑞绕鸾妆　　妆台蓉镜早生辉

满院玉梅参玉脸　　翡翠帘垂初夜月　　稻熟谷香逢十月
绕篱金菊映金庭　　芙蓉镜卜小阳春　　秋高日喜贺新婚

乐奏鸾箫日逢新禧　　红锦裁云紫箫吹月　　花艳梅妆音和锦瑟
花开螺黛眉画丽人　　翠屏引凤彩帐栖鸾　　荫浓芝院庆衍兰阶

国盛可期十年生聚　　点额新妆香探梅岭　　秋水银堂鸳鸯比翼
光明在望百岁和谐　　同心佳偶喜溢兰庭　　天风玉宇鸾凤和声

绣阁联吟诗成柳絮　　　　锦里枫丹芳联奕叶
罗帏同梦赋就梅花　　　　华堂藻丽瑞霭琼英

吉期值喜日乐办喜事　　　节届小阳春满江南邀客醉
丽月逢新秋欢迎新人　　　年登大衍喜承堂北缔儿婚

节届小阳扫净蓬门迎淑女　　小子结良缘恰当点额新梅刚逢十月
时维十月聊陈鲁酒宴嘉宾　　嘉宾开雅量正好猜拳放马畅饮三杯

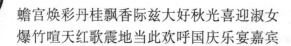

蟾宫焕彩丹桂飘香际兹大好秋光喜迎淑女
爆竹喧天红歌震地当此欢呼国庆乐宴嘉宾

十一月婚

山上松连理	凤振双飞翼	菊垂金作屋
雪中梅并头	梅开并蒂花	梅点玉为容
雪映红双喜	雪飘双影蝶	情诗题红叶
梅香连理枝	灯映并枝梅	爱律应黄钟
箫声引淑女	一线日长量晷影	六花雪映双全女
喜气绽红梅	二南曲奏叶征音	五色云拥四有人
白雪映衬红喜字	白鹤成双松上立	凤琯吹成三弄曲
红梅绽放并头花	金鸡配偶石端鸣	熊占吉叶一阳生
冬至阳春冰欲泮	节届仲冬迎淑女	齐眉佳偶同心结
天寒炉暖酒尤香	时逢下浣款良朋	傲雪红梅并蒂开
灰飞紫管声谐凤	苍松翠柏经冬雪	画眉笔带凌云志
玉种蓝田兆梦熊	玉树银花笑丽人	种玉人怀咏雪诗
宫线新添同命缕	律应黄钟谐凤卜	热情喜气融初雪
房帏初放合欢花	春回翠帐叶熊占	红彩花灯照洞房
矫燕双飞偶偕老	堆金菊映黄金屋	梅花并蒂香能久
雪花六出梅吐香	缀玉梅开白玉妆	佳偶同心爱更长
偕年佳偶同心结	皓月描来双影雁	雪中句丽征才女
傲雪红梅并蒂开	寒霜映出并头梅	林下风清识大家
雪案初吟才女絮	雪雁双飞畅月景	接至佳人逢子月
玉盆新供水仙花	红梅并放仲冬妆	卜占熊梦在来春
霜凝竹叶藏青缕	并蒂梅花含苞欲放	时值初冬合家喜庆
露滴梅花点黛眉	同心伴侣恩爱长存	笑迎淑女小院承欢

鸿雁双飞夫妻偕老　　雪案联吟新诗添趣　　箫引凤凰律回葭琯
雪花六出梅蕊飘香　　冬窗伴读妙笔生花　　杯斟鹦鹉香挹梅花

翠黛画眉才人妙笔　　　　小庭院笑纳冲天喜气
红梅点额美女新妆　　　　好夫妻尽享盖世福音

好事总成双月日俱逢十一　　合卺交杯洞房花烛三冬暖
吉祥先有兆室家同庆三多　　并肩携手举世芳名四化香

大地雪花飘诸客飞觞酣马战　　待客我怀渐几碗清汤浮菜叶
高林梅萼放季男受室慰龙钟　　结婚儿有幸一生香梦伴梅花

腊月婚

月明银作屋　　玉台艳春早　　玉女含春意　　寻梅引凤侣
梅点玉为容　　金屋吟才高　　俊男吐爱心　　踏雪接鸾俦

良缘联两姓　　绿竹新春意　　腊月霜花笑　　梅香瑞雪舞
美景数三冬　　红梅挚爱心　　洞房爱侣欢　　婚喜凤鸾飞

梅花香小院　　雪伴红梅舞　　喜临梅腊月　　大客邀请冰煮茗
喜酒贺新婚　　笑迎淑女来　　春到吉祥门　　高林生色雪妆梅

凤琯排成星十二　　吉日花开梅并蒂　　合欢共醉黄封酒
娥眉画就月初三　　良宵喜庆月双圆　　度岁新添翠袖人

合家欢庆腊月禧　　交柯松树傲冬雪　　冲天喜气迎新丽
并蒂盛开一枝梅　　并蒂梅花报早春　　盖世福音庆小康

此日成婚门结彩　　扫雪清尘迎淑女　　红梅吐艳盈门喜
蜡梅傲雪喜迎春　　敲冰煮茗宴嘉宾　　春意盎然满面欢

两姓良缘天作合　　完婚喜酌红花酒　　良缘一世花开艳
三冬好景月长圆　　合卺欣吟白雪诗　　美景三冬月更圆

评花赋就梅妆额　　香茗味传嘉客饮　　春风送暖新人笑
吟絮诗成雪满阶　　蜡梅花放玉人来　　喜气盈门蜜月甜

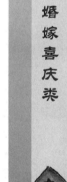

春光满院新郎德　　钟情佳偶同心结　　梅花芳讯先春试
喜气盈门淑女贤　　傲雪梅花着意开　　柳絮吟怀小雪初

雪落门前迎淑女　　雪景联吟诗有味　　雪里梅花香四海
梅香辇道候嘉宾　　冬窗伴读笔生香　　人间佳偶爱百年

皓月描来双影雁　　喜气冲天临腊月　　蜡梅竞放联佳偶
寒霜映出并头梅　　福音盖世满新房　　瑞雪纷飞庆美缘

腊鼓声喧添喜气　　腊鼓催春成大礼　　腊粥试调新妇手
叠杯酒满畅春怀　　霞光入户庆新婚　　春醅初熟合家欢

摇落梅花作地毯　　傲雪梅花飘绣阁　　新婚吉日迎春到
飘来瑞雪迓新人　　迎春兰韵入香帏　　蜜月佳期报喜来

爆竹连声迎淑女　　白雪无尘爱情圣洁　　吉日开筵年节将近
梅花数点缀新房　　红梅有信盟誓坚贞　　佳期宴客爱情忠贞

时近春节丝牵翠幔　　金屋才高诗吟白雪　　宝镜生辉语听吉利
缔成婚姻玉种蓝田　　玉台春早妆艳红梅　　前程远大颂献嘉平

锦瑟瑶琴房中奏乐　　　　箫引凤凰春生斑竹
蜡梅天竹堂上生春　　　　杯斟鹦鹉香溢梅花

爆竹驱腊尽鸳鸯比翼　　　腊月将尽喜趁吉日行吉礼
东风送春归鸾凤和鸣　　　瑞年即临迎来新春接新人

岁序值黄猪兆卜鸾飞偕凤舞
杯觞倾绿蚁喜开蜗室款鸿宾

闰月婚

月应瑞莫增一叶　　并蒂红花开闰月　　节欣益藕联佳偶
丝添长缕结同心　　同翔鸾凤跃高天　　荚喜添其缔夙盟

鸳鸯比翼高天远　　蓂荚阶前鸾对舞　　雅奏鸣鸾谐佩玉
夫妇同心闰月甜　　梧桐枝上凤添翎　　佳期彩凤喜添翎

纪月添蓂应节益藕　　镜舞青鸾瓴添彩凤
闰余成岁律吕调阳　　祥征益藕喜协古桐

嵌新婚日期联

初一

初婚妙龄成佳偶　　　　初见钟情今结伴侣
一对情侣结良缘　　　　一堂聚首齐庆新婚

初上旭日明喜鹊争鸣报喜讯
一天霞光艳新花竞放迎新人

初二

初月良宵成美景　　　　初举首登名题雁塔
二人合意度佳期　　　　二龙际会云集巫山

初衷遂芳心喜看红花并蒂
二姓联佳偶欣观骏马齐奔

初三

初月低垂恩爱久　　　　初月洒银光诗题红叶同心句
三星高照幸福长　　　　三更话蜜语酒饮黄花合卺杯

初日耀门庭看万里长空鸾凤双比翼
三星映户牖创百年大业夫妻两同心

初四

初春花艳添喜气　　　　初夜话前情共记山盟海誓
四季情浓沐祥光　　　　四更入熊梦同欢意合情投

初升日明向阳红花争艳丽
四望天广比翼俊鸟竞飞翔

初五

初月柔辉洒新屋　　　　初月高悬玉兔腾大地
五音轻调绕禧房　　　　五星普照喜鹊聚银河

初上蟾光清花好月圆青春艳
五方景色秀竹苞松茂事业兴

第一编　婚嫁喜庆类

初六

初葩并蒂花光艳
六木交枝叶葱茏

初阳闪金光凤凰齐飞万里路
六合盈喜气琴瑟共奏百年春

初衷遂两姓偕长并乾坤之寿
六律和五音协永调琴瑟之欢

初七

初衷意合称梁祝
七巧婚配架鹊桥

初次合卺畅抒壮志
七夕巧渡喜结良缘

初阳启辉并肩共描新图画
七政增彩比翼齐飞碧云天

初八

初婚喜唱同心曲
八面欣传祝福歌

初识便钟情结合自多如意事
八字无关命工夫不负有心人

初日耀云霞并蒂花下成伉俪
八音协律吕同心曲中舞凤凰

初九

初笋绿竹连根茂
九畹黄花并蒂开

初衷喜遂成伉俪
九韶乐奏颂舜尧

初月悬星空光照鸳鸯成好梦
九韶奏舜乐曲抒鸾凤焕新声

初十

初次交怀成知己
十分得意伴终身

初愿遂心琴瑟同奏幸福曲
十分惬意夫妻共描锦绣图

初鼓月才明高手欲攀丹桂蕊
十年闺待字赤绳已系玉人心

十一

十里笙箫迎淑女
一番锣鼓贺新郎

十里山河处处莺莺燕燕
一园春色朝朝我我卿卿

十里梅花香共吟陆游佳句
一天瑞色美同架宗悫长风

十二

十里春风聚兰室
二家喜气凝洞房

十年树木桃李争艳
二姓联姻鱼水偕欢

十风五雨天爱情树结丰收果
二姓相亲地连理枝开幸福花

十三

十锦妆成箫引凤
三阳启泰喜乘龙

十万山河添异彩
三春锦绣庆新婚

十里溪水鸣欢天喜地和琴瑟
三更月光朗透雾穿云照鸳鸯

十四

十面风催并蒂蕾
四方客贺同心婚

十月梅花含苞待放
四方亲友举杯高歌

十里梅花香同心事业改旧貌
四时松竹翠一目山河换新颜

十五

十色缀地花香久
五光映天恩爱长

十雨五风隆化育
五光十色映新妆

十里银畴尤爱红花并蒂美
五方佳景更欣俊鸟比翼飞

十六

十雨及时荣草木
六花献瑞赋青春

十全缔良缘预期佳偶幸福
六出飞瑞雪先兆盛世丰年

十全其美五世其昌斯为贵也
六合同春万民同庆不亦乐乎

第一编 婚嫁喜庆类

十七

十分春意妆玉面　　　　　　　　十十一百百年偕老
七彩霓虹架新门　　　　　　　　七七四九九州同欢

十里云霞喜看长空比翼
七弦琴瑟欢弹大业成功

十八

十香车拥门结彩　　　　　　　　十亿心齐共创千秋大业
八骏马驰凤偕龙　　　　　　　　八方乐奏喜庆两姓联姻

十月阳春一对佳人兴大业
八方瑞色万千英杰振中华

十九

十里好花迎玉女　　　　　　　　十雨五风再睹唐虞盛世
九台芳草贺英男　　　　　　　　九州四海共建幸福家庭

十里橙黄月圆花好联佳偶
九秋菊艳姹紫嫣红胜阳春

二十

二情恩爱度冬夏　　　　　　　　二姓联姻正喜梅兰竞艳
十里馥馨延春秋　　　　　　　　十分遂愿同调琴瑟和声

二分事业百倍功夫四化英雄建树日
十载恩情一朝遂愿百年伉俪偕荣时

二十一

二姓恩爱隙嫌少　　　　　　　　二朵彩云飞彩凤
一庭雍和喜事多　　　　　　　　一双红烛映红心

二人意合情投同唱千支新曲
一道鞭扬马跃共奔四化前程

二十二

二秀成婚逢盛世　　　　　　　　廿世纪慧女英男成佳偶
二鸥飞舞遇良辰　　　　　　　　二情侣齐心协力展壮猷

廿岁结良缘红花并蒂相映美
二人怀壮志紫燕双飞互比高

二十三

二喜临门幸福至
三星在户新人来

廿四桥边月下遥传鸾凤曲
三二知己窗前同干幸福杯

二姓联良缘千载情谊春永驻
三更话蜜语百年恩爱花常红

二十四

二情鱼水永相爱
四化蓝图共同描

二杯合欢酒月圆花好
四化正气歌国治家齐

二人心相同前程无量创大业
四季花常美芍药有情酝天香

二十五

二人好合新伉俪
五世其昌好家庭

二心相印抒壮志
五乐齐奏庆新婚

二姓联姻义重情深常满意
五星耀彩月圆花好两知心

二十六

二分明月临喜第
六合同春缔良缘

二骏同奔四化途中创大业
六合共仰九州幕上绘宏图

廿世纪绘宏图中华儿女多奇志
六出花飞大地天下笙歌奏太平

二十七

二璧合彩辉家室
七情同心守山盟

廿龄淑女三八模范
七尺男儿四化尖兵

二情好合喜听琴瑟合奏
七政增辉欣看凤凰齐飞

第一编 婚嫁喜庆类

二十八

二骏同奔康庄道　　　　　　二姓情人成眷属
八音协奏爱情歌　　　　　　八方亲友庆新婚

二秀钟爱情双飞彩凤朝天舞
八方呈秀色并蒂红花向阳开

二十九

二朵红花向阳放　　　　　　二分明月光照倩影
九霄俊鸟比翼飞　　　　　　九天仙女舞袖长空

二姓缔良缘百年恩爱同心结
九天悬丽日万里鹏程比翼飞

三十

三三竹叶报九有　　　　　　三冬瑞雪不如爱情圣洁
十十梅花香百年　　　　　　十里红梅好似战斗英姿

三冬喜气盈种来碧玉成伉俪
十里梅花艳开得清香满乾坤

元旦婚

元旦行嘉礼　　　　彩门开喜气　　　　元旦佳节成吉日
新年结良缘　　　　嘉礼趁新年　　　　新婚妙龄结良缘

喜借新年迎淑女　　嘉礼欣逢元旦节　　风纪书元门庭有喜
乐将元旦作婚期　　新婚喜放自由花　　鸡声告旦夫妇同心

春节婚

一元肇始日　　　　喜日行喜事　　　　趁新春佳节
两姓联姻时　　　　新人乐新春　　　　结金玉良缘

饮喜酒为办喜事　　春节春光春满院　　盈门喜气迎佳节
贺新婚兼庆新春　　喜期喜事喜盈门　　满座高朋贺新婚

喜盈小院风光好　　喜逢佳节成佳偶　　福临门户夫妻乐
春入洞房岁序新　　乐办春筵醉春风　　春满乾坤笙笛欢

元宵节婚

元月开美景　　　　元宵花烛夜　　　　春来花更好
宵灯照新房　　　　蜜月幸福时　　　　人与月同圆

火树吐花光灿烂　　春日梅开花并蒂　　春到门上人似玉
银蟾绚彩影团圆　　良宵家庆月双圆　　月临窗前梦如诗

笙歌彻夜香车迓　　　　　银烛光浮元夜月
箫鼓元宵宝镜圆　　　　　紫箫吹彻玉堂春

五一劳动节婚

劳动花最贵　　　　佳女乃巾帼　　　　俭朴行婚礼
爱情价更高　　　　新郎是劳模　　　　勤劳种爱情

五世其昌歌燕尔　　　　　光荣树结同心果
一双恩爱乐新婚　　　　　劳动花开并蒂莲

钟情成婚婚有喜　　　　　爱情因劳动益美
劳动造福福无边　　　　　智慧靠勤奋闪光

五四青年节婚

五好家室美　　　　百年成美眷　　　　青春火花妆嘉礼
四有青春新　　　　四有勋新人　　　　伉俪壮志鼓新潮

容貌心灵双俊美　　崭新青春开美景　　情有良缘爱有偶
才华事业两风流　　俭朴婚礼度良宵　　学无止境业无穷

中秋节婚

中天一轮满　　　　世盛业更盛　　　　花容羞月色
秋日两姓欢　　　　月圆人亦圆　　　　秋夜作春宵

人逢喜事尤其乐　　引凤笙歌留朗月　　园中桂馥家添馥
月到中秋分外明　　结婚美酒醉中秋　　天上月圆人更圆

明月下同斟美酒　　皓月清光添喜气　　嘉礼欣逢中秋节
丰年里共结良缘　　中秋佳节庆新婚　　合欢喜在月圆时

第一编　婚嫁喜庆类

国庆节婚

十分美好日　　　　国庆家亦庆　　　　喜择金十月
一往情深时　　　　人圆月更圆　　　　婚成璧双联

十月金风入金屋　　　　　　国庆佳节成佳偶
一双佳偶逢佳期　　　　　　福祥良辰结良缘

家国同迎喜庆日　　　　　　婚庆喜逢国庆日
夫妻共唱合欢歌　　　　　　酒香欣合菊香时

第三辑　社会各界婚联

政界婚

风流京兆画眉笔　　　　玉堂辉映清风竹　　　　曲奏清风迎淑女
潇洒河阳插鬓花　　　　金屋暖开正气梅　　　　花开锦绣贺新郎

好侣同谋强国策　　　　两袖清风办喜事　　　　香梅融雪驱寒气
新婚共赋富邦诗　　　　一身正气会嘉宾　　　　淑女伴君度喜期

国有贤才扶世运　　　　笙笛喜迎贤淑女　　　　偶结同心臻大德
光摇烛影羡新人　　　　宾朋敬贺清廉郎　　　　花开连理协新猷

堂上鸣琴留政绩　　　　喜看洞房贤淑玉　　　　箫引凤凰听雅乐
房中鼓瑟缔良缘　　　　争羡政界德才人　　　　鼓催政绩谱新声

箫歌竞奏霓裳曲　　　　箫歌一曲长征颂　　　　歌声堪引奋蹄马
淑女相谐掌权人　　　　喜赋两章公仆篇　　　　笑语喜夸孺子牛

大起驷门金张华胄　　　以国为怀喜宜连理　　　清风习习门添喜气
相庄鸿案梁孟高风　　　成家立业永结同心　　　政绩昭昭户纳新人

缔结姻缘相亲相爱　　　锦佩禾章宝光耀彩　　　志同道合齐走革命路
振兴祖国同德同心　　　庭悬花烛喜气腾辉　　　义重情深共栽幸福花

美姻缘是同志是夫妻情真意笃　　　男女合栽连理树同心同德亦同志
好儿女学政治学业务红透专深　　　夫妻共育一枝花利国利民又利家

54

军界婚

十五月下成嘉礼　　　　日暖军营春试射　　　　订百年凤鸾伴侣
两情房中咏好逑　　　　风和礼室夜交杯　　　　偕一路戎马生涯

军营月色黄金镂　　　　军营喜栽连理树　　　　军号声和房中乐
新屋花香碧玉箫　　　　蜜月笑绽合欢花　　　　情歌薰调帐外风

军民同谱凯旋曲　　　　军属门庭添凤彩　　　　成婚不忘疆场志
夫妇共浇恩爱花　　　　功勋战士喜鸾鸣　　　　守土常思祖国春

两颗红星相映美　　　　虎帐归来春试马　　　　虎幄运筹添内助
一双情侣笑联姻　　　　雀屏射后喜乘龙　　　　鸡声戎旦赖贤人

战地月圆看比翼　　　　钢铁长城千里固　　　　结成伉俪同心日
洞房花好结同心　　　　丝罗佳偶百年春　　　　正是英雄得志时

莲花帐下成嘉礼　　　　梦虎联姻曾射虎　　　　帷房曲奏军中乐
杨柳营中咏好逑　　　　屠龙有技好乘龙　　　　甲帐盟成石上缘

淑女新词夸咏雪　　　　睹面霞光胜宝盖　　　　止武投戈万千维福
将军豪气欲凌云　　　　画眉春色上征衫　　　　合欢晋酒九十其仪

占凤协祥有情眷属　　　戎懔鸡鸣明星有灿　　　威武将军风云际会
闻鸡起舞尚武精神　　　祥征凤卜华烛增辉　　　窈窕淑女冰雪聪明

朗朗将星银河驾鹊　　　　　　营柳风清巢栖鸟鹊
洋洋军乐彩辇迎鸾　　　　　　井梧月朗枝集凤凰

跃马军营天长地远　　　　　　祝君今日结成幸福侣
栖鸾锦帐花好月圆　　　　　　盼尔明朝共戴英雄花

并蒂红花盛开军营路上　　　　今夜洞房共照边塞一轮月
振翻俊鸟比翼生活途中　　　　明朝岗哨常怀家乡并蒂情

革命伴侣红花并蒂相映美　　　今日新婚筵三杯喜酒谢宾客
深情战友海燕双飞试比高　　　来年庆功会两朵红花献凤鸾

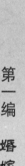

红白喜事对联大全

工业界婚

| 工厂劳动模范 | 喜讯先传矿井 | 大器商量支厦屋 |
| 家庭恩爱夫妻 | 良缘缔结煤城 | 小春和煦赋宜家 |

| 今日喜成幸福侣 | 光荣榜上争模范 | 同心织出鸳鸯锦 |
| 明朝共戴光荣花 | 幸福家中结夫妻 | 妙手染成幸福花 |

| 纯洁爱情千梭织 | 钢花喜绽恋人笑 | 事业兴隆甘流千滴汗水 |
| 青春伴侣一线牵 | 捷报频传情侣欢 | 爱情甜蜜奉献一片丹心 |

商业界婚

| 三尺柜台新伴侣 | 风送鸾箫声入市 | 生财预卜前程远 |
| 百年光景好夫妻 | 云连凤辇喜临门 | 握算还须内助贤 |

| 汇集蝇头行大礼 | 事业成功商界内 | 梅花应笑同心侣 |
| 独亏雀舌宴三亲 | 爱情美满家庭中 | 端木新成异姓婚 |

| 商店今朝添喜气 | 商店承欢联二美 | 经营有助添中馈 |
| 洞房一夜透欢声 | 洞房充喜耀三星 | 缔结良缘裕后昆 |

| 经商得法添中馈 | 店铺腾欢利增百倍 |
| 宜室贤能配合欢 | 门庭有喜福享百年 |

科技界婚

| 壮志云中得 | 天台路近逢仙子 | 今日画眉笔在手 |
| 新人月里来 | 文水波平渡鹊桥 | 他年攀桂月当头 |

| 同心培育爱情果 | 爱情花朵百年艳 |
| 携手浇开科技花 | 科技宏图四化兴 |

| 有情人同攀科学端顶 | 新科技建设富强祖国 |
| 好儿女共建幸福家园 | 好夫妻促成幸福家庭 |

教育界婚

| 六月莲花开并蒂 | 旧日诗书藏万卷 | 灯下畅谈同志爱 |
| 一乡师友结同心 | 今宵人月喜双圆 | 心中喜醉夫妻情 |

学海并游互勉励　　　学诗初咏关雎什　　　莲沼鸳鸯歌福禄
书山同步齐攀登　　　习礼先行奠雁仪　　　蓉屏孔雀绚文章

爱情如几何曲线　　　桃李满园来贺喜　　　黄金增色爱无价
幸福似小数循环　　　宾朋盈座笑迎新　　　红袖添香情有余

雪案并肩联咏絮　　　情有自由爱有属　　　满园桃李艳春色
霞怀在手戏飞花　　　学无止境业无穷　　　百载夫妻弹妙音

盟书早订三生石　　　诗咏苹繁敬承喜气　　　鸾帐双栖与汝同梦
彩笔新开五色花　　　花开桃李笑抱春风　　　萤窗并坐助我攻书

德育智育体育三育并重　　　　　素质教育你我皆称先进者
少生优生晚生一生常欢　　　　　美满婚姻夫妻都是有情人

卫生界婚

橘井龙吟月　　　兰闺日晴花并蒂　　　芍药待雨春调瑟
杏林凤舞春　　　杏林春暖燕双飞　　　茯苓添香夜读书

妙手回春添喜气　　　妙手丹心成美眷　　　杏林春暖花开早
同心钟爱结良缘　　　青梅竹马结良缘　　　橘井月圆燕舞欢

橘井娇藏莺燕侣　　　婚尚文明喜溢洞房双璧合
杏林赋就鲽鹣诗　　　术称精湛乐施橘井百年春

文艺界婚

艺苑桂梅艳　　　丹青传爱意　　　同爱诗书画
洞房人月圆　　　翰墨写真情　　　共披日月星

诗句题红叶　　　金玉良缘好　　　爱心如白璧
爱情结赤绳　　　丹青鸾凤翔　　　情意结青鸾

爱奋凌云志　　　梨园花并蒂　　　文房四宝画传爱
情连并蒂花　　　艺苑偶同心　　　家室百年人有情

古今妙语题红叶　　　古诗国画原有对　　　旧日诗书藏万卷
夫妇良缘系赤绳　　　女貌男才总相连　　　今宵人月喜双圆

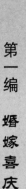

第一编　婚嫁喜庆类

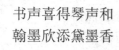

书声喜得琴声和　　　妙笔填成金缕曲　　　易云咸亨其两字
翰墨欣添黛墨香　　　新词谱出紫云篇　　　诗曰关雎第一间

诗歌南国好述句　　　松竹梅兰皆有爱　　　鸳鸯帐透丹青色
书赋东莱博议篇　　　诗书琴画共抒情　　　琥珀杯浸翰墨香

联吟诗句凭书案　　　得意唱随高山外　　　同德同心丹青播爱
蓊得花香入画屏　　　钟情汇入流水中　　　相亲相爱翰墨抒情

红颜今日自有诗词助雅兴
白发他年还求书画作遐思

第四辑　专用新婚联

同龄婚

夫妻同岁同时代　　　双林飞出同龄鸟　　　同岁男交同岁伴
男女一家一条心　　　异姓结成百岁缘　　　少年女配少年郎

同龄同岁同心偶　　　同志同龄成眷属　　　并首红莲开并蒂
并首并肩并蒂莲　　　异乡异姓结良缘　　　同龄佳偶结同心

偕龄佳偶同心结
傲雪红梅并蒂开

同学婚

同窗时已短　　　同窗称好友　　　交杯欣共枕
共室日方长　　　携手结良缘　　　合卺忆同窗

同学同行同伴　　　花月新妆宜学柳　　　相爱喜逢同窗侣
知人知面知心　　　书窗好友早培兰　　　结缘恰是伴读人

碧沼红莲开并蒂　　　同德同心同谱合欢曲　　　花好月圆昔日曾同桌
芸窗学友结同心　　　共桌共砚共描幸福图　　　志同道合今宵庆结缘

昔日同窗竹马青梅谈理想　　　学海同游合欢共醉椒花酒
今宵合卺高山流水话知音　　　银河共渡举案畅吟红叶诗

喜日良辰四载芸窗连秦晋　　　结识有缘一圃苗株同沾化雨
同心共枕百年恩爱好夫妻　　　交心无忌三生美眷共仰春风

同学兼同事婚

同窗同业同心同德　　　是同事亦同窗喜把洞房当学校
有志有才有幸有缘　　　既识心又识面笑弹琴瑟度春宵

同姓婚

同姓女男结伴侣　　　同姓巧结同心伴
一心夫妇长相知　　　两家喜成两户亲

多才结偶方多彩　　　结良缘原本一姓
同姓联姻更同心　　　缔佳偶更成同心

同行婚

同行加同志　　　同行中配偶　　　一心同步青云路
知面更知心　　　共事里联姻　　　双手共描事业图

互学互帮齐上进　　　同行同心相促进　　　同行同志喜绾同心结
相亲相爱共争荣　　　新事新办不铺张　　　新事新风高歌新乐章

同乡同事婚

同乡同事成佳偶　　　是同事亦同乡相爱相亲怀壮志
一意一心是美缘　　　值佳期逢佳节合欢合卺度良宵

同日兄弟婚

一门同日迎双丽　　　兄弟佳期同日好　　　同奏鸾笙分画阁
两子分头入洞房　　　凤鸾比翼对门翔　　　双排燕翼到天台

伯仲阶下分姊妹　　　奎璧联辉明月夜　　　锦堂叠见双星聚
兄弟花前各西东　　　埙篪迭奏洞房春　　　绣阁宏开百岁春

如定如手如宾如友　　　伯仲分班花联姊妹　　　序列雁行郊祁媲美
大宋小宋大乔小乔　　　琴瑟合奏乐和埙篪　　　迎来凤辇钟郝齐辉

长成婚次成婚长次同时巧配偶　　　兄应娶弟当婚双层喜事同日举
大合卺小合卺大小皆子妙娶妻　　　张令媛李淑女两位佳人对面来

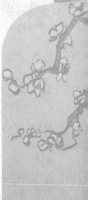

第一编　婚嫁喜庆类

弟先于兄婚

今天弟结同心侣　　　　　赤绳早系足堪喜次男先得偶
他日兄交合卺杯　　　　　红叶频联心更期长子快成婚

同日兄婚妹嫁

兄婚妹嫁良辰吉日　　　　娶亲嫁妹喜盈门户
男娶女聘大喜狂欢　　　　送往迎来春满人间

女嫁男婚同日喜办儿女事　　新新新娶妻正遇吉祥日
佳肴美酒举杯感谢宾朋情　　喜喜喜嫁妹恰逢嘉德时

喜一家兄妹同日各成佳偶　　娶妻嫁妹喜盈门庭俱欢俱乐
祝两对夫妻协力共描宏图　　送往迎来春满大地皆福皆祥

邻居婚

互帮互助好邻里　　双喜联姻喜上喜　　对门吉庆百年偶
相亲相爱美鸳鸯　　对门结偶门冲门　　两姓结成双喜婚

早已钟情结伴侣　　青梅竹马男偕女
不需恋爱共知心　　户对门当妇嫁夫

恋爱隔墙不隔意　　隔院青梅欣有爱
新婚同屋更同心　　对门竹马亦知情

应征入伍前婚

男儿有志从戎去　　当日从戎誓把丹心献祖国
淑女多情献爱来　　今朝迎娶为将夙愿慰椿萱

投笔从戎翰苑沙场双焕彩
中秋合卺人间天上两团圆

旅游婚

异乡度蜜月　　客居行大礼　　旅行一路伴
盛世结良缘　　异乡喜交杯　　游乐百年情

异乡眷恋故乡美　　伉俪情深三峡水　　青山有意传情意
蜜月倍知岁月甜　　夫妻谊重六盘山　　绿水知心映爱心

家乡远隔云千里　　燕侣双栖奚妨作客
客店同欢月一轮　　蟾圆全美可免思乡

男到女家婚

婿媳系为子女　　入赘何须称半子　　大开贰室为甥馆
翁婆便是爹娘　　成亲喜待衍千年　　略设粗肴作客筵

凤求凰百年好合　　未必生男胜生女　　他山之石能攻玉
男嫁女一代新风　　不妨佳婿当佳儿　　就地栽花免动根

在户吉星绵世泽　　好女娶夫破旧俗　　扫净巷门迎戚友
临门快婿衍螽斯　　英男落户树新风　　粉装新屋迓箫郎

瓜瓞连丝鱼入梦　　花烛光生偕弄玉　　声送玉箫来引凤
茑萝附结雁临门　　洞房炫彩映箫郎　　影摇银烛照乘龙

男嫁女方除旧习　　幸有良辰迎嗣子　　昔日不题麟趾句
花添锦上树新风　　愧无美酒宴嘉宾　　今朝且赋鹿鸣篇

贤婿作儿福中福　　树新风婿当子视　　袒腹床东歌荇藻
爱女为媳亲上亲　　遵古训母尽婆心　　承颜堂北拜椿萱

借说秦楼偕弄玉　　秦楼引凤传佳语　　绣阁馆甥传美事
今知甥馆是箫郎　　鲁酒邀宾任健谈　　秦楼引凤赞新风

得赘贤郎即是子　　紫箫吹月翔丹凤　　骄客不劳箫史凤
生来好女胜于男　　翠袖临风舞彩鸾　　佳人即是女元龙

腹袒东床歌琴瑟　　赘婿如儿成双美　　选入乘龙吹箫引凤
樽开北海宴友朋　　天伦叙寿庆百年　　打开甥馆就地培花

开一代新风男儿出嫁　　孰谓我无儿东床即子　　爱自钟情何必男婚女嫁
缔百年佳偶爱女迎亲　　咸称家有瑞陋室增辉　　俗因时易也能妇唱夫随

改变陈规蔚见新风男嫁女　　嫁女在家家兴业旺年年旺
革除旧俗乐成美眷凤求凤　　招婿为子子孝孙贤代代贤

第一编　婚嫁喜庆类

爆竹两三声喜送男儿出嫁　　　　婚姻破旧俗爱女适龄任其自由择偶
瓜糖四五碟招待朋友光临　　　　喜事树新风赘婿如子从此侍奉有依

忆昔日梦总虺蛇为继祖承宗故此将凰引凤
祈来年堂呈麟趾使光前裕后才符就地培花

贰室馆甥来为主器振家声务必殷勤谋事业
蓬门宾客会尽衷肠谈世事还期放量醉壶觞

晚婚

不需着意求佳偶　　　　事业有成堪大事
自在奇缘应晚婚　　　　婚期放晚作新婚

此际正当时照样莺歌燕舞
今朝不算晚依然花好月圆

集体婚礼

双双幸福侣　　　　皆大欢喜日　　　　举行集体婚礼
对对爱情花　　　　非常幸福时　　　　奔向共同目标

双双蝴蝶随风舞　　　　共结丝罗山海固　　　　花间蝴蝶翩翩舞
对对鸳鸯戏水游　　　　永偕琴瑟地天长　　　　水上鸳鸯对对游

鸾凤双双看比翼　　　　好儿男破千年旧俗
夫妻对对结同心　　　　贤淑女开一代新风

男男女女恩恩爱爱　　　　集体行婚礼新事新办
对对双双喜喜欢欢　　　　团结绘宏图同德同心

欢聚一堂对对双双甜蜜蜜　　　　热血男儿恰逢盛世成佳偶
乐娱百姓家家户户喜洋洋　　　　娇容秀女喜择良辰架鹊桥

红烛耀新人缕缕情丝编幸福　　　　同心同德为同一目标结成同心伴
青春逢盛世昂昂壮志竞风流　　　　新郎新娘在新的时代谱写新篇章

婚姻介绍所

红线为媒称月老　　　　能当月老牵丝线　　　　喜扮月老牵情线
绿槐作证是天仙　　　　配做红娘架鹊桥　　　　乐做红娘搭鹊桥

喜为大男系红线　　架鹊桥结百年佳偶　　愿有情人终成眷属
乐替玉女架鹊桥　　牵红线连两颗真心　　办婚介所巧做红娘

愿天下有情人终成眷属　　　　美满美满美感少误自会满
为世间无偶者缔结婚姻　　　　好难好难好事多磨并不难

想方设法帮她找到意中侣　　　　小伙子入此门定逢遂心伴侣
穿针引线助你觅得心上人　　　　大姑娘对上象好建幸福家庭

白玉犹有瑕求人十全十美哪里遇　　架鹊桥愿天下有情人皆成新眷属
青春岂无限择偶百挑百拣几时休　　牵红线使大龄无偶者尽结好姻缘

大家动手帮大男大女解决终身大事　　劝女说男莫在爱情十字路口徘徊不定
红叶题诗看红娘红线牵引同志红心　　穿针引线喜看鸾凤四化途中比翼齐飞

择新娘择红择绿择乱心心应追求真情感
挑女婿挑高挑低挑花眼眼看错过好年华

老年婚

生逢盛世　　　　新营蜗舍　　　　夕阳无限好
老结良缘　　　　老结鸾俦　　　　萱草晚来香

晚年成美事　　　　鬓髦钟情有爱　　　正喜老龙腾锦浪
老骥结良缘　　　　翁媪结伴无奇　　　更看新凤集琼枝

欢度晚年成佳偶　　红线牵来新伴侣　　枯木不甘春色去
发挥余热立新功　　鹊桥引渡老夫妻　　老梅犹有晚香来

枯树著花春意俏　　幕日欣交得意伴　　老年缔结良缘好好好
白头结伴老情钟　　余生喜遇贴心人　　晚辈玉成美事佳佳佳

新知长相知知心知意知冷暖　　盛世几多情喜老树发新枝绽开绿叶
老伴永做伴伴读伴游伴春秋　　人间充满爱愿晚年成伉俪焕发青春

复婚

琴弦欣再续　　　　苑上梅花二度　　　华堂奠雁灯如昨
宝镜喜重圆　　　　房中琴韵重调　　　绣幙窥鸾镜再圆

第一编　婚嫁喜庆类

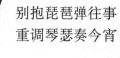

别抱琵琶弹往事　　　前情谅解都如梦　　　缺月今朝成满月
重调琴瑟奏今宵　　　后景娱欢总是春　　　旧人吉日做新人

梅开二度花复艳　　　黛画青山春不老　　　鹊桥再架宾朋喜庆
月缺重圆更光明　　　香添绣阁月重圆　　　破镜重圆子女承欢

再婚

无奈花落去　　　再饮交杯酒　　　传芳新酒酌
有缘凤飞来　　　重植并蒂莲　　　调绮旧诚心

往事不须回首　　　玉箫再世蟾圆镜　　　玉梅再探香偏逸
新人就在我心　　　画栋双栖燕换巢　　　锦瑟调和韵更清

旧曲哪如新曲乐　　　百年鸾凤重卜吉　　　当年痛失同林鸟
先天还借后天成　　　千载瓜瓞更呈祥　　　今日欣瞻比目鱼

花结同心皆妙种　　　初开杏蕊虽然美　　　再弹琴瑟谱新曲
琴弹一曲换新弦　　　二度梅花更是香　　　重整丝弦奏好音

再续姻缘春益丽　　　重圆破镜续金梦　　　重整丝弦新定调
重调琴瑟韵尤谐　　　再架鹊桥渡爱河　　　再开菱镜复生光

重弦乐奏声声悦　　　洞房中夫妻初会　　　莫道再婚非乐事
二度梅开阵阵香　　　花烛前儿女满堂　　　须知重娶有良缘

桃开苑里花仍灼　　　珠帘月影重辉夜　　　绣幕牵丝桥再架
柳放江头絮又新　　　锦阁花香两度春　　　蓝田种玉碧双辉

鸾胶新续推双美　　　宜室宜家赓诗待续　　　晚景重光期继百年偕老
凤翼齐飞庆百年　　　鼓琴鼓瑟改弦更张　　　青春再度争来五代同堂

谷旦续琴弦频奏新腔偕凤侣　　　鸾房重亮双灯往事莫提风扫净
花晨临柳帖好将余墨画娥眉　　　香案高燃红烛续弦再奏月团圆

广阔天涯获知音续弦合奏同心曲
富裕生活凭内助携手共描远景图

新婚并乔迁之喜

凤舞高梧喜　　　笙箫歌合卺　　　鸾俦结盛世
莺迁乔木欢　　　伉俪喜乔迁　　　凤侣入新居

紫阁祥云绕　　　喜气临门第　　　新居堪引凤
朱楼淑女登　　　新人醉洞房　　　绣阁好藏娇

新居承燕贺　　　玉璧一双歌燕尔　　新屋落成来彩凤
合卺惹莺歌　　　高朋满座庆莺迁　　洞房装点引红鸾

花好月圆杯斟美酒　　　高朋雅座翔鸾舞凤
堂新栋雅座满春风　　　翠宇红楼蕴玉藏娇

新婚并长辈寿

合卺庆婚喜　　　松老成龙卧　　　金屋同心侣
举杯祝寿长　　　梧高引凤栖　　　高堂老寿星

鹤舞松龄寿　　　祖辈堂前松鹤舞　　鹿鸣鹤舞恩翁寿
鸾翔梧叶婚　　　孙儿烛畔凤鸾鸣　　凤翥龙飞儿女婚

鸾凤凌云恩爱久　　　玉种蓝田连城异彩
松筠向日寿龄长　　　寿祝鹤龄宪荫永欢

松筠有寿时而益翠　　　松鹤延年蟠桃献寿
鸾凤齐飞翮以凌云　　　彩鸾道喜美酒贺婚

基督教徒婚

上帝降春意　　　主赐无量福　　　变酒须由水
人间缔美缘　　　偶拜有缘婚　　　提灯早备油

胶漆歌和合　　　堂前许爱愿　　　堂拜耶稣主
星沙兆炽昌　　　梓里结同心　　　房悬鸾凤图

婚礼耶稣重　　　天假良缘谐以撒　　处女备油灯灿烂
爱情山海尊　　　人携宝物馈拉班　　婚筵变酒味馨香

处女承欢为淑女　　耶稣变酒婚姻重　　酒变六缸雅客醉
佳期喜庆作婚期　　童女备油智慧高　　灯携十盏新郎欢

胶漆相投夫妇乐　　乐园安居人伦始定
星沙无量子孙昌　　迦拿宴饮神迹初行

迦拿婚筵今欢再见　　新妇良人歌之以雅
壖田乐土世艳双栖　　荣夫淑女言足为箴

第五辑　女嫁喜庆联

嫁女

门阑生喜气　　月圆花好日　　凤喜成婚日
笙管乐新人　　凤舞龙腾时　　鸾翔出嫁时

良辰辉绣辇　　宝马踏云去　　祥光拥大道
吉日过嘉门　　香车戴月来　　喜气满门庭

梅香喜绣阁　　喜气腾仁里　　喜气辉桃面
桃面逊新妆　　香车舞凤鸾　　春光染黛眉

喜字辉门户　　喜花招蝶舞　　喜嫁窈窕女
箫声引月仙　　吉日引鸾飞　　好述君子郎

喜结凤鸾爱　　琴瑟百年好　　琴瑟谐人乐
深钟伉俪情　　凤鸾万事和　　芙蓉带露开

鼓乐迎嘉客　　嫁女笙箫乐　　嫁女芙蓉艳
笑声伴嫁娘　　送亲锣鼓喧　　送亲杨柳新

蟾宫聘玉女　　一片欢心嫁爱女　　千里姻缘千里爱
宝马送新人　　满堂喜气宴嘉宾　　一家伉俪一家亲

大启蓬门攀玉趾　　小女于归欣迓客　　女儿此去成新妇
喜开绣阁嫁贫珠　　佳人莅止庆迎宾　　喜事频来报旧家

女儿出嫁遂心愿　　女去成家真乃喜　　过门但愿成佳妇
鸾凤成婚结爱情　　婿来有礼最为贤　　得喜勿忘报好音

过门欣得公婆意　　出阁勿忘侬母训　　名流喜得名门婿
入室喜调琴瑟声　　过门宜守我家风　　才女欣归才子家

此去夫家当俭朴　　有德百年聚白首　　有缘千里真相爱
莫忘美德倍勤劳　　偕婿今日结青鸾　　佳偶百年庆合欢

作妇须知勤俭好　　含羞女子成妻子　　幸沐春光迎贵客
治家应教子孙贤　　告别闺房入洞房　　喜看爱女赴新婚

幸福鸳鸯看比翼　　宝马迎来云外客　　宝马腾云欣嫁女
勤劳夫妇结同心　　香车送出月中仙　　香车结彩喜乘龙

钟玉有缘女跨凤　　笑拥梅花迎翠步　　笑迎仁里乘龙客
射屏得偶婿乘龙　　题留红叶动仙娥　　喜送德门跨凤人

爱把贴心女作风　　爱情花艳香千里　　爱女良辰欣出嫁
喜迎祖腹婿乘龙　　幸福果甜乐百年　　新人吉日喜成婚

莫嫌出阁妆奁少　　桑麻换地勤耕织　　盈盈玉貌笑樱口
但愿于归幸福多　　发髻更型成室家　　楚楚梅妆舒柳眉

淑女吹箫宜跨凤　　绣幕牵丝欣出阁　　骑宝马乘龙快婿
新郎弄笛应乘龙　　向平了愿庆于归　　坐香车翔凤新人

翔凤乘龙两姓偶　　婚嫁喜迎座上客　　掌上明珠难舍去
好花圆月百年缘　　于归难舍掌中珠　　梦中淑女竞常来

福伴女儿今出嫁　　嫁女喜逢大吉日　　嫁女喜看杨柳绿
喜随宝马日成亲　　送亲恰遇嘉祥时　　送亲笑绽碧桃红

嫁女佳期逢盛世　　嫁女春风人得意　　小女结婚门庭结彩
迎宾小宴在新楼　　结婚喜日偶同心　　亲朋贺喜蓬荜生辉

红叶题诗于归望族　　笔其藻苹礼崇著代　　嫁女喜逢崭新时代
青春立志光耀德门　　花如桃李诗咏于归　　送亲正遇大好春光

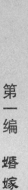

第一编　婚嫁喜庆类

愧我无能妆轻奁薄　　　　　瑟鼓房中凫翔静好
承宾贺喜赆重情浓　　　　　箫吹楼上凤律归昌

自爱自尊对镜理云鬟　　　　惜女如惜珠终须离掌
善为善作当窗梳彩妆　　　　酬人先酬客快点摆筵

喜上眉梢幸得东床婿　　　　女引凤婿烹龙珠联璧合
乐生心底速归西厢人　　　　杨柳风杏花雨美景良辰

多年在闺时时勤耕苦读　　　联姻结亲何必门当户对
一旦过门处处敬老睦邻　　　择婿嫁女只求意合情投

新时期莺歌燕舞迎娇客　　　大地芳辰蒙亲朋厚赠嫁奁
好风尚箫奏笛吹送美娥　　　闺门结彩庆小女喜登鸾程

掌珠今离掌望作贤良佳妇　　梅蕊冲寒幸沐春光迎贵客
娇女勿撒娇当陪有志英男　　松针叶翠喜送爱女赴新婚

凤律协归昌缔偶来画眉京兆　秋水明如镜欣喜嘉鱼将比目
雀屏欣中选问名是祖腹王郎　莲身洁似冰承欢君子结同心

于归无他言宜与家人尊老辈　娶亲者奏乐放炮无非使娘家热闹
将来有厚望好为祖国献青春　嫁女的陪妆赠奁总是为门婿生财

木接东园花移新苑叶茂枝繁千载盛
女怀大志婿有远谋情投意合百年春

杨柳成荫凤凰来仪嘤嘤其鸣求良伴
琴瑟在御声韵和谐雍雍就道会知音

春接腊时红梅展艳占尽风光呈独秀
凤归鸾阁瑞鸟双栖飞腾霄汉赛鸿程

儿女情长忆当年坠地呱呱弄瓦弄璋鞠育一样
父母心切际此日离怀眷眷宜家宜室属望尤殷

嫁养女

虽未怀胎十月	养女已传稼穑术	喜看养女成新丽
竟如慈爱千金	遣嫁再授桑麻经	笑有才郎应好逑

嫁侄女

花色偕车秀	良辰送侄爱	开东阁以延宾彩缕双牵缔佳偶
箫声引凤来	喜气到门庭	许南容之可妻白圭三复重贤名

嫁妹

家人易卦占归妹	赠嫁当夸钟进士	作赋擅清才压妆定有香茗集
君子诗词赋好逑	联吟不让鲍参军	于归谐佳偶宜家合咏夭桃诗

同日长女招婿次女出嫁

招赘近新年男到女家都一样
于归逢腊月迎来送往总相同

嫁孙女

绣阁春风催嫁杏	喜溢重闱瞻祖竹	凤律归昌克绳其祖
重闱喜兆亦征兰	乐居贰室附孙枝	雀屏获选附列于孙

喜气溢重闱诒尘腾欢合咏桃花宜家室
良缘联二姓画屏中选定看芝草茁门楣

再嫁

千里姻缘一夕会	改嫁有勇破旧俗	海燕引雏朝凤阙
半生结偶百年亲	续弦无妨建新家	江鱼带子跃龙门

第一编　婚嫁喜庆类

第二编
生育喜庆类

第二编　生育喜庆类

一、生育民俗谈趣

男婚女嫁，组成家庭。如果说婚姻是人生的重头戏，那么生育则是这场戏的继续和延伸。如果将一个家庭比作一棵树，那么婚姻就像是开花，子女就如同结出的果实。

在我国古代，婚姻除了性的本能需要外，传宗接代、接续香火是它的一大任务，人丁兴旺是家族的一大心愿。因此，民间婚姻的缔结过程，就浓重地涂上了生育的民俗色彩。这些生育民俗渗透着人们朴素的感情，表现了人们向往和期盼家庭幸福、婚姻美满、后继有人的美好心愿。

新婚之日，男方家在迎亲之时要给女方家送一块圆形"喜糕"。这"喜糕"有些特别，特别之处在于专门蒸得生些（不全熟，一般在七八成熟），意思是取一个"生"字。"喜糕"除了生之外，还要用红枣在糕的上面摆个"喜"字。喜糕用一块红布包上，由迎亲之人送到女方家。女方家收到"喜糕"，待新娘出嫁后，将它切成薄片分送给邻里乡亲，让更多的人占到这个"生"字。

相对应的是：新婚之日，男方家要准备一些生绿豆芽（生黄豆芽也可），交给女方家的送亲人带回去。这也是意在取一个"生"字。

北方农村迎亲时还有一个乡俗，即由迎亲的大人带一个小孩（男孩），俗称"压轿小"。这种乡俗有的地方则是新娘上轿时，带一个小孩，作为"压轿小"。下轿时，男方家还得给小孩一个红包，否则，新娘就不下轿。这种乡俗也与婚事吉庆、生育有望有关。

另外，新娘临上轿时，要含一片生姜在口内，据说生姜有驱寒暖胃之效，有一路平安之意。同时，生姜也有"生"的寓意。

在洞房中，要摆上核桃、红枣、花生。待闹新房的人夜里散去后，新娘要动手敲核桃、剥花生和红枣，用红枣包上核桃仁吃，语称"红枣包核桃，早把孩儿抱"。核桃有仁，仁谐音"人"；红枣的枣，谐音"早"，有"早生贵子"之寓意。花生，为双兼，既取"花"意，又取"生"字，意思是花着生：不仅生男孩，还要生女孩。

在我国民间，产后调理俗称"坐月子"。女人坐月子有很多讲究，如俗语说："嫁出去的女儿，泼出去的水。"意思是说女儿嫁了人就成了外人，不能在娘家坐月子。否则，对娘家人不吉利。如乡下通常流行在月房门帘正上方挂一块红布，一来避邪，二来告诉外人不要轻易进入月房。原因是怕陌生人入内将产妇的奶水带走了。另外，坐月子忌洗头，忌过早在地下走动或干活，怕身体落下毛病。"月子里毛病月子里治"，就是说女人在月子里得的病一般不好治，只有在再次生孩子坐月子时调养方可好转。

　　古时候，由于乡下卫生医疗条件差，产妇由民间接生婆接生，婴儿成活率相对较低。最常见的有"六儿风"，即新生儿在产后六天头上就夭亡了。所以在民间逢六不探月，探月不送双（忌六）。探视坐月子时送的食物成单数，一般为十五或十九，取捂住和长久之意。

　　做满月，是我国民间较为普遍的乡俗，而且延续到今天。满月，又称弥月。婴儿满月时，要剃胎发，眉毛也同时剃光。剃下的胎发不能乱丢，有的地方用红纸包好搁在门顶上，意谓步步登高；有的地方则是将胎发揉成团，用红布缝一个三角包在婴儿枕头上，或挂于床头前，意在避邪。民间做满月，通常是婴儿过了百天，所以有的地方称"百日礼"。做满月时，亲戚们都要到场祝贺，送些娃娃穿戴的物件。至今北方农村仍流传这样的俗话："姑姑鞋，姨姨袜，老娘缝个格叉叉（开裆裤），舅舅把老虎抱到家（布老虎避邪）。"

　　周岁礼，当婴儿一周岁时，民间要让婴儿"抓周"，即在周岁这一天，在婴儿面前摆放上诸如钢笔、玩具手枪、算盘、拨浪鼓等物品，任由婴儿抓取，以测试婴儿未来的志向和前途。这只是一种在民间流行的乡俗，如今，已无人再相信。人常说："三冬三夏，抱大个娃娃。"抚养孩子确实倾注着父母的千辛万苦。在民间，过去为了求得平安，愿孩子成器，每逢农历三、四、五月，要给孩子缝制象征避邪的动物，戴在帽子上或衣服上。"三月鸡，四月狗，五月来了戴老虎。"

第二编　生育喜庆类

二、给孩子起名的艺术

《礼记·檀弓》孔颖达论:"始生三月而加名。"即孩子做满月或百日礼时,就应该起名。过去在乡下,大多数先给孩子起个乳名,又称小名。乳名一般是家长起,旧日天灾人祸较多发生,为了让孩子免除灾难、长大成人,家长给孩子起的乳名大多难听。俗话说:"孩子名难听,鬼也怕沾身。"所以什么难听的乳名都有,如臭旦、丑妮、狗剩子、狗不吃等。现在,无论乡村和城市都有给孩子起乳名的,但起名的出发点不是单纯为了成器,而是渗透着父母对孩子的喜爱之情。常用名字如毛毛、豆豆、果果、贵贵、转转、狗子、格子、虎子等。

待到孩子长到入学年龄,还要给孩子起名,这个名即"本名",也称"学名",民间也有称"官名"的。古人还有在起名之后取字的,不过取字要到孩子成年之后。《礼记·曲礼上》:"男子二十,冠而字""女子许嫁,笄而字。"古人取字,往往是名的解释或补充,二者互为表里,故字又称"表字"。如屈原,名平,字原,平与原同义。又如陆游,字务观,观与游字义相近。现代人在起名时就不取字了,统称为名字。不过,现代人起名(本名)等不到长到学龄就得起,因为孩子一生下来就要上户口,户口簿上的名字总不能三年一换五年一换吧,所以孩子上户口时就应有合适的名字。

如何给自己的孩子起个好名字呢?起名虽只一两个字,但其中颇有学问和艺术。现归纳如下:

1.**名取时令**。以年份取的有甲子、甲申、丙午。以季节取名的有春丽、春祥、小夏、秋芬、冬林等。这种起名法以孩子的出生时令为征,古今皆用之。

2.**名取地域**。孩子出生在某地,某城市,取其名颇有意趣。如在上海生的叫"沪生""海平";在山西生的叫"晋儒""晋敏";在四川成都生的叫"蓉芳";河南生的叫"豫婷"等。

3.**名取时政**。有的家长给孩子起名以出生时的政治气候和重大事件为题,很有纪念意义。如在20世纪50年代出生的叫"抗美""援朝"者不少;在"文革"时期生的就有"马文革""史文革""江向东""陆红卫"等。

4.**名取相貌**。旧时有的家长没文化,给孩子起名索性以相貌而取。如以孩子的五官特征起名的有"大眼""黑眼""圆眼""凤眉""大嘴";如孩子屁股上或身上长有胎记(有的红、有的黑),大人就给孩子起名为"记英""记娥""记青"等。

5.**名取叠音**。除了前面提及的乳名多取叠音字外,也有起正名时用叠音字的，如芃芃、媛媛、茵茵、芳芳、翠翠、倩倩、明明等。叠音名字以女性为宜，给男孩子起名一般不取叠音字，因叠音叫起来有阴柔美，但无阳刚气。

6．姓名同音异字。叠音名还有一种特殊情况，即姓名同音异字。如曹操、魏巍、杨阳、韦唯、林菱、雷蕾、方芳、袁远等。男性如取这样的叠音名字也未尝不可。

7．名取谐音。以谐音法起名者大多名与姓连用，方显其艺术性。如李向（理想）、袁博（渊博）、梁石（粮食）、郑义（正义）、常成（长城）、宋涛（松涛）、焦健（矫健）、严必信（言必信）、孙凡峰（顺帆风）、江杉鸿（江山红）。

8．姓名连贯。姓和名连在一起，用得巧妙（不用谐音法），会使人耳目一新。如严肃、路遥、南方、关键、牛得草、马识途、文武斌、华而实（华而不实之反意妙用）等。

9．拆姓为名。将姓氏从字面上拆开为名，倒也独具匠心，让人过目不忘。如张长弓、杨木易、舒舍予（老舍）、雷雨田、胡古月等。不过此种取名法，开始一个人用了很新鲜，如果再有人袭用就让人笑话了，不可取。

10．姓名包容，即姓中有名，名中有姓。这种起名法多在字的结构上做文章，文化艺术界用得较多。如牛犇、聂耳、石岩、方堃、金鑫、林彬、吕品、马骏、谷峪、甘甜、白皓、冉彤、王玉珍、林树森等。

11．截取古语。有知识和文化底蕴厚重者在起名时，好在古语（成语、古文、古诗词）中截取。如李无言，取"桃李无言，下自成蹊"句；江天一，截取"江天一色"词句；周而复，截取成语"周而复始"；成方圆，截取"不以规矩，不能成方圆"古语；曹严华，截取《百家姓》中"孔曹严华"；吕调阳，截取《千字文》中"律吕调阳"句；还有的哥哥叫"阳春"，妹妹叫"白雪"，共取"阳春白雪"。这是一种思路，可以举一反三。

12．名取联绵字。汉字中字形相近的联绵字，可以在同胞兄弟、姐妹起名时巧用，尤其用在孪生双胞胎中更好。如"经纬"：大的叫李经，小的就叫李纬。还有"峥嵘""杨柳""芬芳""巍峨""超越""宇宙""江涛"等。

13．名取排行。古代流传兄弟姐妹要以排行起名，排行字有孟、伯、仲、叔、季，还有长、元、次、少、幼。民间乡下过去给孩子起名，挨着叫：大毛、二毛、三毛。给孩子起名时可以按排行而取，也可以另辟蹊径，如冠、亚、季，老大叫冠平，老二叫亚平，老三就叫季平。也可以用"松、竹、梅"（岁寒三友），"风、雅、颂"（诗经类别）等排行起名。

14．按辈分排序起名。按字辈起名是中华民族具有悠久历史的民俗现象。它的传承性，可帮助人们推行世系序列、承先启后、光宗耀祖、敬宗延祖的家族遗风。对于海外侨胞、澳台同胞寻根认祖、分清长幼辈次有重要作用。但是，它有局限性，宣扬了家庭至上的封建观念，有碍炎黄子孙更大范

第二编　生育喜庆类

围的团结和凝聚力。

鉴于此种局限与弊端，笔者根据多年为人起名的实践拟编几种"起名用字歌"，列于下文，供广大读者参考。

（1）美德用字歌：

端善德厚贤，惠恕恭崇廉，

贞良诚忠益，敦清正洁谦。

（2）高雅用字歌：

彦甫若哲智，静稚璞逸之，

慎其然卓景，舒秀毓则怡。

（3）吉祥用字歌：

盛丰裕盈祥，富荣延茂昌，

嘉瑞兴启吉，福寿庆泰康。

（4）人杰用字歌：

敬泽相正邦，龙伟国尚扬，

向华献群杰，辉炳英宏强。

（5）学儒用字歌：

文敏实思进，奇致硕晋宁，

之静树知晓，慧如远博明。

15．形声兼备。中国汉字具有独特的形体美，有的属上下结构，如"忠"；有的属左右结构，如"诚"；有的属里外结构，如"国"；有的属三角结构，如"磊"；有的属三层结构，如"意"。起名时考虑到汉字的结构特点，所起的名字写出来就富有形体美。如果姓氏是上下结构的字，那么起名时就应选用左右结构的字来相配（三字姓名起码有一字与姓氏字的结构相异）。如孩子姓"吴"，名字就可以起"吴博""吴静之"。如孩子姓"杨"，名字可以起"杨青""杨晓光"。这样字形错落有致的名字，写出来漂亮，不呆板，有变化。

中国汉字又颇富音韵美。字与音的结合，字与字的组合，字音平仄声调的变化，阴阳顿挫，跌宕起伏，就构成了姓名的音韵，叫起来和谐好听。所以，在给孩子起名字时既要考虑用字的形体美，又要顾及用字的音韵美。如李化雨，三字皆为仄声，又如张忠群，三字皆为平声，这样音韵缺乏变化的名字，叫起来显得单调，拗口，更谈不到音韵美了。还是这两个名字，只需改动一个字，显然就好叫也好听了。你看：将"李化雨"中的"化"改为"新"字，音律成了仄平仄，就有了起伏；把"张忠群"的"忠"改为"力"字，音律为平仄平，顿时好听多了。

人的名字是人的符号，是人在社会交往中相互区别、相互称呼、相互联系的标记。名字起得好，是一个人的无形包装，会给一个人平添几分光彩。尤其在现代社会，出门交往相互递名片，对方一看你颇有文化韵味的名字，第一印象就很好。另外，在法制日益健全和加强的今天，姓名权或署名权被侵害现象的发生，尤其显出名字的重要。因此，从小给孩子起个好名字是家长义不容辞的责任与义务。起名字是一门学问，一种文化，很值得探索与研究。

第二编　生育喜庆类

三、生儿育女喜庆对联集萃

通用生子女

丹凤从天降　　　玉喜蓝田种　　　兰馨征国瑞　　　世德钟麟趾
金童不世生　　　珠从赤水求　　　熊梦兆家祥　　　家声毓凤毛

充闾增喜气　　　妇育何愁晚　　　优生且优育　　　来仪征凤卜
惊座试啼声　　　花香不在多　　　重女犹重男　　　衍庆协熊占

弄璋欣有喜　　　奇表称犀角　　　祥招熊入梦　　　绿竹生嫩笋
产凤庆生辉　　　清声试凤雏　　　庆衍凤来仪　　　红梅发新枝

渥水钟麟骨　　　　麟书征国瑞　　　　丹凤堂前初兆瑞
丹山毓凤毛　　　　熊梦兆家祥　　　　玉麟阁上早占祥

文伯又从天外降　　　不栉也曾称进士　　　中郎有女传家业
骊珠重向掌中圆　　　有才何必重生男　　　道韫能诗压弟昆

石麟果是真麟趾　　　宁馨生应文明运　　　何必重男轻视女
雏凤清于老凤声　　　大器育成栋梁材　　　要知半子胜生儿

英物啼声惊四座　　　虎子自愿生一个　　　临风玉树堂阶舞
德门喜气洽三多　　　香花不必发多枝　　　照眼明珠入室来

昨夜祥光腾婺女　　　家产神驹征富贵　　　绕庭已是临风玉
他时喜气应门楣　　　门腾彩凤耀光华　　　照室还看入掌珠

海上蟠桃欣结子　　　锦绣生辉征喜兆　　　谢庭喜擢芝兰秀
月中仙桂喜生枝　　　文明有种育甯馨　　　周雅欣赓瓜瓞篇

瑞应宝婺离双阙　　　天送石麟祥云绚彩　　　兆叶鸡飞门前设帨
喜见仙娥坠九天　　　怀投玉燕吉梦应昌　　　祥征虺梦掌上擎珠

78

如此掌珠得未曾有　　　庆溢桑弧四方有志　　　秀擢芝兰雏丁毓庆
谁谓弄瓦聊胜于无　　　祥征兰梦一索得男　　　泽系瓜瓞贵子征祥

荀氏八龙薛家三凤　　　积德累仁自求有福　　　萱草兰林门庭溢喜
燕山五桂蜀国双珠　　　承先启后生此甯馨　　　桑弧蓬矢堂构增辉

麟趾呈祥长贻世德　　　　　　玉种蓝田产出连城玉宝
凤毛济美丕振家声　　　　　　珍求赤水擎来照壁珍珠

迟种玉早获珠同为宝物　　　　灵结珠胎初羡莹辉之入掌
先开花后结子本是常情　　　　祥符熊梦方夸秀色之临门

积德累仁先世栽培惟福喜　　　晚恋晚婚移风易俗传佳话
玉麟丹凤后昆光耀显门楣　　　优生优育破旧立新吹欢歌

彩帨悬门兰质蕙心延美誉　　　啼声惊座又报华夏添巾帼
明珠入掌柳诗茗赋毓清才　　　佳气充闾早卜前程胜须眉

瑞世育祥麟已为德门露头角
丹山翔彩凤还从华阙炫文章

春日生子女

风暖兰阶花吐秀　　　　　　庭前兰吐芳春玉
雷惊竹院笋抽芽　　　　　　掌上珠生子夜光

佳气充闾倍添春色
英声载路喜得甯馨

夏日生子女

瓜瓞远绵征夏日　　　喜贺石榴新结籽　　　子种莲房池有新苗
芝兰新苗似春初　　　笑看绿竹又生芽　　　蔓延瓜瓞日见长绵

秋日生子女

川媚山辉蓝玉朗　　　月窟培生丹桂子　　　月朗天高桂宫结子
天高月满蚌珠肥　　　云阶育出玉兰芽　　　地灵人杰嵩岳生甲

红白喜事对联大全

冬日生子女

花前笑看龙书帖	瑞雪新生明璧玉	瑞雪盈庭石麟降世
梅下欣听凤和声	寒冬喜绽郁香梅	祥云护舍玉燕投怀

生双胞胎

双喜临门第	方记珊瑚成连理	玉种蓝田征合璧
孪生降世间	乐闻家室结孪珠	树栽碧野喜交柯

花萼相辉开并蒂　　　　两美同生祥开达适
埙篪齐奏叶双声　　　　一孪竞秀誉迈效郊

晚年生子女

秋月晚成丹桂实	晚年得子十分喜	老树著成晚成大器
春风新长紫兰芽	老眼看花百倍鲜	枯杨生秭乐享暮年

生孙

凤毛夸济美	月窟早培丹桂子	瓜瓞欣看绵世泽
燕翼善贻谋	云阶新毓玉兰芽	梧桐喜报长孙枝

华堂称庆开饴座	桂子飘香征厚福	麟凤呈祥征祖德
梓舍承欢进晬盘	兰孙毓秀兆佳祥	山川孕秀毓孙枝

声美凤雏绳其祖武　　　　美济凤毛兰荪苗秀
诗赓燕翼贻厥孙谋　　　　谋贻燕翼瓜瓞绵长

公本克家勉荷父薪勤训子　　　　奕叶重光桂室熊罴欣化梦
我怀盛德欣逢祖竹庆生孙　　　　孙枝启秀兰房莺燕喜生辉

生曾孙

一门绕五福	一门五福呈箕范	喜见桐枝开四叶
四世庆同堂	四世同堂庆瓞绵	福陈箕范祝三多

天赐石麟祥开四叶	华构象贤一门赐福	曾孙之稺黍稷翼翼
庭投玉燕瑞霭一堂	云仍继起四代同堂	君子有谷瓜瓞绵绵

此泽庆作求知桐枝更茁兰芽一门全福
家声知丕振喜龙孙又生骥子四世同堂

贺生子喜幛

英声惊座	庆叶弄璋	石麟呈彩	彩褓增祥
弄璋志喜	兰阶吐秀	天赐石麟	芝兰新苗
德风有继	凤毛济美	喜德宁馨	麟趾呈祥

贺生女喜幛

掌上捧珠	珠玉耀堂	绿凤新雏	祥征虺梦
明珠焕彩	辉生巾帼	雏凤凌空	喜比螽麟

贺双生喜幛

班联玉笋	双株竞秀	门辉双喜	双珠得意
莺燕争鸣	双耀竞秀	并耀门庭	珠联璧合

贺生孙喜幛

绳其祖武	秀苗孙枝	祖德孙贤	瓜瓞延祥
孙枝吐秀	孙继祖德	乐享含饴	光被孙庭

十二岁开锁大吉

生肖初轮满	开锁方开窍	童年好日月	树人犹树木
风华一品红	有知始有才	睿智嘉年华	立德兼立言

开锁如开卷	百载修身路	顽皮金不换	砺德身心正
启蒙便启知	一家启智书	睿智志难移	求知耳目聪

读书勤发奋	云霞新气象	一轮生肖风云静
启智苦钻研	豆蔻好年华	十二年华志向高

万里功成投笔处	鸟欲高飞先振翅	读书解惑刚开窍
四时乐在读书中	人求上进早读书	上学求知早入门

欣喜风华开锁日	青春有限目光远	美好人生开盛宴
承欢金榜题名时	学海无边志向高	吉祥本命庆嘉年

本命年吉祥如意	答疑解惑欣开锁	风华正茂新一代
启锁日幸福开心	折桂夺魁待有年	蓓蕾初开十二年

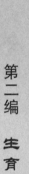

第二编 生育喜庆类

十二图腾有成学业　　　　岁长一轮吉祥开锁　　　　应运应时须珍日月
万千气象无量前程　　　　人生几度快乐读书　　　　顺风顺水直挂云帆

豆蔻年华青春有限　　　　盛宴此时吉祥三宝　　　　喜上眉梢声声道喜
鲲鹏志向学海无边　　　　佳期有日幸福一家　　　　高中学业步步登高

路有前程专心进取　　　　　　　　览胜读书当须超万
学无止境励志攀登　　　　　　　　成龙跃鲤只要第一

一轮十二年年华精彩　　　　　　　十二年华彩霞环日月
双目万千景景色多娇　　　　　　　千番美景好运伴人生

美好一词喜迎开锁日　　　　　　　女成凤子成龙天遂心愿
吉祥二字陪伴读书人　　　　　　　智化愚德化秽事在人为

十二年生育初轮十分美好　　　　　福佑一生事事吉祥红火火
万千里前程大展一片光明　　　　　运开四季年年如意喜洋洋

过十二年生肖一轮楼再上　　　　　红运当头佳期学业登金榜
照万千相华光四射景初开　　　　　吉祥满意乐度华年步锦程

游学海步书山幼年确立凌云志
铭师恩懂母爱来日敢为折桂人

红白喜事对联大全

第三编 寿诞喜庆类

第三编　寿诞喜庆类

一、寿数的称谓与寿数的忌讳

人的寿数（年龄），古有称谓。《论语·为政》："吾十有五而志于学，三十而立。四十而不惑。五十而知天命。六十而耳顺。"《庄子·盗跖》："人，上寿百岁，中寿八十，下寿六十。"还有人将三十至百岁细分为：三十岁为"壮寿"，四十岁为"强寿"，五十岁为"艾寿"，六十岁为"耆寿"，七十岁为"稀寿"，八十岁为"耋寿"，九十岁为"耄寿"，一百岁为"期颐寿"。有称八十八岁为"米寿"，即拆"米"字为八十八。

树有年轮，人有岁数。岁数多少表示生命的长短，标志岁数的数目字与人的生命息息相关。在民间，寿数的表达有种种忌讳。

忌言四十五。俗话说："人到四十五，庄稼去了暑。"据《北平风俗类征·语言》引《朔纪》云："燕人讳言四十五，人或问之，不曰'去年四十四岁'，则曰'明年四十六岁'，不知何所谓也。"又据《汴梁琐记》载，汴地民间流传：包拯奉命往陈州放粮，中途遇盗，乔装忘八（江湖中下九流妓女的鳖脚），逃出险地，幸免于难。其时包拯正值四十五岁，民间认定四十五这一岁，必属厄运，因而忌言四十五岁，多改称明年四十六岁，以避之。

同时，四十五这个数目字又与"九"有关。九为阳数之极，物极必反，故是代表由盈而亏，由盛转衰的不吉数字。清人董含《菁乡赘笔》云："古人逢九，云是年必有灾殃。"民间有"逢九为疙节头"之说，意思是说人的岁数逢九和九的倍数是人生的一个"坎儿"。四十五岁恰是九的五倍数，故讳之。另外，有关"九"的厄关还有明九和暗九之分，岁数有九的如三十九、四十九、五十九、六十九、七十九是谓明九。暗九是说岁数上虽无九，但却是九的倍数，如三十六、四十五、五十四、六十三、七十二、八十一等。

忌言四十九。人逢四十九岁，民间习惯说这一年是个"大疙节头"（大坎儿）。四十九除了属明九之讳外，还是人的"本命年"（虚岁）。俗话说："本命年难过。"所以，人到四十九岁时，一般不言此数目，或言四十八（周岁），或言明年五十。

忌过六十六。民间俗谚云："年纪六十六，阎王要吃肉。"我国东北一带老人六十六岁生日时，儿子要给包六十六个小饺子，如果老人能一顿吃光，就预示着能平平安安过了这个"坎儿"。河南一带，老人过六十六岁生日时，闺女要送一块肉来，为的是用这块肉抵上阎王爷的债。有的地方，还要把闺女送来的这块肉，切成六十六块，让老人吃下去，意思也是让老人顺利地闯过这一"厄关"。

忌言七十三、八十四。传说孔子卒年七十三，孟子享年八十四，因此人们以为这两位圣人都闯不过的关口，一般人就更难闯过去了。民间将这两个岁数叫做"损头年"。又普遍传说："七十三、八十四，阎王不请自己去。"一旦过了这两个岁数，就成了寿星，而且可望活到百岁。

二、民间象征长寿的吉祥物

松。《花镜》云："松为百木之长，诸山中皆有之……其质礌砢修耸，多节永年。皮粗如龙鳞，叶细如马鬃，遇霜雪而不凋，历千年而不殒。"早在两千多年前，孔子就赞叹道："岁寒，然后知松柏之后凋也。"由此，松被人视作长青之树，赋予其延年益寿、长青不老之吉祥寓意。"福如东海长流水，寿比南山不老松"也就成了一副惯用的祝寿联。

鹤。《花镜》云："鹤，一名仙鸟，羽族之长也。有白、有黄、有玄，亦有灰苍色者，但世所尚皆白鹤。"《相鹤经》载："鹤……十六年小变，六十年大变，千六百年形定而色白。……盖羽族之宗长，仙人之骐骥也……其寿不可量。"《淮南子》曰："鹤寿千年，以极其游。"世人常以鹤寿、鹤龄、鹤算为颂人长寿之词。

鹿。《宋书》："虎鹿皆寿千岁，满五百岁者，其毛色白，能寿五百岁也，即能变化。"传说鹿与鹤一起保卫昆仑山上的灵芝仙草。《白蛇传》中白娘子仙山盗草就有此情节。据传，鹿为长寿仙兽，神话中有西王母乘白鹿之说。《抱朴子》云："鹿寿千岁，满五百岁则其色白。"《述异记》亦云："鹿一千一年为苍鹿，又五百年化为白鹿，又五百年化为玄鹿。"在民间，鹿音谐"禄"，鹿和鹤称"六合同寿"。在传统年画中，鹿鹤常与寿星为伴，为祝长寿。

蝙蝠。蝙蝠为长寿之物，故而服食亦可延寿。《抱朴子》云："千岁蝙蝠，色如白雪，集则倒悬，脑重故也。此物得而阴干末服之，令人寿万岁。"蝠与福谐音，民间广为流传的有"五福捧寿图"（五福即福、禄、寿、喜、财）。

龟。《花镜》云："龟乃介中灵物也，故十朋大龟，圣人所取；金钱小龟，博览所尚。"神话传说中龟为长寿之物，神龟寿命长达几千年至上万年。《洪范·五行》："传龟之为言，久也，千岁而灵，故知凶吉。"龟为"四灵"（麟、凤、龟、龙）之一。古人云："见龟蛇集者，有印绶之喜。"龟的寿命极长，能鉴往知来，故有"灵龟"之称。《述异记》曰："龟一千年生毛，寿五千岁，谓之神龟；寿万年，曰灵龟。"民间以"龟龄"喻人长寿，或与"鹤算"合称"龟龄鹤算"，为祝寿之词。

椿。《庄子·逍遥游》云："上古有大椿者，以八千岁为春，八千岁为秋。"可见椿很早就被视为长寿之木。唐钱起《柏崖老人》诗云："帝力言何有，椿年喜渐长。"明王世贞《艺苑卮言》曰："今人以椿萱拟父母，当是元人传奇起耳。"其实，唐牟融《送徐浩》诗早有此说："知君此去情偏切，堂上椿萱雪满头。"五代时冯道有诗句"灵椿一枝老，丹桂五枝芳"以椿比父。

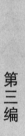

宋柳永《御街行》词有句："椿龄无尽，萝图有庆，常作乾坤主。"古来以椿入寿联者如："筵前倾菊酿，堂上祝椿龄。""椿树千寻碧，蟠桃几度红。"

桃。在古代神话中，桃树为追日的夸父之手杖所化。《山海经·海外北经》载："夸父与日逐走，入日，渴欲得饮。饮于河渭，河渭不足，北饮大泽，未至，道渴而死，弃其杖，化为邓林（邓林即桃树）。"《太平御览》引《典术》曰："桃者，五木之精也，故厌伏邪气者也。桃之精生在鬼门，制百鬼，故今作桃人梗著门以厌邪。"不过，制鬼避邪的特性不只存于桃木，也见于桃实。桃实俗有"仙桃""寿桃"之称，言食之可以长寿延年。《神农经》云："玉桃服之长生不死。若不得早服之，临死服之，其尸毕天地不朽。"传说桃实以西王母娘娘所植蟠桃为上。此桃三千年一开花、三千年一结实，食一枚可增寿六百年。世人常以桃祝人寿诞，或蒸面桃象征寿桃祝寿。国画大师齐白石生前曾画两个桃子，祝友双寿；一幅画九个桃子为万寿（因九为阳数之最），用以祝毛主席万寿无疆。

三、寿诞喜庆对联集萃

第一辑　通用祝寿联

祝寿堂

人增寿域 天转阳和	人歌上寿 天与遐龄	上膺万寿 下禔千秋	天赐纯嘏 人祝箕畴
立功立德 寿国寿民	名高北斗 寿比南山	华堂衍庆 海屋添筹	幸逢盛世 乐享遐龄
松风鹤语 福海寿山	松龄不老 鹤寿绵长	星辉南极 酒泛金樽	清风养德 静气延年
清能益寿 静可延年	童颜鹤发 鹿角龟年	福如海阔 寿比天齐	福如东海 寿比南山
鹏程万里 鹤寿千秋	樽开北海 曲奏南薰	花开盛世 寿享高年	胸同海阔 寿与天齐
夕阳溢彩 余热生辉	竹多劲节 松有贞心	德高益寿 心阔延年	读书益智 舞剑强身
梅开寿域 鹤舞遐龄	和谐社会 喜乐年华	家和福满 德厚龄长	心如水静 寿比山高
和开寿相 爱养福根	善心处事 寿相动人	老来有福 寿显无前	童颜不老 鹤寿宜高
精神有道 福寿无边	龟龄鹤寿 柏翠松青	人逢盛世 寿享尧天	党施善政 福享高龄

心田种德 寿域安居	竹梅气节 福寿人家	夕阳焕彩 柏酒生香	霞飞夕照 寿庆华年
寿光及第 福气凝轩	精神不老 福寿绵长	松龄鹤寿 海晏龟年	头添鹤发 面杳龙钟
寿开宴上 福在心中	有成济世 无欲延年	目瞻北斗 寿比南山	松风有种 福海无边
人歌鹤寿 鹊报华年	大公益寿 无愧延年	龟龄增寿 鹤算添筹	筹添东海 颂献南山
静臻高寿 乐享晚年	宏开寿域 欢度晚年	夕阳耀彩 余热生华	乾坤同寿 日月齐辉
寿星在户 福气临门	人品如金玉 寿龄比柏松	七星光北海 万寿比南山	九如天作保 五福寿当先
三樽酒献寿 五岳松贺年	五岳苍松劲 九峰仙鹤鸣	长青松有色 高寿域无疆	四时调玉烛 千算祝瑶觞
寿考征宏釜 和平享大年	寿名高北斗 福气比南山	寿高体益健 人老志弥坚	青松多寿色 丹桂有丛香
松高枝叶茂 鹤寿羽毛丰	松柏千年寿 家庭百世荣	松龄推耆寿 鹤算祝高年	松龄长岁月 鹤算纪春秋
高风迎鹤寿 亮节得龟年	泰岱松千尺 丹山凤十苞	清言多妙理 令德有遐芳	清风延世泽 逸气享遐龄
隆德酬盛世 鹤仙祝遐龄	梅老花愈密 竹高节更虚	健康人有寿 豁达日无忧	盛世长青树 高龄老寿星
野鹤无丹质 寒松有本心	福如东海水 寿比南山松	福如东海大 寿比南山高	福大如东海 寿高比南山
愿持山做寿 应共酒为年	三农香五谷 九秩寿千秋	民尊年老者 世敬寿长人	五福全家乐 三多万世钦

福寿古今贵　　九秩身心健　　江山千古秀　　人老心难老
春秋岁月甜　　合家喜气盈　　福寿万年长　　古稀今不稀

寿若南山柏　　高寿心难老　　心舒能益寿　　厚道山河寿
德高北斗星　　童颜世永春　　气顺可延年　　清心日月辉

五岳江山秀　　青松呈寿相　　举杯邀白鹤　　气吞云梦志
九旬岁月甜　　黄土扎福根　　祝寿对青松　　寿似泰山松

喜酌千年酒　　喜慈颜永驻　　长春花锦绣　　梓里歌龟寿
乐呈百岁图　　期后福无疆　　不老玉精神　　华堂庆鹤龄

椿树千寻碧　　国华新岁月　　酒贺遐龄日　　皓首称稀寿
蟠桃几度红　　人瑞老青年　　寿尊厚德人　　童颜灿夕阳

青松多寿色　　期颐人共贺　　江山开寿宴　　爱拥南山寿
厚德育灵根　　福履寿同登　　岁月长年轮　　仁荣北海春

树老生春色　　贺寿小康日　　云鹤歌高寿　　岁月催人老
年高有逸情　　迎春大有年　　苍松发嫩枝　　诗书伴寿长

盛世山河美　　世寿福如海　　小康增福寿　　钟爱诗书画
小康福寿长　　家和寿似山　　大富乐春秋　　缘情松竹梅

晚年白发乐　　花开光景好　　国兴添福寿　　世盛千年树
盛世夕阳红　　寿庆夕阳娇　　家旺乐康宁　　家和百岁人

人老心难老　　仁者有寿者相　　汉柏秦松骨气　　室有芝兰气味
寿高品亦高　　福人得古人风　　商彝夏鼎精神　　寿如松柏遐龄

福如东海碧水　　紫气辉联南极　　福与河山长在　　岁月无情催老
寿比南山青松　　寿光彩映中华　　寿同日月齐辉　　春秋有限自珍

盘点百年风雨　　笑口常开益寿　　不抽烟能健体　　寿比南山寿大
寿经四世春秋　　欢颜永驻健身　　少饮酒可延年　　福如东海福长

早已俊才人爱　　盛世政廉俗美　　天赐遐龄最贵　　人上征途心不老
又留长寿世尊　　一门子孝媳贤　　人歌上寿无疆　　老朝峰顶景长春

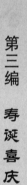

第三编　寿诞喜庆类

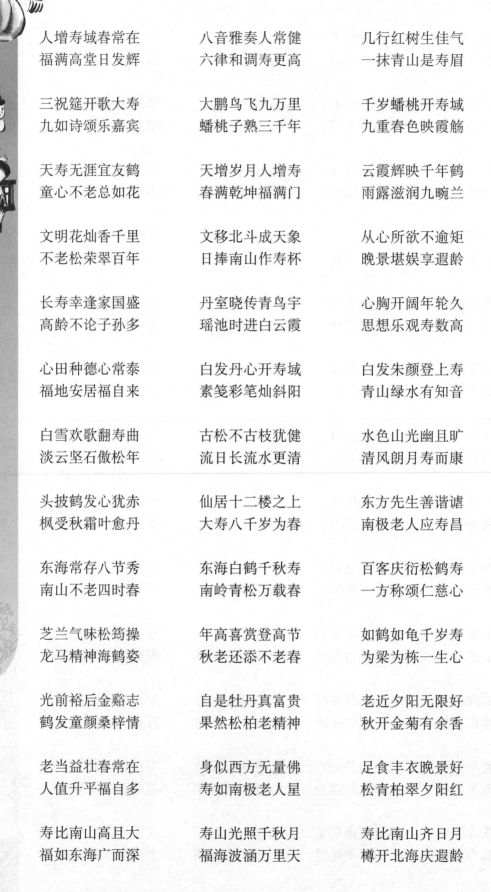

人增寿域春常在　　八音雅奏人常健　　几行红树生佳气
福满高堂日发辉　　六律和调寿更高　　一抹青山是寿眉

三祝筵开歌大寿　　大鹏鸟飞九万里　　千岁蟠桃开寿域
九如诗颂乐嘉宾　　蟠桃子熟三千年　　九重春色映霞觞

天寿无涯宜友鹤　　天增岁月人增寿　　云霞辉映千年鹤
童心不老总如花　　春满乾坤福满门　　雨露滋润九畹兰

文明花灿香千里　　文移北斗成天象　　从心所欲不逾矩
不老松荣翠百年　　日捧南山作寿杯　　晚景堪娱享遐龄

长寿幸逢家国盛　　丹室晓传青鸟宇　　心胸开阔年轮久
高龄不论子孙多　　瑶池时进白云霞　　思想乐观寿数高

心田种德心常泰　　白发丹心开寿域　　白发朱颜登上寿
福地安居福自来　　素笺彩笔灿斜阳　　青山绿水有知音

白雪欢歌翻寿曲　　古松不古枝犹健　　水色山光幽且旷
淡云坚石傲松年　　流日长流水更清　　清风朗月寿而康

头披鹤发心犹赤　　仙居十二楼之上　　东方先生善谐谑
枫受秋霜叶愈丹　　大寿八千岁为春　　南极老人应寿昌

东海常存八节秀　　东海白鹤千秋寿　　百客庆衍松鹤寿
南山不老四时春　　南岭青松万载春　　一方称颂仁慈心

芝兰气味松筠操　　年高喜赏登高节　　如鹤如龟千岁寿
龙马精神海鹤姿　　秋老还添不老春　　为梁为栋一生心

光前裕后金谿志　　自是牡丹真富贵　　老近夕阳无限好
鹤发童颜桑梓情　　果然松柏老精神　　秋开金菊有余香

老当益壮春常在　　身似西方无量佛　　足食丰衣晚景好
人值升平福自多　　寿如南极老人星　　松青柏翠夕阳红

寿比南山高且大　　寿山光照千秋月　　寿比南山齐日月
福如东海广而深　　福海波涵万里天　　樽开北海庆遐龄

寿比南山松不老　　寿同松叶千年碧　　寿添花甲欣康泰
福如东海水长流　　品似梅花一味清　　福享古稀共乐忧

青山不老人长寿　　青松有寿石为伴　　放眼赏松方益寿
绿水竞流岁永春　　白鹤多情鹿共鸣　　凝神观鹤始延年

欣逢盛世歌长寿　　松木有枝皆百岁　　松竹精神梅品格
喜遇丰年颂老莱　　蟠桃无实不千年　　云山气质海襟怀

南山松柏长苍翠　　南山仙鹤丰姿健　　南极辉腾云瑞霭
梓里菁莪永茂荣　　东海灵龟岁月长　　西池宴会雪芬芳

屏风家尽香山老　　祝寿欣逢国运好　　春放万花晴献寿
笠雨人称玉局仙　　举杯感谢党恩深　　云呈五色晓开樽

春意初衔梅色浅　　柏节松心宜晚翠　　桃开寿域乐新岁
和风选试彩衣鲜　　童颜鹤发胜当年　　松祝遐龄享大年

桃李每随春水绿　　高龄稔许同龟鹤　　益寿延年歌鹤算
桑榆偏向夕阳红　　瑞世应知有凤毛　　高龄遐日祝松筠

海屋有筹多附鹤　　硕士联吟祈锡寿　　素食勤劳堪益寿
春城无处不飞花　　嘉宾题字庆遐龄　　清心豁达足延年

逸院竹梅摇月影　　野鹤巢边松最老　　堂上寿星舒柏杖
寿堂松鹤话春秋　　仙人掌上雨初晴　　庭前喜气耀莱衣

堂前鹤舞松龄寿　　健身妙术贵劳动　　清心寡欲人常乐
宅后鹿鸣芝草香　　长寿良方是乐观　　励志强身寿自高

胸怀淡泊人长寿　　琼林歌舞群仙会　　紫毫粉壁题仙籍
心气和平体健康　　海屋衣冠百寿图　　玉液琼酥作寿杯

喜逢盛世频添寿　　鹢飞瑶阶来仙祝　　耆英洛社万家佛
乐度晚年竞发光　　瑞霭锦屏见寿星　　草木平泉一品诗

愿添沧海千年佛　　福星朗照千秋月　　福如东海长流水
喜献南山百寿图　　寿域光涵万里天　　寿比南山不老松

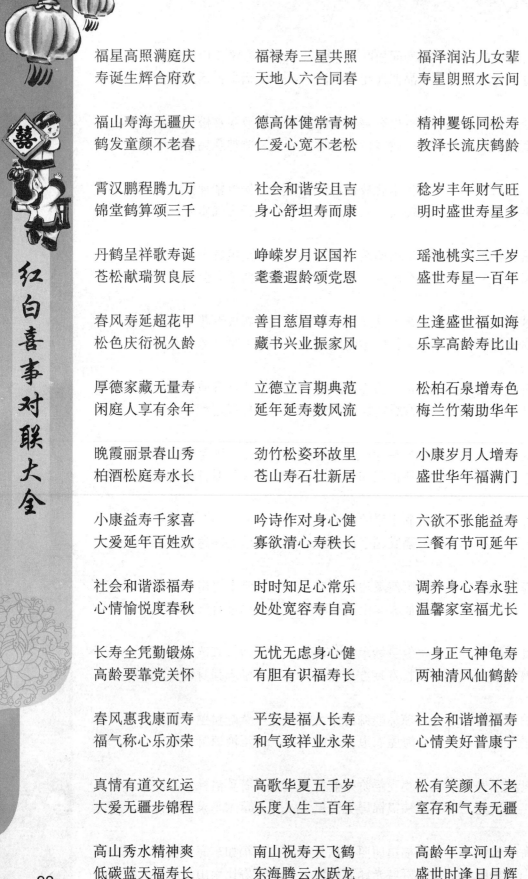

福星高照满庭庆　　福禄寿三星共照　　福泽润沾儿女辈
寿诞生辉合府欢　　天地人六合同春　　寿星朗照水云间

福山寿海无疆庆　　德高体健常青树　　精神矍铄同松寿
鹤发童颜不老春　　仁爱心宽不老松　　教泽长流庆鹤龄

霄汉鹏程腾九万　　社会和谐安且吉　　稔岁丰年财气旺
锦堂鹤算颂三千　　身心舒坦寿而康　　明时盛世寿星多

丹鹤呈祥歌寿诞　　峥嵘岁月讴国祚　　瑶池桃实三千岁
苍松献瑞贺良辰　　耄耋退龄颂党恩　　盛世寿星一百年

春风寿延超花甲　　善目慈眉尊寿相　　生逢盛世福如海
松色庆衍祝久龄　　藏书兴业振家风　　乐享高龄寿比山

厚德家藏无量寿　　立德立言期典范　　松柏石泉增寿色
闲庭人享有余年　　延年延寿数风流　　梅兰竹菊助华年

晚霞丽景春山秀　　劲竹松姿环故里　　小康岁月人增寿
柏酒松庭寿水长　　苍山寿石壮新居　　盛世华年福满门

小康益寿千家喜　　吟诗作对身心健　　六欲不张能益寿
大爱延年百姓欢　　寡欲清心寿秩长　　三餐有节可延年

社会和谐添福寿　　时时知足心常乐　　调养身心春永驻
心情愉悦度春秋　　处处宽容寿自高　　温馨家室福尤长

长寿全凭勤锻炼　　无忧无虑身心健　　一身正气神龟寿
高龄要靠党关怀　　有胆有识福寿长　　两袖清风仙鹤龄

春风惠我康而寿　　平安是福人长寿　　社会和谐增福寿
福气称心乐亦荣　　和气致祥业永荣　　心情美好普康宁

真情有道交红运　　高歌华夏五千岁　　松有笑颜人不老
大爱无疆步锦程　　乐度人生二百年　　室存和气寿无疆

高山秀水精神爽　　南山祝寿天飞鹤　　高龄年享河山寿
低碳蓝天福寿长　　东海腾云水跃龙　　盛世时逢日月辉

酒贺高堂添大寿　　不老之祥同降福　　福星高照满庭乐
诗吟佳节胜阳春　　长生之庆竞承歌　　寿诞竞开合府欢

白首长生福禄寿　　童颜鹤发精神好　　誉满文坛春永驻
朱颜不老竹梅松　　柏寿松龄幸福多　　德彰梓里寿无疆

自静其心延福寿　　德厚仁鸿歌盛世　　淡饭粗茶堪养寿
无求于物长精神　　岁增誉美寿松龄　　开心静气可延年

从来养性臻高寿　　清源正本风云静　　如梅如竹同松柏
自古怡情乐晚年　　革故鼎新福寿长　　似菊似兰有节操

华堂寿晋无疆福　　盛世清风争敬老　　寿花斗艳南山上
盛世祥开不老春　　睦邻和气可延年　　福果飘香北苑中

人生自古谁无老　　智水仁山常涉足　　有情社会人难老
禹甸而今寿有方　　龟龄鹤寿喜临门　　无患家邦寿更长

健体强身疑铁树　　育裔成龙凭雅爱　　家庭美好人增寿
紫唇红靥醉春桃　　荷锄勤稼仰高风　　社会和谐福满门

有德有才增福寿　　春秋有意添松寿　　千茎白发春光驻
无忧无虑度春秋　　贤德无言沐鹤龄　　一岭丹枫夕照明

山里千重松柏茂　　青山绿水环庭院　　天与长春灵芝献瑞
人间百岁寿星多　　碧酒红桃献寿星　　人传济美鹿鹤呈祥

生逢盛世福如东海　　志若松坚形如柏秀　　寿世寿人必得其寿
乐享遐龄寿比南山　　龄同鹤寿品似兰馨　　宜家宜室馨无不宜

春节迎春三春常驻　　鹤发童颜长生不老　　鹤发童颜是寿者相
寿星添寿万寿无疆　　孙贤子孝晚景堪娱　　松风竹节得气之清

鹤骨松姿其翁多寿　　　　颐享天年配龟与鹤
鹄神栋志您老博才　　　　酒祝仙寿像石如松

通用男性寿

仁爱笃厚 积善有征	芝荣五色 寿献九如	如松益寿 似鹤延年	星辉南极 霞焕椿庭
清征鹤寿 静得松龄	颐和养寿 淡泊延年	德为世重 寿以人尊	上苑梅花早 仙阶柏叶荣
北斗临台座 南山献寿诗	人老心不老 年高志愈高	寿考征宏福 文明享大年	寿域海般阔 福台天样高
玄鹤千年寿 苍松万古春	松龄长岁月 鹤语寄春秋	佳辰逢岳降 瑞气霭春晖	菊水人皆寿 桃源境是仙
筹添沧海日 嵩祝老人星	紫气通南极 青云动北莱	椿树千年碧 蟠桃几度红	愿献南山寿 先开北海樽
愿持山做寿 应共酒为年	筵前倾菊酿 堂上祝椿龄	鹤算千年寿 松龄万古春	缘琪千岁树 明月一池莲
榴花红献瑞 柏叶翠凝香	德归无量寿 老有当世名	笑指南山作颂 喜倾北海为樽	紫气辉连南极 丹心彩映北楼

福与山河共在 寿和日月同辉	鹤发童颜寿老 龟龄福相华年	一阳喜见天心复 五福还推人寿先
九老筵开欣晋爵 千叟宴后喜添筹	三祝筵开歌寿考 九如诗颂乐嘉宾	大椿翠挹千秋露 丛桂香飘万里风
万里云霞开寿域 满园桃李颂春风	万户春风为子寿 丰窗松雪谓天伦	万壑松风增寿色 四时花色壮豪情
天上星辰应做伴 人间松柏不知年	五色云中三瑞草 九重天上万年松	文移北斗成天禄 酒近南山作寿杯
风高渐展摩天翼 山翠遥添献寿杯	丹室晓传青鸟宇 瑶池时进白云霞	长享忠厚无量福 欣承积善有余家

生逢盛世福如海　　龙门泉石香山月　　令旦长绵欣有德
乐享高龄寿比山　　蓬岛烟霞阆苑春　　延年益寿乐无疆

北海樽开倾寿酒　　四百岂唯知甲子　　古柏根深容不改
南薰曲奏理瑶琴　　八千应复数春秋　　青松岁久色愈新

东海筹添同庆祝　　仙家日月壶公酒　　仙居十二楼之上
南山颂献赋登临　　名士风流太傅诗　　大寿八千岁为春

朱颜醉映丹枫色　　红日晓开春满树　　行可楷模年称德
华发疏同老鹤形　　绿云秋映北山莱　　老姬松柏岁长春

年丰喜望花千树　　岁岁寿筵依北斗　　寿考维祺征大德
人寿笑斟酒一杯　　年年此日颂南山　　文明有道享高年

松风高驻千年鹤　　南极星辉南岳宴　　室入芝兰春自韵
玉露长滋五色芝　　九龄人晋九如歌　　人如松柏岁长新

饶他白发头中满　　桃花已发三层浪　　绕膝霓裳开北海
且喜青云足下生　　玉树长含万里风　　盈庭珠履颂南山

海屋仙筹添鹤算　　紫气东来膺五福　　紫毫彩笔题仙籍
华堂春酒宴蟠桃　　星辉南极耀三台　　玉液琼酥作寿杯

琥珀盏斟千岁酒　　瑶台牒注长生字　　蟠桃捧日千年寿
琉璃瓶种四时花　　蓬岛春开富贵花　　古柏参天万载青

子敬孙贤福如东海　　立德立言于兹不老　　百岁长寿祝君岂敢
体强身健寿比南山　　寿人寿世共此无疆　　终岁勤劳唯我不辞

年度四时楼高百尺　　鸠杖引年椒花献瑞　　颂献嘉平诗歌福禄
家衍五福思沐九霄　　鹤筹添算椿树留荫　　人称寿考乐事天伦

绿野云开丹崖春霁　　寿值良辰春满蓬壶延暑景
瑶池桃熟海屋筹添　　年征盛典筹添海屋祝长龄

分月男性寿
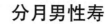

正月寿

人如天上珠星聚
春到筵前柏酒香

名山梅鹤享清福
春酒羔羊祝大年

年抛造物陶甄外
春在先生杖履中

春放万花晴献寿
云呈五色晓开樽

银花火树开佳节
玉液琼酥作寿杯

宴乐华堂星辉南极
春回旸谷天寿东皇

葭琯阳回春生北海
松龄年永寿比南山

二月寿

三祝华封瞻泰斗
二分春色到花朝

花开红杏酣春色
酒进南山作寿杯

瑶岛香浓芝草圃
玉楼人醉杏花天

杏苑风和长春不老
椿庭日永上寿无疆

杏圃春融筹添海屋
兰阶日丽彩舞莱衣

扑蝶玩花朝日永逢壶春不老
刻鸠扶玉杖荫深椿厄寿无疆

三月寿

余庆咸符福极会
延春雅奏寿人歌

桃花雨润韶华丽
椿树云深淑景长

椿树庭前开寿域
桃花源里住仙家

海屋云开筹添八百
琼林雾霭桃熟三千

紫阁生春香添金鼎
黄钟应律冰贮玉壶

四月寿

树茂椿庭添福影
香斟佳酿祝遐龄

蔷薇喜浥琼林露
芍药祥开金带围

蓬矢风搴春尚驻
椿荫云护夏方新

一曲讴歌祝南山寿
满堂欢喜倾北海樽

酒泛金樽以介眉寿
花开琼岛有梦尾春

五月寿

正交端午做生日　　　　　　蓬矢高悬逢午月
唯有昌阳可引年　　　　　　蒲觞上献祝庚星

槐院风清鹑�🐦应候　　　　　绮席称觞香浮蒲绿
椿庭日永鹤算添筹　　　　　　华堂舞彩包映榴红

六月寿

玉露满盘和寿酒　　　椿树大年宜有庆　　莲沼鸳鸯歌福禄
云璈几曲佑霞觞　　　莲花生日正当时　　椿庭鹤鹿祝年龄

曲奏南薰年丰人寿　　寿宴宏开荷塘风爽
樽开北海花好月圆　　华堂高启椿林云深

七月寿

花开指甲飞金凤　　　巧逢天上星辰聚　　坐看溪云望牛女
星耀长庚贯斗牛　　　乞得人间福寿多　　笑扶鸠杖话桑麻

北极拱星祥升高寿　　亲友登堂祝翁长寿
南风送暖曲奏长生　　儿孙绕膝满室腾欢

八月寿

千秋金鉴昭明德　　　大椿翠浥千秋露　　露浥青松多寿色
八月银涛壮寿文　　　丛桂香飘万里风　　月明丹桂酿灵根

花好月圆庚星耀彩　　节届中秋月圆人寿
兰馨桂馥甲第增辉　　筹增上算桂馥兰馨

九月寿

延年清酒贮霜菊　　　北海开樽倾菊酿　　数备箕畴多获釜
养老良田浚石泓　　　南山献颂祝椿龄　　同倾菊酒乐延年

大德仁翁多福多寿　　东海添筹春秋高矣
南山松柏愈老愈坚　　南山采菊风致悠然

十月寿

几行红树来佳气　　　百算筹添沧海日　　寿锡天孙多富贵
一抹青山是寿眉　　　三呼嵩祝小春天　　畴陈箕子益康宁

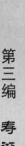

莱舞堂前娱晚岁　　白发朱颜宜登上寿　　海屋春秋增添筹算
梅开岭上得先春　　丰衣足食乐享晚秋　　平泉花木颐养天年

十一月寿
一阳喜风天心复　　三祝正逢人应瑞　　葭琯灰飞添瑞气
五福还推人寿先　　一阳初启日添筹　　兰陔日永祝良辰

德如膏雨都润泽　　云捧彩鸾西苑雪瑞　　皓首穷经青云有路
寿比松柏是长春　　日辉金凤南山松青　　黄花介寿晚节弥坚

腊月寿
扶鸠竹外看晴雪　　冰贮玉壶心一片　　青山有雪存松性
坐石松间煮紫芝　　香添金鼎节千秋　　碧落无云称鹤心

南极辉腾彤云瑞霭　　诗谱南山筵开西序
西池宴会绛雪香芬　　樽倾北海梅放东台

闰月寿
藕节增添逢闰岁　　龙篸回环旧奇象闰　　莫荚呈祥悬弧令旦
椿荫茂美护遐龄　　鹤筹添算益寿延年　　梧桐纪候佳世长春

分龄男性寿

三十岁
三十而立正青春　　壮志欲酬三尺剑　　词赋登坛方半甲
百年事业勇担负　　生辰喜进九如诗　　功名强仕早旬年

燕桂谢兰年轻半甲　　　　黄鹤下飞知报喜事
桑弧莲矢志在四方　　　　白猿高唤来进寿丹

正值壮年应知不朽方为寿
恰当而立须识文章可永龄

四十岁
不惑但从今日始　　纪事桑弧当胜日　　蟠桃捧日三千岁
知天犹得十来年　　韬光市井正强年　　古柏参天四十围

养气知年教遵郑氏　　　　安石东山苍生系望
明道立德学继尼山　　　　寿星南极黄发相期

五十岁

大衍宏开光禹范　　　　天边客送千秋节　　　　五十华筵开北海
知非伊始学蹑年　　　　庭下人翻五色裳　　　　三千朱履庆南山

知命知非成化境　　　　元龙早日推湖海　　　　年齐大衍经纶富
言慈言孝乐天伦　　　　安石中年有竹丝　　　　学到知非德器纯

海屋筹添春半百　　　　　　　学到知非宏开寿域
琼池桃熟岁三千　　　　　　　年齐大衍共晋霞觞

教秉尼山乐安天命　　　　　　五岳同尊唯嵩峻极
学符伯玉寡过知非　　　　　　百年上寿如日方中

不福星真福星即此一言可为君寿　　　数百岁之桑弧过去五十再来五十
已五十又五十请至百岁再征余文　　　问大年于海屋春华八千秋实八千

六十岁

二回甲子春初度　　　　八月秋高仰仙桂　　　　花开周甲征全福
举国笙歌醉太平　　　　六旬人健比乔松　　　　星耀长庚祝大年

颂晋林壬欣介寿　　　　延龄人种神仙草　　　　祝遐龄三千岁月
算周花甲乐延年　　　　纪算新开甲子花　　　　游化日六十春秋

颂祝遐龄椿作纪　　　　杯倾北海辰初度　　　　温公正入耆英会
筵开寿宴海为樽　　　　颂献南山甲再周　　　　马氏咸称矍铄翁

耳顺正时犹点额　　　　甲子重新如山如阜　　　前寿五旬又迎花甲
乡闾杖处尽称觞　　　　春秋不老大德大年　　　待过十载再祝古稀

海屋添筹林壬洽颂　　　　骏德遐昌龄周甲箓　　　五福演箕畴庆逢周甲
乡闾进杖花甲征祥　　　　鹤筹无算彩绚庚星　　　百龄祝纯嘏化洽由庚

海屋添筹不纪山中花甲子
华封多祝应知天上老人星

七十岁

入国正宜鸠作杖　　　　三千岁月春常在　　　　三千朱履随南极
历年方见鹤添筹　　　　六一丰神古所稀　　　　七十霞觞进北堂

第三编　寿诞喜庆类

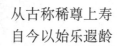

从古称稀尊上寿　　今日古稀成继往　　圣世恩颁欣杖国
自今以始乐遐龄　　他年耄耋作开来　　华庭庆衍快稀年

国中从此推鸠杖　　杖目鸠扶人歌上寿　　桃熟三千欣看献瑞
池上于今有凤毛　　筹添鹤算天与稀龄　　旬开八十庆溢添筹

庆祝三多琼筵晋爵　　海屋添筹古来稀者今来盛
祥开七秩玉杖扶鸠　　华筵庆衍福有五兮祝有三

八十岁

卓尔经纶传渭水　　耆年可入香山寿　　渭水一竿闲试钓
飘然风致赴香山　　硕德堪宏渭水滨　　武陵千树笑行舟

杖朝步履仪容古　　阳春正献瑶池瑞　　告存不待邀天禄
钓渭丝纶日月长　　耄老频添海屋筹　　梦卜能遗显国琛

春酒流香酣寿酒　　大好良辰春光明媚　　迹隐丹崖品征琛玉
耄龄添美祝遐龄　　重开令甲上寿期颐　　名齐渭水胸贮经纶

天赐期颐长生无极　　　百岁能预期廿载后如今日健
人间百岁积庆有余　　　群芳齐上寿十年前已古来稀

八十岁葆素全真自是申公迎驷马
五千言修身炼性须看老子跨青牛

千龄预宴九老图形杖履春生年德钟山堪比峻
东方善谐南极昌寿孙曾林立家门荆树庆长荣

九十岁

歌人生三乐　　九老曾留千载寿　　三千美景添筹算
颂天保九如　　十年再进百龄觞　　九十风光乐有余

上苑梅开春九十　　天子珍从兼好德　　南极桑弧悬九十
高堂桃熟岁三千　　尚书口授更邀荣　　东方桃实献三千

愿效嵩呼歌大寿　　椿龄预祝八千岁　　宝树灵椿三千甲子
还随莱舞祝期颐　　花甲又添三十年　　龙眉华顶九十春光

桃熟三千樽开北海　　　娴雅鹿裘人生三乐
春光九十诗颂南山　　　逍遥鸠杖天保九如

丘壑足烟雾九十年来留逸志
屋堂多雨露八千岁后又生香

一百岁

洵是人间真瑞　　　人生不满公今满　　　天边已满一轮月
居然天上神仙　　　世上难逢我竟逢　　　世上同钟百岁人

莫道人生无百岁　　　饮来甘谷何云老　　　乐奏云璈歌百岁
须知草木有重春　　　此到香山尚有期　　　德辉彤史祝千秋

瑶池桃熟三千岁　　　蓬莱盘进长生果　　　称觞共庆千秋节
海屋筹添一百春　　　玳瑁筵开百岁觞　　　祝嘏高悬百寿图

期颐百岁称人瑞　　　　　礼祝期颐庄椿无算
福寿双全蔚国华　　　　　诗歌福履虞寿同登

百余岁
寿晋期颐天年永远
光增史乘人瑞流传

通用女性寿

仁慈殷实　　　秀添慈竹　　　春云霭瑞　　　萱荣堂北
获寿延年　　　荣耀萱花　　　宝婺腾辉　　　婺焕弧南

辉腾宝婺　　　福添萱阁　　　禧延萱阁　　　玉树盈阶秀
香发萱花　　　寿祝慈龄　　　觞晋椒樽　　　金萱映日荣

长春百岁寿　　　岁寒松晚翠　　　冰清还玉洁　　　金萱和日煦
宝婺一星明　　　春暖蕙先芳　　　松寿更萱荣　　　宝婺挹星辉

范陈九五福　　　萱草凌霜翠　　　萱花欣永茂　　　慈竹青云护
桃熟三千年　　　灵芝挹露香　　　梅蕊庆先春　　　灵芝绛雪滋

慈竹荫东阁　　　慈萱春不老　　　筵进延龄酒　　　瑶池春不老
灵萱茂北堂　　　古树寿长青　　　簪添益寿花　　　寿域日开祥

蓬壶春不老　　　天护慈萱春不老　　天朗气清延暑景　　云拥慈龄母恒健
萱室日初长　　　门悬彩帨色常新　　辰良日吉祝慈龄　　日垂玉树岁长青

日长萱草连云秀　　　风和璇阁恒春树　　　玉露常凝萱草翠
风静兰芽带露香　　　日暖萱庭长寿花　　　金风频送桂花香

兰桂腾芳开寿域　　　仙醖香浮红玉盏　　　仙帨紫云南岳丽
儿孙英俊继家声　　　慈云晴护绿纱帏　　　绮筵红雪北堂开

百岁萱花绵寿日　　　西望瑶池降王母　　　自是荀郎堪继志
千秋桃实祝长春　　　南极老人应寿昌　　　原来陶母善贻谋

芝兰玉树竞娟秀　　　金母晋桃开绮席　　　青鸟飞来云五色
青鸟蟠桃共岁华　　　素娥分桂酿琼浆　　　碧桃献上岁三千

青松翠柏标芳度　　　宝婺辉联南极晓　　　贤比北州陶大母
紫燕黄鹂鸣好音　　　斑衣彩舞北堂春　　　寿同南岳魏夫人

南极星辉衡岳动　　　春风绛帐萱花盛　　　误入贫家磨半世
北堂萱映海天明　　　南极寿星宝婺辉　　　幸逢盛世乐余年

莫辞寿酒十分醉　　　高桂丛兰花锦绣　　　黄花拟节凌秋晚
且喜萱堂百岁荣　　　青丝绿鬓玉精神　　　仙果回甘索味长

麻姑酒满杯中绿　　　麻姑赐得长生酒　　　舐犊恩同天地并
王母桃分天上红　　　天女敬来益寿花　　　唼桃寿与泰衡并

祥鸾仪羽来三鸟　　　梅子绽时酣夏雨　　　唯盛世才多长寿
慈姥峰峦出九霄　　　萱花称满霭慈云　　　是贤母始能兴家

萱草含芳千岁艳　　　辉腾宝婺三千丈　　　慈姥峰高凌北斗
桂花香动五株新　　　香发琪花十万枝　　　灵芝草茂在南山

慈辉万丈光门第　　　筠深慈竹荫东阁　　　筠高有节萱花径
萱草三秋寿大年　　　花庆椿萱茂北堂　　　松老摩天慈姥峰

瑶池桃结千年宝　　　瑶池桃熟登琼宴　　　瑶池喜晋千年酒
玉井莲开十丈花　　　玉树柯荣绚彩衣　　　海屋欣添百岁筹

勤劳酿就延龄酒
俭朴绽开益寿花

蔷薇香送清和月
芍药祥开益寿花

愿慈母千年不老
祝翠柏百岁长春

蟠桃子结三千岁
萱草花开八百春

蟠桃捧月千秋寿
玉树参天万载春

蟠桃已结瑶池露
玉树交联阆苑春

乃冰其清乃玉其洁
如山之寿如松之贞

兰阁风薰瑶池益算
萱堂日丽彩缕延龄

乐庆丰年又庆母寿
高歌盛世先歌党恩

曲水湔裙春光正好
慈帏设帨筹算无疆

花发金辉香蜚玄圃
斑联玉树春永瑶池

花灿金萱瑞凝堂北
星辉宝婺彩映弧南

宝婺生光彩嬉莱子
华堂开宴酒晋麻姑

桂植南宫桃来西母
梅开东阁萱茂北堂

梦尾春留鳌头宴启
芝阶秀毓谖背龄长

彩绚琼枝萱堂日暖
春生玉砌鸾佩风和

恭俭温良宜家受福
仁爱笃厚获寿延年

淑慎其仪绥我眉寿
柔嘉维则宜尔子孙

晚节松筠庆绵福履
乔阴兰桂彩舞莱衣

膏透凝珠萱荣堂北
莱衣考彩菊满陔南

鹤算添筹瑞凝萱室
兕觥晋酒雅谱兰陔

露湛花间萱荣堂北
日长蓬岛桃熟池西

婺耀呈祥近对瑶池王母
琼花并蒂恍疑姑射仙人

日永萱堂称觞合醉延龄酒
春长蓬岛设帨多簪益寿花

大德享高年玉体犹安春不老
中天辉宝婺华堂共祝寿无疆

慈竹茂长春宴启西池蟠桃献瑞
仙花明益寿浆斟北斗萱草忘忧

是女界大导师共钦胸有绀珠设科讲业
祝灵娥初度节喜看阶培玉树舞彩承欢

梓舍功高庆麟阁双登寿母八旬跻八座
荪枝荫大值霓裳同咏名经千佛祝千春

秋色满江南桃熟樨香祝王母长生灵娥不老
春晖永堂北萱荣梓殖喜茂先博物思曼清才

分月女性寿

正月寿

风和璇阁恒春树
日暖萱庭长乐花

梅帐寒消花益寿
萱帏春护草生香

宝婺辉联南极晓
斑衣彩舞北堂春

风纪调久春来萱室
鹤筹添算庆溢兰陔

二月寿

今日正逢萱草寿
前身合是杏花仙

天护慈萱春不老
门悬彩帨色常新

花朝丽景时逢佳节
萱座慈龄合祝大年

彩绚琼枝萱堂日暖
春生玉砌鸾佩风和

二月庆芳辰大会群仙开杏苑
一星悬宝婺骈臻五福备箕畴

三月寿

东序兰芳三春草
北堂萱树百世花

春生萱厄无非福
身入桃源便是仙

麻姑酒满杯中绿
王母桃分天上红

花发金辉香蜚玄圃
斑联玉树春永瑶池

曲水湔裙春光正好
慈闱护帨寿算无疆

锦帨呈祥共春旗一色
瑶觞献瑞祝寿母千秋

四月寿

瑶池桃熟登琼席
玉树柯荣绚彩衣

蔷薇香送清和月
芍药祥开富贵花

佛量无边龙华启会
慈龄不老鸠杖引年

首夏清和长春富贵
慈云庇护爱日绵长

萱茂华堂辉生锦帽
仁爱笃厚获寿延年

五月寿

艾叶香浓笼彩帨
榴花色艳映斑衣

端午气清延暑景
蒲觞杯满祝慈龄

婺换中天蒲觞介寿
帨悬正午榴蕊增辉

午月庆芳辰堂前萱草分眉绿
婺星耀瑞彩阶下榴花照眼红

六月寿

天护慈萱欣不老　　　　梅子绽时酤夏雨　　　　碧沼荷开灵娥初度
云弥古树庆长春　　　　萱花称满霭慈云　　　　瑶池桃熟王母长生

萱草祝长春奏乐新翻金缕曲
莲花庆生日称觞合献碧筒杯

七月寿

西望瑶池降王母　　　　穿针乞巧添长缕　　　　瑶池王母乘鸾至
南极老者应寿昌　　　　舞彩承欢有老莱　　　　银汉织女驾鹊来

云拥彩鸾图呈王母　　　　　　我求懿德终温且惠
花开金凤酒进麻姑　　　　　　天赐纯嘏俾寿而康

八月寿

玉露常凝萱草翠　　　　丹桂飘香开月阙　　　　萱茂华堂辉生锦帨
金风远送桂花香　　　　金萱称庆咏霓裳　　　　桂开月殿曲奏霓裳

桂苑风清开怀赏月　　　　桂苑秋高瑶阶设帨
萱堂气爽笑口吟诗　　　　萱堂昼永绮席称觥

九月寿

菊满篱东称寿客　　　　萱草含芳千岁艳　　　　婺焕重霄畴呈五福
萱荣堂北祝慈龄　　　　菊花香动五株新　　　　时维九月序属三秋

萱室发荣光寿祝箕畴备五福
菊篱绽秋色天教晚节傲群芳

十月寿

红叶丛兰花锦绣　　　　　　顿教萱帏添春色
方瞳绿鬓玉精神　　　　　　记取蓉屏写寿文

梅馥岭南小春有信　　　　日丽萱闱祝无量寿
萱荣堂北寿域无边　　　　香传梅岭届小春天

十月值小春看岭上梅花初放
一星悬宝婺祝堂前萱草长荣

红白喜事对联大全

十一月寿

萱花挺秀辉南极　　　萱帏日永添长缕　　　庭前多种忘忧草
梅果舒芳绕北堂　　　葭琯灰飞舞彩衣　　　头上新簪益寿花

葭琯应时梅花志喜　　　　五福骈致萱草并水仙竞艳
鹿车表德鹤算增年　　　　一阳初动算筹与宫线同添

腊月寿

白雪欢歌翻寿曲　　　喜看梅黄逢腊月　　　五色芝茎慈闱祝寿
淡云坚石傲松年　　　寿添萱绿护春云　　　百年萱草新岁延龄

玉树清香金萱日永　　　　腊月颂嘉平祝堂上金萱日茂
绿波放早翠柏春长　　　　婺星明灿烂喜庭前翠柏冬荣

闰月寿

益藕添桐逢闰月　　　凤尾添翎萱闱日永　　　萱祝延龄藕呈益节
悬弧设帨庆良辰　　　鹤筹益算蓬岛春长　　　蓂占应瑞桐喜增祥

分龄女性寿

三十岁

三十初进延龄酒　　　辉腾宝婺三十寿　　　璇阁年华蟾园一度
百年喜开益寿花　　　青发奇葩而立年　　　瑶池桃实鹤算千春

蕊开锡华年恰合蟾圆一度　　　璇阁数华年恰合蟾圆一度
蓬壶添暖景预期鹤算千春　　　瑶池看桃实预期鹤算千春

四十岁

无限春光将及半　　　东序兰草三春劲　　　宝婺星辉歌四秩
有情月影欲重圆　　　北堂萱花满院香　　　蟠桃瑞献祝千秋

瑶池桃熟王母降柬　　　　彩帨高悬四旬庆寿
碧沼荷开灵娥陪观　　　　璇闺大喜百岁延龄

五十岁

百岁期颐刚一半　　　庭帏长驻三春景　　　蟠桃捧日三千岁
九畴福寿已双全　　　海屋平分百岁筹　　　萱树参天五十围

婺宿腾辉百龄半度　　五秩征年高门设帨
嫦星焕彩五福骈臻　　百龄益算海屋添筹

设帨遇芳辰百岁期颐则一半
称觞有莱子九畴福寿已双全

六十岁

六秩华筵新岁月　　玉茅久种春秋圃　　过去春光只两月
三千慈训大文章　　青液频浇甲子花　　算来花甲已初周

画堂叠晋屠苏酒　　　　玉树阶前莱衣竞舞
彩袖争贻度朔桃　　　　金萱堂上花甲初周

七十岁

七旬菊香秋后献　　月满桂花延七裹　　年过七旬称健妇
五云花洁日边来　　庭留萱草茂千秋　　筹添三十掌期颐

寿衍七旬辉宝婺　　花甲重新今晋十　　金桂生辉老益健
堂开四代乐熏风　　莱衣竞舞古来稀　　萱草长寿庆古稀

逾花甲又十年天赐稀龄春不老
祝萱闱已七秩门悬彩帨色常新

贤淑七旬人经几度七二风光现出麻姑仙草
导引三摩地应独有三千岁月结成王母蟠桃

八十岁

八旬且献瑶池瑞　　四代斑衣荣鼇寿　　萱寿八十八旬伊始
四代同瞻宝婺辉　　八旬宝婺庆遐龄　　范福九五九畴乃全

八秩寿筵开萱草眉舒绿　　　八月称觞桂花投肴延八裹
千秋佳节到蟠桃面映红　　　千声奏乐萱草还笑祝千秋

逾古稀又十年可喜慈颜久驻
去期颐尚廿载预征后福无疆

九十岁

蟠桃果熟三千岁　　　　　　蓬岛春长九旬洽庆
紫竹筹添九十春　　　　　　萱堂日永百岁延年

锦帨动春风寿延九裹　　　　明月有恒纪年合献九如颂
萱花标经色庆衍千秋　　　　长春不老添闰当称百岁人

设帨溯当年喜花甲一周又半　　爱日仸期颐兰阶早酿十年酒
称觞逢此日祝萱龄百岁有奇　　慈云周海岳莱彩犹栽一昙花

育五男开五代享五福五彩斑衣欣五色
当九秩庆九秋祝九重九旬寿母颂九如

一百岁

金萱百岁寿　　　乐奏云璈歌百岁　　海日蟠桃开寿域
定婺一星辉　　　德辉彤史祝千秋　　天风青鸟飞蓬莱

瑶池喜晋千年酒　　天姥高峰期颐祝庆　　桃熟瑶池三千岁月
海屋欣添百岁筹　　婺星朗耀日月舒长　　筹添海屋一百春秋

百余岁

鹤算添筹逾百岁
鱼轩绚彩永千秋

通用双寿

夫妻偕老　　双星天象　　双星共耀　　河山并寿
庚婺双辉　　全福人家　　两寿同臻　　日月双辉

椿萱并茂　　交柯树并茂　　合欢花常艳　　星云同献瑞
庚婺同明　　合卺筵同开　　合卺寿无疆　　日月互争辉

鸳鸯歌福寿　　斑衣人绕膝　　椿萱夸并茂　　椿萱称并茂
麟凤纪征祥　　白首案齐眉　　日月庆双辉　　松柏喜同春

益寿花开并蒂　　瑶草奇葩不谢　　千岁桃开连理木
恒春树茁连枝　　青松翠柏常春　　万年枝放合欢花

少也清贫为伉俪　　　风和璇阁恒春树　　　凤引斑衣人绕膝
老而高寿颂安康　　　日暖萱庭长寿花　　　觞飞绿醑案齐眉

凤凰枝上花如锦　　　凤箫合奏双成曲　　　双栖珠树千年鹤
松菊堂中人并年　　　鸿案相庄二老人　　　三秀琼田五色芝

天上星辰可做伴　　　天上人间齐焕彩　　　仙鹤苍松双献寿
人间岁月不知年　　　椿庭萱舍共称觞　　　玉麟丹桂两呈祥

白首相庄多乐事　　　自古倡随勤不倦　　　庆寿共谈国策好
朱颜并驻祝长生　　　于今老健福能齐　　　举杯先谢党恩深

华堂晓听云璈响　　　红梅绿竹称佳友　　　齐眉笑倚鸠头杖
鸿案新餐雪藕香　　　翠柏苍松耐岁寒　　　绕膝欢擎鹤口杯

并蒂花开琼岛树　　　寿星伴子子长寿　　　园林娱老儿孙好
合欢酒进碧筒杯　　　童叟映老老还童　　　夫妇同庚日月长

位于内外家之正　　　松柏常滋仙掌露　　　顶风傲雪苍松劲
寿以期颐福且兼　　　凤凰新浴璧池春　　　沐雨轻风翠柏葱

南极星辉牛女渡　　　南极星临衡岳朗　　　春秋不老冈陵颂
北堂萱映凤凰枝　　　北堂萱映海天明　　　甲子同添福寿花

养成毛羽凌霄汉　　　桃李齐开春正好　　　祝愿翁姥康而寿
并茂椿萱迈古稀　　　台媸合曜寿无疆　　　期望儿孙健且强

堂上椿萱夸并茂　　　梅竹平安春意满　　　鸾笙合奏华堂乐
壶中日月庆双辉　　　椿萱昌茂寿源长　　　鹤算同添海屋筹

棠棣齐开千载好　　　福星高照满庭乐　　　福如王母三千岁
椿萱并茂万年长　　　寿诞生辉合府欢　　　寿比彭祖八百春

椿萱并茂交柯树　　　椿萱并茂阶前郁　　　勤俭起家由内助
日月同辉瑶岛春　　　兰桂齐芳堂上春　　　健康到老有余闲

瑶觞春介齐眉寿　　　霞觞对举齐鸿案　　　鹤鹿同春人长寿
锦砌晖承绕膝花　　　莱彩联行舞凤雏　　　日月放彩岁大年

第三编　寿诞喜庆类

山水怡情鹿门望重　　　　日月升恒重华复旦　　　　北斗同荣南极同寿
凤凰娱目鸿案齐眉　　　　神仙眷属不老长生　　　　灵芝为圃丹桂为林

年享高龄椿萱并茂　　　　花好月圆双飞比翼　　　　花放水仙夫妻偕老
时逢盛世兰桂俱芳　　　　天长地久二老齐眉　　　　图呈王母庚婆双辉

寿近百岁心犹赤子　　　　松柏延龄仙云滋露　　　　弧帨同悬室家相庆
世留二老眼看玄孙　　　　雪霜满鬓丹气成霞　　　　极前并耀福寿兼全

颂晋三多德辉并耀　　　　绕膝承欢图开家庆　　　　南极辉腾彤云瑞霭
诗歌百禄仙偶齐龄　　　　齐眉至乐福备人间　　　　西池宴会绛雪香馨

南极星辉斑联玉树　　　　柏翠松苍感歌五福　　　　举案齐眉桃筵献实
北堂瑞霭花发金萱　　　　椿荣萱茂同祝百龄　　　　奉觞上寿梅岭传春

鸿案相庄凤凰娱志　　　　蓬岛真人瑶池仙子　　　　瑶草琪花骈陈左右
鹿门偕隐山水怡情　　　　家庭全福天上双星　　　　木公金母辉映东西

德行齐辉一门合庆　　　　　　老人灿南极星悬弧晋秩
福寿大衍百岁同符　　　　　　王母献西池寿合卺称觞

二老并高年不让神仙眷属　　　日升月恒天运兆长生之庆
九畴衍洪范兼全福寿儿孙　　　椿荣萱茂地灵钟不老之祥

鸿案庆齐眉仙侣笃生同降福　　八千岁为春天上碧桃正骈枝结实
龙文看绕膝华堂介寿竞承歌　　九五福曰寿云开青鸟亦比翼飞来

分月双寿

正月寿

蟠桃天上骈枝实　　　　弧帨同悬桃符竞艳　　　　喜溢椿庭椒盘献瑞
凤管人间合韵调　　　　觥筹交错椒酒流香　　　　欢承萱室柏酒称觞

二月寿

节到中和春正好　　　　　　红杏争春群芳献瑞
绿沉沆俪寿无疆　　　　　　白华养老二老承欢

鸿案庆齐眉寿域宏开正喜百花做生日
鹿车欣挽手衡门偕隐永教二老乐长春

三月寿

桃李争春喜双寿　　　椿萱并茂多福多寿　　　桃李联芳长春不老
椿萱并茂看齐眉　　　桃李联盟宜室宜家　　　极嫜并耀纯嘏弥长

四月寿

荫茂椿萱连理树　　　芍药栏边花开富贵　　　弧帨同悬葵心向日
厨开樱笋合欢筵　　　椿萱堂上寿祝期颐　　　椿萱并茂婪尾留春

五月寿

极婺当天皆福曜　　　地洽良辰河山并寿　　　蒲艾同芳釐延卓午
艾蒲应候即良辰　　　三逢端午日月双辉　　　椿萱并茂庆洽昌辰

六月寿

并蒂花开瑶岛树　　　鸿案眉齐碧筒酒熟
合欢酒进碧筒杯　　　鹿车手挽瑶岛春长

荷沼颂鸳鸯碧筒杯里倾佳酿
芝田游鹤鹿青玉案前祝大年

七月寿

椿萱并茂交柯树　　　弧帨同悬秋光初到
瓜果同开合卺筵　　　琴瑟在御夏室宏开

椿茂萱荣畴增五福　　　月圆人共圆看双影今宵清光普照
庚明婺焕耀映双星　　　客满樽俱满羡齐眉此日秋色平分

八月寿

朗抱蟾宫同照影　　　鸿案齐眉琴瑟静好　　　高士东篱好花并蒂
良缘鸿案永齐眉　　　蟾宫耀彩人月同圆　　　寿星南极圆月交辉

九月寿

伉俪雍和庭放菊　　　年享高龄椿萱并茂　　　天朗气清极嫜焕彩
风光良好面如春　　　时逢盛世兰菊齐芳　　　花香人寿杞菊延年

十月寿

椿萱并茂河山寿　　　伉俪相和人添大寿
庚婺同明日月辉　　　风光正好节届小春

节届小春梅花纸帐甘同梦
香添长寿蓉镜妆台证合欢

十一月寿

柏节松贞持晚景　　　　　花放水仙夫妻偕老
兰芳桂实灿朝霞　　　　　图呈王母庚婺双辉

葭琯动飞灰爱日迎长正喜一阳初复
莱衣试舞彩寿星朗耀还欣二老同庚

腊月寿

椿萱与桂兰并茂　　　　　天竹蜡梅相映成色
松柏偕天地同春　　　　　寿山福海共祝无疆

添来腊月风光椿萱与桂兰并茂
耐得岁寒时节松柏偕天地同春

闰月寿

喜添凤侣双飞翼　　　　　桐叶征祥桃花纪算
欢祝鸾俦百岁春　　　　　鸾俦比翼凤侣添翎

置闰定时喜添凤侣双飞翼
延年益寿欢祝鸾俦百岁春

分龄双寿

三十岁

璧合珠联算开花甲　　　　伉俪同庚蟾圆两度
琴耽瑟好庆洽林王　　　　倡随甚乐凤翼双飞

四十岁

弧帨同悬四旬征寿　　　　鸿案相庄四十称庆
极嫦并耀百岁延龄　　　　鹤筹合算八千为春

五十岁

瑞集高堂鸳鸯宜福　　　　德行齐辉一门聚庆
筹添大衍松柏长春　　　　福畴大衍百岁同符

鹤算同延天地数五　　　　　屈指三秋天上又逢七夕　　　　
蟠桃并献花实三千　　　　　　齐眉百岁人间应有双星

六十岁
花甲齐年骈臻上寿　　　　　　璧合珠联图开周甲
芝房联句共赋长春　　　　　　伯歌季舞燕启良辰

绕膝含饴莱衣竞舞
齐眉举案花甲同周

七十岁
弧帨同悬瞻瑞气　　　　　　　日月双辉唯仁者寿
台嫦原曜庆稀龄　　　　　　　阴阳合德真古来稀

鹤算频添七旬清健　　　　　　健顺有常唯仁者寿
鹿车共挽百岁长生　　　　　　阴阳合德真古来稀

八十岁
鸾笙合奏和声乐　　　　　　　天上人间齐焕彩
鹤算同添大耋年　　　　　　　椿庭萱舍共遐龄

庚婺同明九五其福　　　　　　盘献双桃岁熟三千甲子
椿萱并茂八千为春　　　　　　箕衍五福庚同八十春秋

望三五夜月对影而双天上人间齐焕彩
占八十春秋百分之一椿庭萱舍共遐龄

九十岁
人近百年犹赤子　　　　　　　凝眸极婺腾双彩
天留二老看玄孙　　　　　　　屈指期颐晋一旬

耄耋齐眉春深爱日　　　　　　登甲登科七代儿孙绕膝
孙曾绕膝瑞启颐年　　　　　　难兄难弟九旬夫妇齐眉

一百岁
人瑞同称耀联弧帨　　　　　　孙子生孙上寿同臻称国瑞
天龄永享庆溢期颐　　　　　　老人偕老百年共乐合家欢

孙子生孙五代幸逢全盛世
老人偕老百年共乐太平春

百余岁
万寿颂无疆鹤算频添数不尽大挠甲子
百年征偕鸠鹿车常挽自应称陆地神仙

第二辑　贺长辈寿联

祖父寿

祖父高龄满院乐　　祖翁喜享南山寿　　德祖寿高苍松不老
嘉宾祝寿合家欢　　孙崽捧来西域桃　　贤孙志远事业长春

祖母寿

八旬祖母瑶池瑞　　祖母今朝称寿母　　祖母添寿福星高照
四世儿孙庭院辉　　慈龄盛世享遐龄　　嘉宾满堂喜气咸宜

外祖父寿

人道魏舒为甯氏外家宅相　　念己身出自外家应许燕谋歌祖德
天留郗鉴看献之祝嘏随班　　唯仁者必得大寿喜随冀尾附孙行

外祖母寿

彩帨高悬福全箕范　　愧无外祖风一片婆心爱自出
重闱大喜忝附兰阶　　忝附诸孙列二门婚媾祝重闱

愿岁岁以今日良辰陈千秋雅戏
祝姥姥从古稀七十到上寿百年

太岳父寿

姻好附孙枝当年幸列东床选
瞻依同祖竹今夜辉增南极星

太岳母寿

天姥仰高峰泰岳相悬犹百尺
馆甥叨福荫孙行附列祝千秋

父亲寿

家严鹤发无量寿
吾父童颜不老星

桃熟三千祝父寿
椿劳四世庆仙龄

乐地乐天福如东海
如松如柏寿比南山

家父添筹松延暑景
南山献寿鹤祝长龄

母亲寿

王母承欢瑶池锦
慈颜不老萱圃香

天护慈萱母永健
云垂玉树岁长青

堂室生辉荣萱志喜
慈龄长乐获寿延年

岳父寿

仰丈人峰名高北斗
修半子礼颂献南山

为多士师半子及门公冶
唯仁者寿一言写照宣尼

岳母寿

桃熟池西图呈王母
萱荣堂北荫庇馆甥

堂北萱荣馆甥舞彩
池西桃熟王母称觞

甥馆获慈云喜进桃觞开绮席
婿乡瞻爱日愿随莱彩舞斑衣

舅父寿

咏渭阳诗献冈陵颂
承宅相誉陈洪范篇

足征盛德如公寿可必得
若说不才像舅我何敢当

舅母寿

蕸珸应时梅花多姿吐艳
鹿车表德母寿不老长生

自惭乏舅风小于无知久仰慈云叨庇护
今喜祝母寿长生不老永留爱日乐欢娱

师父寿

椿屺延龄南山献颂
极星耀彩北海开樽

愧小子樗材幸蒙雕琢方成器
祝尊师椿寿长许追随不计年

门下荷栽培无当日安有今日
堂前祝纯酖愿先生不老长生

达材成德辛相期坐小子春风一月
耳顺从心无止境祝先生杖履千秋

师母寿

卓尔不群教育亦资内助　　　　看娱老彩衣莱子并承诗礼训
贤哉唯母康强可致长生　　　　侍传经绛幔韦母未亏视听能

第三辑　贺各界友人寿联

政界寿

寿龄如日永　　　　箕畴征福寿　　　　立言立功立德
勋位比山高　　　　品位即神仙　　　　寿国寿世寿民

陈洪范九五福　　　日升蓬岛添春色　　自是君身有仙骨
祝生佛亿万家　　　星耀锦章发宝光　　无如尊贵又长生

庆治悬弧娱晚景　　经济匡时昭一代　　海宇尘清资上略
恩周挟纩驻春晖　　功名寿世足千秋　　蓬山春暖护长龄

策杖扶鸠善人征寿相　　　　德政播四方常与斯民造福
调琴饲鹤仙署驻长春　　　　颂声盈万户共祝使君延年

云扶棨戟天为高载福星一路　　官府即神仙饲鹤调琴培寿脉
景驻蓬壶春不老祝老佛万年　　叟童齐鼓舞扶鸠骑竹庆生辰

须晋南山正莱彩承正桑弧集庆　　勋名富贵特萃一身立言立功先在立德
筵开东阁看桃觞介寿梅鼎调羹　　经济文章不分两事寿国寿世尤宜寿民

军界寿

将军称大树　　　　勋章耀文虎　　　　威名高北斗
元老祝长春　　　　老子其犹龙　　　　勋业寿南山

帐上祝九五福寿　　帐下东风开寿域　　威镇边陲勋业重
胸中具十万甲兵　　樽前皓月照边城　　功铭青史寿龄高

龙马精神威扬海甸　　猋座扬威勋昭日月　　虎帐延釐铃辕日永
岳嵩钟毓秀挺蓬莱　　鹤筹添算福享春秋　　鹤筹添算海屋云深

工界寿

大匠经营群推老手　　　　堂上椿荣高悬弧矢
高年颐养共祝长春　　　　庭前莱舞克绍箕裘

堂构相承椿属介寿　　　　输巧娄明得天独厚
箕裘克绍梓舍腾欢　　　　彭年绛甲长乐未央

商界寿

九五福且寿　　　　利人兼利己　　　　商界执牛耳
八千岁为春　　　　多寿更多财　　　　箕畴晋鹤龄

仁人具寿者相　　　　为近利市三倍　　　　长者绝无市井气
商贾做富家翁　　　　永享大年千春　　　　寿翁久有斗山名

货殖成书多岁月　　　　有志经营善人是富　　　　学擅陶朱南山献寿
陶朱乐业永春秋　　　　无疆悠久寿考维祺　　　　才同管子北海倾樽

海屋筹多频添亥算　　　　　　握手持筹骈臻五福
蓬瀛花好共颂壬林　　　　　　延年益寿晋祝三多

歌咏太平年利市持筹赢三倍　　　　市廛钦经济大才争说老成无遗策
涵儒老来福华堂绚彩庆千春　　　　海屋听神仙闲话早知寿算有奇赢

商业唯公奇赢卜今年定获加倍利
天保俾尔多益知善人能具寿者征

学界寿

文名高北斗　　　　书多真富贵　　　　德与年皆进
颂语颂南山　　　　寿大小神仙　　　　寿同福并高

杏坛沾化雨　　　　学堂祝纯嘏　　　　天将以为木铎
椿屺耀庚星　　　　教案煦春风　　　　人望之如神仙

上寿伏生传绝誉　　　　云近蓬莱成五色　　　　寿征仁者箕畴合
通经高密擅名家　　　　花开桃李列千行　　　　春在先生杖履中

后辈门墙承化雨　　桃李满园祝寿考　　藏山事业三千牍
先生杖履煦春风　　诗书盈榻度春秋　　往事神仙五百年

有酒盈樽为先生寿　　　　立德立言于兹不朽
作文献颂修弟子仪　　　　寿人寿世同此无疆

培桃李以成行仁人必寿　　从幼年壮年至晚年学期随日月并进
颂莱台而介福荫德遐昌　　修德育智育及体育人寿与天地同参

艺术界寿

艺名高北斗　　画与书皆妙　　翰墨春光耀寿域
琴韵颂南山　　寿同福并高　　丹青异彩入霞觞

气吐烟云情若水　　词苑诗坛大手笔　　银汉图成富贵寿考
胸藏家国寿如山　　鹿骑鹤驾老寿星　　香山绘就神仙耆英

帖写换鹅书名传世　　　　钟鼎名山八分垂露
文成舞鹤寿算添筹　　　　文章寿世十牒屏风

斗酒百吟诗人高寿　　　　婉转歌喉麻姑献寿
奇文十卷墨客遐龄　　　　翩跹舞袖天女散花

卫生界寿

有回春妙手　　寿民称大寿　　桔井锡纯嘏
称寿世仙翁　　医病誉名医　　杏林祝箕畴

妙手巧施中西术　　　　贺盛世春秋共乐
寿龄辉映南极星　　　　祝名医寿德同高

医国医人同兹医意　　　　药圃生香别有壶中日月
寿民寿世亦以寿身　　　　芝田纪算俨然世上神仙

妙手回春善医病痛人长寿　　着手成春脉理精时能益寿
慈心济世乐驱瘟疫自延年　　存心济世活人多处自延年

学精术也精名士名医随君唤
人寿己亦寿仙桃仙果着手栽

118

基督教徒寿

上帝元恩赐	主恩君益寿	岁月叨神眷
耶稣号长生	神赐我延年	春秋颂主恩

神言仁者寿	笃厚膺高寿	博爱能长寿
主旨德人康	爱神得永生	静修得永年

历尽艰辛日子	智与年而俱进	至德感天仁者寿
欣逢福寿良辰	道偕寿以并增	终身守教道弥高

年届古稀赓六色	欣逢诞日蒙神赐	信靠耶稣能益寿
德膺上寿祝九如	庆恰重生感主恩	祈求上帝赐长生

笃守神言仁者寿	度来岁月叨神眷	祝君长寿邀神眷
顺从主旨福无疆	经历春秋颂主恩	贺尔遐龄获主恩

尊诚上帝膺高寿	福如亚伯拉罕大	作善修身自膺大寿
笃信耶稣得永生	寿比玛土撒拉长	读经行孝乃获遐龄

信主爱人自膺天福	道德光明使君寿考	亚伯兰顺天多男多寿
读经祈福必获高龄	仁爱笃厚宜尔子孙	希西家悔过益国益民

享寿无疆挪亚实邀帝眷	守诚寿长存福气至千百界
克昌厥后迦南长育人群	信神心无愧喜乐历亿万春

寿幛

贺男性寿幛

寿星在目	呈辉南极	人中真瑞	蓬壶日永
康强逢吉	南极寿翁	福禄寿考	介眉奉爵
寿源万里	崧岳长生	高寿齐天	觞咏香山
鹤算遐龄	莱衣献彩	国尊鸠杖	会聚耆英
椿树长荣	渭水经纶	名高寿星	庆衍古稀
诗谱南山	天锡纯嘏	共祝期颐	海屋添筹
福寿无边			

贺女性寿幛

古稀慈寿	寿衍千秋	朱帨迎祥	西池庆筵

第三编 寿诞喜庆类

庆溢兰征	萱草长春	瑞凝堂北	萱花芬芳
春云霭瑞	婺曜常明	婺焕灵霄	宝婺呈辉
璇闱增庆	慈萱延龄	瑶池桃熟	慈颜不老
蟠桃献颂	婺宿腾辉	萱颜不老	晚年幸福
福寿无疆	后福无疆	鹤算增年	

贺双寿喜幛

伉俪寿禧	全福全寿	福海寿山	台嬿合辉
盘献双桃	双星争辉	骈臻福寿	夫妻同乐
其乐康宁	大衍福寿	双寿无疆	德征鸿案
鹤舞交柯	庚婺俱明	椿萱并茂	弧帨齐辉
寿域无边			

红白喜事对联大全

第四编

丧葬哀挽类

第四编　丧葬哀挽类

一、古代"花甲墓"的传说

　　我国古代的花甲墓建于何朝何代？现无据可考。但这种花甲墓（有称为"花墓"）确实有过，而且在北方农村发掘出多处花墓遗穴。

　　民间有这样的传说：不知哪朝哪代的君王发了一道圣旨，昭示天下：凡满花甲（六十岁）老者，不死也归花墓。自此，老者可就遭了殃，一过六十岁，就得被儿女吊下花墓。这种墓穴就地挖坑，有钱的人用砖石砌碹成下大上小的窖式墓穴，届满六十岁的老人被吊下花墓之后，儿女孝顺者尚能食几日送来的饭，维持几日生命。儿女不孝者只好活活饿死在花墓。

　　过了不知多少个年头，从西域跑进一只大如牛犊的老鼠，这只大老鼠在皇宫里天天作乱，吓得君王爷惶惶不可终日。这件怪事传到了民间乡下，一位入了花墓的老人对儿子说："你到京城面见君王，让他袖子里放上一只狸猫。当着这只大老鼠让猫叫唤，大老鼠就会被制服。"果然不出这位老人所言，狸猫在袖子里"咪哇唔"叫一声，那只大老鼠吓得小一圈，又叫一声，又小一圈，一直小到和家鼠一样大时跑了。君王见制服了鼠怪，大悦。当君王得知献此吓鼠良策者，竟是年过六十花甲的将死之人时，他失声痛哭道："年逾花甲之人谁说无用？看来老人大有用处，不能死!"随即传旨，从此废除花甲之墓。

二、火葬的由来及民间丧葬改革

据《墨子·节葬下》记载："秦之西，有仪渠之国者，其亲戚死，聚柴薪而焚之，熏上谓之登遐，然后成为孝子。"可见先秦时代的甘肃义渠人就实行火葬。但这还不算最早。1945 年在发掘甘肃临洮县寺洼山的史前遗址时，出土了一个盛有人类骨灰的大陶罐。由此可知，我国的火葬可溯源于原始社会。东汉初年，佛教传入我国，依照教规，和尚死后是要火葬的，于是南梁僧人慧皎所撰的《高僧传》中，便有了佛教僧徒焚身的记载。后来，火葬已不限于和尚，而且扩大到民间，甚至皇室成员也有火葬的。《新五代史》卷十七载：儿皇帝石敬瑭建立的后晋王朝灭亡后，他的老婆李氏和养子出帝都当了契丹的俘虏，被迁到建州软禁，李氏病死，她的皇儿出帝只好"焚其骨，穿地而葬焉"。

宋、元时期实行火葬的人更多，地域也更加广泛。据《宋史·礼志》载，河东（含山西运城一带）"地狭人众，虽至亲之丧，悉皆焚弃"。江南水乡则此风更甚，"浙右水乡风俗，人死，虽富有力者，不办蕞尔之土以安厝，亦致焚如"。（《清波杂志》卷十二）。13 世纪意大利旅行家马可·波罗在他的游记中也记录了当时我国北至宁夏、西到四川、东达山东、南到浙江的广大地区内实行火葬的情况。

火葬到了明代逐渐衰落，到了清代由于朝廷明令严禁火葬，才使得土葬日益盛行，而火葬只在江苏的高邮、太仓、苏州一带尚未绝迹。

我国现代的民间丧葬，大有封建残余死灰复燃之势，必须加以改革。据北方农村调查发现，如今死人与活人争地的情况愈演愈烈。建墓立碑成了时尚，而且互相攀比，争相比排场、闹阔气。轻生厚葬在农村还有其市场：老人活着时，儿女们推三阻四不尽孝道，老人死后，披麻戴孝、奏乐唱戏为死者超度亡灵，甚至有的还请和尚念经。出殡之日，纸钱满地撒，鞭炮满天放，大有悲天恸地搞丧葬的派头。出殡三日上坟祭奠，叫"服三"。从死者去世之日起第七天为"一七"。再逢七上坟祭奠一次，谓"过七"。死后四十九天头上谓"尽七"。这些丧葬祭奠活动在农村仍然流行。

近年来，城市的殡仪活动，表现出现代之风：死者实行火葬，儿女不披麻戴孝，而是臂戴黑纱，胸佩白花，奏哀乐，致悼词。生前友好送花圈，送挽联、挽幛，死者骨灰撒入江河大海等。这是更符合现代文明的丧葬活动。但愿我国农村移风易俗，加大丧葬改革步伐，创立一代新风俗、新风尚。

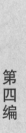

第四编 丧葬哀挽类

三、丧葬礼仪文书举要

在我国民间丧葬事宜中，有些礼仪必须用文字形式来表达，统称"丧葬文书"，如讣告、花圈、挽幛。下面就对这些礼仪文书的格式简要加以说明。

讣告

讣告，又称"讣文""讣闻"。这是死者的原在单位或亲属在死者遗体告别或出殡仪式之前，向社会各界有关单位和死者生前友人、亲人报丧的广告文书。如果死者的丧事是由所在单位主持，讣告须由死者所在单位组成的治丧委员会发出。如果死者的后事是由家庭亲属负责，讣告则应由死者家庭发出。

讣告文书的具体写法是：

（一）必须用庄重认真的笔体来书写讣告，以示对死者的尊重，通常宜用楷体或行楷。现在一般都采用电脑打字，也应采用以上字体。不宜用行草或异体字。

（二）首先在首行中间位置书写"讣告"二字，要庄重醒目，宜用黑体。

（三）要写明死者的姓名、身份、因何逝世、逝世时间、地点、终年岁数。关于"死"的用词也相当有讲究，一般用"逝世""去世""辞世"或"停止了呼吸""心脏停止了跳动""和我们永别""与世长辞""撒手人寰"等词语。如果死者是长寿或受人尊重的长者，终年岁数可写作"享年""寿年"。

（四）简介死者生平。重点应写死者生前重大的、具有代表性的经历。

（五）写明吊唁、开追悼会的时间、地点。

（六）末尾署发讣告的个人或团体单位名称及时间。

下面，列举几个讣告的格式：

第一种：社会团体或单位发的讣告

讣　　告

×××同志，因病医治无效，于×年×月×日×时不幸逝世，终年××岁。×××同志生前曾任××××，在任期间，勤奋工作，任劳任怨，做出了应有的贡献。现定于×年×月×日×时在×举行遗体告别仪式（或追悼会），敬请生前友好届时莅临。

×××治丧委员会

×年×月×日

> ## 讣　告
>
> 　　家严（慈）×××，因病抢救无效，痛于×年×月×日×时撒手人寰，享年×岁。泣于×年×月×日×时启门治丧，扶枢归葬。遗属至诚哀此讣闻。
>
>
> 孤儿×××泣血哀告
> ×年×月×日
>

第三种：不测死亡者的讣告

> ## 讣　告
>
> 　　×××同志，因公出警遭遇车祸，不幸于×年×月×日×时与世长辞，终年×岁。×××同志历任××派出所所长、××公安局副局长兼刑警大队队长。在任期间正气凛然、惩恶扬善，荣立全区警务二等功、荣获"破案神警"称号，他的死重于泰山、令人悲痛。现定于×年×月×日在×举行遗体告别仪式与追悼大会，敬请生前友好届时莅临。
>
>
> ×××治丧委员会
> ×年×月×日
>

花圈

　　在民间丧葬仪式上，向死者敬送花圈，是人们寄托对死者的哀思，表达悼念之情的一种形式。通常凡死者生前工作过的单位，都应向死者敬献花圈。死者的生前友好以及亲属、同学也应敬献花圈。花圈现在分为纸花和真花两种。纸花类花圈有的自扎，有的在花圈店购买，死者亲属会自扎花圈，其间表达的是别样的哀思之情。但是无论是自扎或买来的花圈，都要用白纸书写两条文字，称为花圈的"挽带"。两条挽带的文字必须写对而且要挂对位置。上款一条要写称谓，如对同事、同学等可写"×××同志安息""沉痛悼念×××同志"；对家人、亲戚就要写"沉痛哀悼××大人千古""沉痛哀悼××大人灵安"。对长辈和亲戚写称谓而不能提名字，这是礼仪规矩。上款一条必须挂在花圈的右面（面对方向）。

　　下款一条是送花圈者的自称。如对同事同学等一般写"同学（同事）×××敬挽"。对亲戚就要写明自己与死者的关系，如"甥儿×××敬挽"。如果是给自己的父母、岳父母、夫妻等血缘关系亲密者敬献花圈，就不能写"敬挽"，应写"儿×××泣血哀挽""妻×××泣泪痛挽"。下款一条必须挂在花圈的左面（面对方向）。

第四编　丧葬哀挽类

另外，如果是直系亲属的花圈，就不能与一般人送的花圈一样了。花圈中间应突出地嵌一个"奠"或"悼"字。

挽幛

挽幛，在丧葬礼仪中较为普遍，通常致哀者都要单独或结伴敬献挽幛。挽幛有的是在一块黑色或深色布料上，张贴表达哀挽心情的词语，有的是由电脑喷绘手法制作的，有的喷绘死者遗像，更显庄严肃穆。通常格式如下：

敬挽师长：

沉痛悼念××老师　千古
师　德　高　尚
门生×××　×××敬挽

哀挽岳父：

沉痛悼念岳父大人　千古
泰　山　安　仰
小婿×××哀挽

敬挽友人：

沉痛悼念××仁兄　千古
痛　殒　知　音
友弟×××敬挽

四、丧葬哀挽对联集萃

第一辑　通用挽联

灵堂

一人辞世 四代同悲	心流碧血 恨断黄泉	云凝泪雨 水放悲声	风声鹤唳 月色鹃啼
怀仁颂德 虽死犹生	赴青帝约 跨白鹤归	泪倾沧海 痛断黄泉	音容宛在 浩气常存
音容已杳 德泽犹存	凄风扫地 抱恨终天	素横银汉 泪洒黄花	悲声恸地 哀乐撼天
精神不死 风范永存	麻衣刺骨 哀乐揪心	魂归界外 泪洒灵前	悲声恸地 哀乐惊天
鸦啼老树 雁叫寒天	霜晨月冷 雪夜风悲	红尘路断 白屋影孤	伤心四世 瞑目九泉
青灯影杳 碧落星寒	风云变色 草木含悲	花凝泪迹 水放悲歌	心灵泣血 山水致哀
泪浸素服 哀断红尘	黄泉路杳 碧落云低	悲风透骨 泪雨惊心	哀情恸地 泪眼望天
勋功不朽 教泽流芳	名垂青史 功著神州	云倾泪雨 水唱悲歌	星沉北海 鹤去西天
寿终百岁 魂笑九泉	魂归西土 恨别南天	英名人敬 美德世尊	名垂青史 节励后人

英名传世　　　风凄翠竹　　　高山披素　　　伤心鹤唳
德泽惠人　　　雨泣黄花　　　远水含悲　　　泣血萱花

音容渐缈　　　高风宛在　　　人生如大梦　　　天不遗一老
恩泽弥长　　　硕德长存　　　天道本无知　　　人已足千秋

门外奠云聚　　　户听凄风冷　　　风凄三楚地　　　正气传千古
堂中悼念多　　　楼空苦雨寒　　　云暗半边天　　　忠魂上九霄

平地悲风起　　　生死情难舍　　　百年三万日　　　伤心成永诀
抱天泪雨流　　　阴阳路已分　　　一别几千秋　　　挥泪哭亲人

寿终德望在　　　含悲怀逝者　　　灵前飞泪雨　　　灵前泪雨洒
身去音容存　　　洒泪祭英灵　　　堂上放悲歌　　　堂上儿女悲

灵外奠云聚　　　灵魂驾鹤去　　　芙蓉则枯萎　　　雨洒天流泪
堂中悼念多　　　正气乘风来　　　松菊已荒芜　　　风号地哭声

泣泪呼天地　　　泪作倾盆雨　　　音容疑宛在　　　哀乐惊天地
奠云祭鬼神　　　魂飞奠路云　　　手泽泣空存　　　悲声泣鬼神

哀情挽逝者　　　哭灵心欲碎　　　哭灵心泣血　　　哭天人已杳
遗嘱恸亲人　　　弹泪眼将枯　　　扶枢泪如泉　　　呼地梦长眠

素心悬夜月　　　桃花泣血泪　　　半天星遽陨　　　朔风椿树折
悲泪湿秋云　　　柳叶锁愁眉　　　三伏气犹寒　　　残月梓株寒
　　　　　　　　（春逝）　　　　（夏逝）　　　　（冬逝）

读礼悲风木　　　提耳言犹在　　　祭品空香兮　　　祭奠心泣血
思亲诵蓼莪　　　扪心齿欲寒　　　亲人已杳然　　　祈祷眼愁云

痛心伤永逝　　　奠云遮望眼　　　苍天漫素雪　　　高风催泪雨
挥泪忆深情　　　泣雨寄哀思　　　硕德励春华　　　亮节铸忠魂

落花春已去　　　花为春寒泣　　　江河同饮泪　　　英名留梓里
残月夜难圆　　　鸟因肠断哀　　　草木共含悲　　　美德及乡邻

山肩披雪孝　　鸟啼梅瓣谢　　守孝情难尽　　寒风悲落叶
水面映霜悲　　雪舞纸钱飞　　思亲梦不圆　　雁阵送亡灵

懿德荣乡里　　阳刚尊大义　　寒梅含孝意　　含悲思手迹
贤风励子孙　　壮烈感神州　　嫩柳动伤情　　泣泪仰遗容

云海心中梦　　残月灵前暗　　枢后三声泪　　幽兰悲冷月
江天泪里情　　悲风梓里长　　灵前一片情　　宿草泣秋风

正道留芳远　　魂魄云烟去　　硕德昭先祖　　政绩流芳远
清名誉世长　　音容梦幻来　　遗言启后人　　廉风济世长

忠魂昭日月　　慈颜今遽杳　　白梅含孝意　　含悲怀逝者
正气壮山河　　懿德世留芳　　翠柏祭哀思　　洒泪祭英灵

哭干双眼泪　　以正气还天地　　直道至今犹在　　冷月寒霜星坠
难报三春晖　　将身心献人民　　清名终古常留　　凄风苦雨泪倾

背影常浮脑海　　一世勤劳美誉　　回首依墙共御
容颜总记心中　　千秋功德长传　　伤心折翼难飞

淑德高风犹在　　一生节与冰霜厉　　一片哀思挥泪诉
勤劳世泽长存　　千古心同日月明　　满腔心语对谁言

一堂哀乐揪心肺　　一世精神归梦地　　一朝瞑目如灯灭
四面悲声孝子孙　　满堂血泪洒云天　　合族痛心似箭穿

人间未得青云志　　九原有泪流知己　　三径寒松含露泣
天上先成白玉楼　　万户同声哭好人　　半窗残竹带风吟

山耸北郊埋忠骨　　万里云天悲落日　　万种愁肠数不尽
泽留乡里仰遗风　　千行泪雨洒长空　　两眶血泪几时干

月下双双流泪眼　　月霁风光人共仰　　风骨真超双鹤上
灵前个个断肠人　　山颓木朽日增愁　　语音犹在五云中

心中永念生前事　　忆遗训信怀恩德　　长著芳名于竹帛
世上长留死后名　　哭英灵更感悲哀　　永留清白在人间

古同松柏清同竹　　　生前磊落心无憾　　　生前厚德心无愧
言可经纶行可钦　　　去日坦然魂亦安　　　死后清名口有碑

乍闻噩耗肝肠断　　　有眼苍天同我哭　　　自有芳馨留梓里
每念深恩笑貌归　　　无情明月任他圆　　　应无遗憾到泉台

仿佛音容犹做梦　　　诀别亲人常惦念　　　朵朵白花含孝意
依稀笑语痛伤心　　　难逢知己更伤悲　　　枝枝翠柏寄哀思

冰霜高洁传幽德　　　苍山有雨皆成泪　　　听读蓼莪心抱痛
圭璧清华表后贤　　　白水无波不载哀　　　闻歌薤露泪长流

君去九泉容独在　　　花落胭脂春去早　　　何必生前门第贵
友来三拜泪双流　　　魂消锦帐梦来惊（女）　难求死后姓名香

把酒焚香而祭奠　　　雨淋杏蕊流红泪　　　雨中竹叶含珠泪
长歌当哭以招魂　　　雪压松梢戴素冠　　　雪里梅花戴素冠

苦雨凄风悲永诀　　　空梁月冷人千古　　　英灵安息竹松内
寒天冷月悼孤魂　　　华表魂归鹤一声　　　美德常存天地间

英名常与乾坤在　　　泪添九曲黄河溢　　　听雨兴悲愁碧汉
美德永随天地存　　　恨压三峰华岳低　　　望云垂泪染丹枫

灵前香烛祭魂魄　　　思亲百转柔肠断　　　音容宛在灵车驾
枢畔哭声动世情　　　忆昔两行悲泪流　　　子女堂前血泪抛

香消夜月梅花寂　　　热血一腔化春雨　　　唢呐三声和泪去
韵冷苍天鹤梦寒　　　壮志千秋泣鬼神　　　悲歌一曲伴云来

难以言下闻遗训　　　恨地憎天泣血泪　　　柳知孝意飞花白
敬向灵前献瓣香　　　捶胸跺足放悲声　　　鹃解哀情泣血红

高风亮节千秋颂　　　高堂魂逝愁云暗　　　流水高山思典范
美德良操万古芳　　　孝子泪流苦雨悲　　　光风霁月仰仪型

流水夕阳千古恨　　　幽兰空觉香风在　　　黄土一杯埋忠骨
凄风苦雨百年愁　　　宿草何曾泪雨干　　　心香三瓣吊英魂

雪里梅花含孝意　　慎终不忘先人志　　悲声难挽流云住
水边柳絮动哀思　　追远常怀一片心　　泪雨相随野鹤飞

慈惠高风垂万古　　露湿桂花慈竹寂　　盛世颜开娱晚景
冰操懿范足千秋（女）　月寒桑梓老萱萎（女）　中天婺隐透哀情（女）

想见音容空有泪　　想见亲容云万里　　魂上九天悲夜月
欲闻教诲杳无声　　毋供菽水泪千行　　芳流百代忆春风

魂归天上风云暗　　满天愁云当头压　　薄奠几杯和泪酒
名在人间草木香　　无限哀思带血倾　　空留一点贡心香

旧雨怀情寸草嫩　　暮雪招魂云笼月　　雪凝椿树皆飞白
新知洒泪杜鹃红　　梨花带雨泪含春　　泪洒枫林尽染红

倏然一别千秋恨　　灵前祭奠萦哀乐　　声震长空云化雨
悲也三生万古思　　月下辞行唱挽歌　　魂归故里土生香

儿孙戴德恩难报　　多情红烛行行泪　　鹤上重霄悲月冷
日夜思亲人不归　　无主黄香缕缕烟　　魂追云路恨天寒

魂驾轻烟归紫府　　骑鲸去后行云黯　　千树梨花凝血泪
德携正气赴黄泉　　化鹤归来霁月寒　　一溪流水是哀声

雨打桃花流血泪　　一壶米酒酹西去　　驾鹤游天归碧落
风吹柳叶唱悲歌　　三柱柏香奠远行　　焚香祭祖奠黄泉

哀乐惊天行葬礼　　情重如山悲逝者　　遮地乌云垂挽幛
悲歌动地送英灵　　恩深似海念亲人　　漫天白雪化冥钱

声声佛号声声泪　　泪雨沉沉凝碧落　　魂幡摇动哀三曲
句句祭文句句悲　　哀魂杳杳赴黄泉　　孝帐低垂泪两行

堂上高悬逝者像　　焚香缭绕黄泉路　　肝肠寸断思难尽
灵前低咏哲人诗　　洒泪缅怀白发人　　血泪欲干心不甘

骨肉分离心欲碎　　泣血儿孙行孝道　　风欺冷月云天暗
肝肠寸断泪难干　　哀思夜梦仰泉台　　霜打寒秋草木哀

南天鹤去长河恸　　　　儿孙着素挥悲泪　　　　竹节松操留典范
北斗星沉大地哀　　　　戚友动情献挽歌　　　　寒风冷雨洒灵帷

英灵信是云中鹤　　　　日暮倚门挥老泪　　　　绛帐高悬歌梓里
遗训堪为座右铭　　　　夜深孤枕泣哀思　　　　蓬莱远促悼灵帏

红蕊芬芳皆溅泪　　　　无限追思无限泪　　　　月夜鹃啼心欲碎
白云缥缈倍思亲　　　　一番祭奠一番哀　　　　秋风鹤唳胆犹寒

奇才耀祖光前辈　　　　花圈个个彰深意　　　　烛光素色悲声咽
美德流芳启后人　　　　哀乐声声撕碎心　　　　鹤唳哀鸣泪雨淋

泣别音容追世事　　　　劲竹风凄摇旧梦　　　　日月如流一朝永诀
静思教诲继家风　　　　静庭菊谢怆悲秋　　　　风云不测千古同哀

福寿全归音容宛在　　　　　　生前忠节似松凌霜雪
齿德兼隆名望常昭　　　　　　死后高风如水照青天

忠魂一缕萦萦依故土　　　　群山披素玉梅含孝意
正气无量浩浩满中华　　　　诸水悲鸣杨柳动伤情

天若有情应寿百年于俊杰　　　梦断北堂春雨梨花千古恨
人谁不死独将千古让英雄　　　机悬东壁秋风桐叶一天愁

鞠躬尽瘁寸心不憾尤不愧　　　死搏千秋独有清辉留马帐
光明磊落一生无诣也无骄　　　生悭一面唯余泪眼看羊碑

魂断今宵万里寒云增缟素　　　堂前悬遗像凝眸挥洒凄凉泪
名留梓里一天悲泪洒青山　　　室内响余音侧耳聆听教诲声

高堂谢世暑月归天三代亲人齐洒泪
妻室断肠儿孙跪地千秋祭祀共伤悲

离别竟千秋往事追回流水不禁双眼泪
死生惊一霎恨肠欲断寸心难报三春晖

挽男性

名留后世	名留千古	曲歌蒿里	寿越七旬
德泽乡梓	光启后人	诗读蓼莪	含笑九泉

音容在目	泪倾太岳	秋风鹤唳	难忘手泽
浩气凌空	痛断黄泉	夜月鹃啼	永忆天伦

继承遗志	庭摧椿树	悲深陟岵	鲤庭罢对
克颂先芳	云掩极星	恨抱终天	鹏赋方吟

德传梓里	一生行好事	一生树美德
名载乾坤	千古流芳名	半世传嘉风

丹心辉日月	泣血撼天泪	知君已病死
正气壮河山	放声恸地哀	愧我犹醉生

高风传百世	欲祭疑君在	一世无邪正直
亮节炳千秋	含悲有我来	终生有德勤劳

陇上犹留芳迹	一世精神归华表	一曲衷肠怀德范
堂前共仰遗容	满堂血泪祭云天	满腔血泪哭英魂

千里吊君唯有泪	千古流芳名不朽	千古芳名留史册
十年知己不因文	一门载德世常存	满腔血泪祭英魂

大雅云亡梁木朽	三更月冷鹃犹泣	三径寒松含露泣
老成凋谢泰山颓	万里云空鹤自飞	半窗残竹伴风号

夕阳流水千年恨	公去大名留史册	风吹秋水浑身素
春露秋霜万古愁	我来何处别音容	雨点春山满眼悲

风凄暝色愁杨柳	日落西山难见面	月霁风光人共仰
月吊宵声哭杜鹃	水流东海不回头	山颓木朽天增愁

云深竹径樽尚在	不尽哀思不尽泪	白马素牟愁入梦
雪压芝田梦不回	有情草木有情人	青天碧海怅招魂

第四编　丧葬哀挽类

白马素牟挥泪别　　只冀百年瞻北斗　　生前德厚逢人笑
黄泉幽道放心行　　何期一旦返西乾　　死后名清满巷哀

兰亭少长悲陈迹　　龙隐海天云万里　　扶桑此日骑鲸去
玉局风光叹化身　　鹤归华表月三更　　华表何年化鹤来

扫榻飞烟惊化鹤　　壮志未酬身已殒　　仿佛音容犹做梦
卷帘留月觅归魂　　相思唯有梦中游　　依稀笑语痛伤心

志同松柏清同竹　　剑空宝匣龙应化　　侠气未随身并逝
言可经纶行可师　　云锁丹心凤不来　　雄才留与世常存

厚养堪称尽孝道　　径扫丹枫皆丧礼　　桃花流水杳然去
薄葬可谓树新风　　门临白马尽嘉宾　　明月清风何处寻

朗月清风杯旧宇　　流水夕阳千古恨　　骑鲸去后行云黯
残山剩水读遗诗　　凄风苦雨百年愁　　化鹤归来霁月寒

骑虬夜冷湖边月　　素车有客悲元伯　　悲声难挽流云住
驾鹤朝栖岭上云　　绝调无人继广陵　　哀乐相随野鹤飞

情深风木终天动　　情凝雪片皆飞白　　望月兴悲愁碧汉
泪点寒梅触景思　　泪栖枫林尽染红　　看山垂泪染丹枫

蓬门日影高轩过　　等闲暂别犹惊梦　　魂游水底波澜壮
蒿里歌声白马来　　此后何缘再晤言　　名在人间草木香

翠色和云笼夜月　　鹤驾已随云影杳　　新界潮流摧砥柱
玉容带雨泣春风　　鹃声犹带月光寒　　老成风度邈云山

椿影已随残月去　　椿影已随云气淡　　人到盖棺方堪定论
桂香犹逐好风来　　鹤声犹带月光惨　　我将碎琴以报知音

大雅云亡斯文遂绝　　未报前恩顿成永别　　海阔天空忽悲西去
哲人其萎吾道已穷　　追寻遗绪皆作悲端　　乌啼月落犹望南归

著作名山对天同寿　　　　梦断庚星韬光匿彩
感伤逝水与世长辞　　　　心伤子夜返璞归真

黑暗遥天玉楼待记　　　　　　古称乡先生可祭于社
云迷沧海金阙修文　　　　　　　传言明后德必有达人

契合拟金兰情怀旧雨　　　　　　云鹤失声一片鲜花凝血泪
飘零悲玉树泪洒西风　　　　　　寒松有节千秋碧色化冰霜

月照寒枫空谷深山徒泣泪　　　　与世长辞绿水青山谁做主
霜封宿草素车白马更伤情　　　　同君永诀素车白马总伤神

红泪洒时哲人跨鹤归碧落　　　　淡月临窗一缕清辉千缕恨
白云飞处后辈焚香奠黄泉　　　　幽林摆祭十分春色十分哀

公未读古书言行动合于古　　　　时事伤心风号鹤唳人何处
谁能测天命生死顺受其天　　　　哀情惨目月落乌啼霜满天

烟雨凄迷万里春花沾血泪　　　　碧海潮空此日扶桑龙化去
音容寂寞千条流水放悲声　　　　黄山月冷何时华表鹤归来

长别黯销魂可叹春光随水去　　　元亮宅重来夜月难寻招鹤径
沉疴难脱体哪堪暑气逼人来　　　少微星遽陨春云长黯钓鱼矶

同气遽分途原隔秋风魂不返　　　明月不长圆过了中秋终是秋
异时谁共语池塘春草梦难通　　　高风安可仰如何一别再难逢

挂剑若有情黄菊花开人去后　　　残月冷空山辟谷已随黄石去
思君在何处白杨秋净月明时　　　寒云低野渡束刍空伴素车来

道其犹龙乎剑水云横嗟去渺　　　撒手了无难尘世长辞归碧落
翁今化鹤矣花庭月暗恨归迟　　　伤心将何用夕阳虽好近黄昏

前身定是神仙一笑一谈便归天上　将言行奉作楷模学习良风光硕德
后辈咸称长者古风古貌长在人间　把悲痛作为力量继承遗志慰英灵

樽酒昔言欢烛剪西窗犹忆风姿磊落
人琴今已杳梅残东阁只余月影横斜

与人无忤与世无争木讷自甘葆真而去
如金在熔如玉在璞元善所庇有子必昌

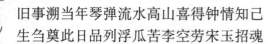

旧事溯当年琴弹流水高山喜得钟情知己
生刍奠此日品列浮瓜苦李空劳宋玉招魂

读书经世即真儒遑问他一座名山千秋竹简
学佛成仙皆幻想终须有五湖明月万树梅花

挽女性

云封萱阁 风冷蕙帏	兰摧玉折 花落水咽	花凝泪滴 水放悲声	春晖未报 秋雨添愁
音容宛在 懿德永存	秋风鹤唳 夜月鹃啼	难忘淑德 永记慈恩	梅残东阁 烛剪西窗
梅含孝意 柳动伤情	情怀旧雨 泪洒凄凉	慈云缥缈 宝婺昏沉	慈颜已逝 风木含悲
女星沉宝婺 仙驾返瑶池	风木有遗恨 瞻依无尽时	天下皆春色 吾门独素风	户寂凄风冷 楼空苦雨寒
白云悬影望 鸟鸟切遐思	名标彤史范 望断白云乡	花为春寒泣 鸟因肠断哀	雨泣山垂首 风号水哑喉
堂前流泪烛 月下断肠人	梅花戴孝帽 柳叶着麻衣	落花春已去 残月夜难圆	淑德标彤史 芳踪依白云

悲哀伤菊月 血泪洒萱花	悲泪怀慈德 痛心烧纸钱	蓬岛归仙驾 萱帏失母仪
日碧魂依蔓草 雪红泪洒桃花	美德青筠吐翠 遗容丹桂含英	夕向北堂瞻淑范 却从南国纪徽音
丰骨直超双鹤上 语言犹在五云中	风去楼空音韵杳 鹤鸣仙逝悼词悲	兰径水流三月暮 萱帏花谢一庭春
西竺莲翻云影淡 北堂萱萎月光寒	西池驾已归王母 南国辉空仰婺星	朱墙碧瓦归仙驾 象服鱼轩想母仪

扫榻飞烟惊化鹤　　母仪足式辉彤管　　花落萱帏春去早
卷帘留月觅归魂　　婺宿云沉寂绣帏　　光寒婺宿夜来沉

花落胭脂春去早　　彤管自应标淑德　　雨打梨花齐掉泪
魂销锦帐梦来惊　　萱帏长此仰徽音　　风吹柳絮倍伤情

雨霖杏蕊流红泪　　画堂省识春风雨　　芳草清幽香满院
雪压松梢戴素冠　　环珮空归月夜魂　　凄风苦雨哀盈门

宝婺光沉天上宿　　宝瑟无声弦柱绝　　身似芳兰从此逝
莲花香现佛前身　　瑶台有月镜奁空　　心如皓月几时归

香消夜月梅花寂　　美德传家长不没　　幽兰仍觉遗风在
韵冷苍天鹤梦寒　　爱心遗世永飘香　　宿草何曾润雨干

绮阁风凄伤鹤唳　　梅吐玉容含孝意　　雪压红桃皆滴血
瑶阶月冷泣鹃啼　　柳拖金色动哀情　　风摧绿柳尽愁人

鹃啼五夜凄风冷　　慈竹临风空有影　　慈竹霜寒丹凤集
鹤唳三更苦雨寒　　晚萱经雨不留芳　　桐花香萎白云悬

魂归九天悲夜月　　蝶化竟成辞世梦　　鹤驭瑶台秋月冷
芳流百代忆春风　　鹤鸣犹作步虚声　　鹃啼玉砌陇云飞

懿范永垂家国史　　懿德合应传后世　　懿德传诸乡里日
慈容犹绕子孙行　　遗型从此望前贤　　贤慈报在子孙身

白云凝泪悠然而尽　　彤管芬扬久钦懿德　　胸有绀珠贤推巾帼
黄叶添愁凄矣以悲　　绣帏香冷空仰徽音　　星沉宝婺悲切丝罗

烟径云迷风凄翠竹　　绣阁花残悲随鹤唳　　绮阁风寒伤心鹤唳
石阶露冷雨泣黄花　　妆台月冷梦觉鹃啼　　兰阶月冷泣血萱花

壶范咸钦一夕瑶池返驾　　　　青鸟传来王母归时鸾珮冷
坤仪足式千秋彤管流芳　　　　玉箫声断秦娥去后凤台空

梦断北堂春雨梨花千古恨　　　菊径荒凉冥漠秋郊悲雨泣
机悬东壁秋风桐叶一天愁　　　蓉成缥缈苍茫野陌怅风凄

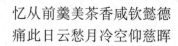

忆从前羹美茶香咸钦懿德　　　　　冬未至霜已降叹英兰早谢
痛此日云愁月冷空仰慈晖　　　　　清且明秋则分嗟冰雪顿寒

桂树枝残小寒过去星天冷　　　　　暮雨东临朵朵萱花先落泪
清霜月黯白昼方长宝婺沉　　　　　夕阳西下行行衰柳早低头

泣杖子凄其中夜慈乌三鼓月　　　　家有诗仙惜到处名山未能偕隐
断机人远去北堂萱草五更霜　　　　身常礼佛觉往生净域确有明征

仙去难留望三晋云山德曜未偿偕隐愿
神伤已甚怅一官露冕安仁更赋悼亡诗

第二辑　挽长辈联

挽祖父

严君早逝心犹痛　　　　　　辞尘祖去空留像
大父旋亡泪更枯　　　　　　投笔人口不见颜

一夜秋风狂摧祖竹　　　　　风起云飞室内犹浮诫子语
三更凉露泪洒孙兰　　　　　月明日黯堂前似闻弄孙声

祖父辞尘沉痛音容难再睹　　寂寞乾坤邈笑一公何所在
嫡孙承重回思教诲怎能忘　　凄迷风雨哀哉两字弗堪闻

乌养未终区区怕读陈情表　　祖德本堪传耕种书田共荷谋贻燕翼
鸾骖顿杳茕茕尤作痛心人　　先芬徒泣诵抚摩磐石何以虑竭乌私

岁已届成人每当赴试游庠太爷尚挂千般虑
伤哉怀恨事枉费愁肠望眼此日难酬半点恩

挽祖母

抱孙昔日恩如海　　祖母永别千载去　　懿德传诸乡里口
孝服今朝痛彻心　　诸孙泪洒几时干　　贤慈报在子孙身

无病而终想是生平修到　　祖母云亡未报深恩徒涕泪
含饴未极忧从何日能忘　　嫡孙承重还从何处觅音容

慈训长昭谨守燕谋毋或失　　　慈竹风摧鹤唳一时悲属纩
深恩未报情陈鸟哺永难忘　　　西山日落鸠杖只影恨含饴

酷暑痛伤心八秩余年曾妣已先乘鹤去
新秋垂泪眼一堂五代群孙于此效鹃啼（挽曾祖母）

挽外祖父

寿高德望　　　　美德堪称典范　　　昔日教言犹在耳
子肖孙贤　　　　遗训长昭子孙　　　当年德泽永难忘

公颜自后从何视　　　　灵鹊若传声纵属铁石亦为洒泪
善训而之总莫聆　　　　骑鲸向何处凡兹外孙怎不伤悲

挽外祖母

带去暮年残岁　　　　美德常齐天地永
留来厚德芳名　　　　嘉风久伴山河存

忽颓天姥峰悲深欧母　　　　仙驾返桃源堪叹落花流水去
忝附门孙列望负羊公　　　　挽歌起村后肯教明月送魂归

萱幄喜长春视外孙如孙慈恩未报
莲台已仙去随老母哭母悲泪难干

挽父亲

父灵驾白鹤　　父逝山垂首　　严容顿杳杳　　严训如山重
儿泪洒黄泉　　儿悲水失声　　泪眼苦茫茫　　父恩比海深

含悲承父志　　弃儿音已杳　　低头悼我父　　英灵垂天地
洒泪别严亲　　逝世魄难安　　洒泪哭严尊　　美德传室家

泪洒黄泉路　　哭父你去哪　　难见父亲面　　祭父泉为酒
名留白玉碑　　问天我靠谁　　痛煞儿女心　　思亲梦作真

椎心肠欲断　　　奠云凝泪雨　　　一天雨雪凋椿树
祭父魂当安　　　祭父焕精神　　　满目云山惨棘人

九十严君身遽逝　　　三思父训永难忘　　　门对东方常见日
六旬孝子泪难干　　　半夜儿愁何易眠　　　云封屺岭不逢亲

千呼不醒严君梦　　不知父处何天洞　　风号鹤唳人何处
万拜难酬先父恩　　且看人间好春光　　月落雁啼霜满天

心因父逝心滴血　　父逝哀从心底起　　父逝揪心心滴血
月窥吾悲月无光　　儿悲泪打血中流　　吾悲恸月月无光

只见三秋多苦雨　　多感嘉宾来祭奠　　守孝不知红日落
谁知九月别严亲　　深悲严父去难留　　思父常望白云飞

思亲泪尽情难已　　思亲腊尽情无尽　　念遗言垂为家训
怀父恩深泪更多　　望父春归人未归　　悲去日适隔春风

空对秧波哭我父　　追悼暂停桑拓社　　春风有恨垂疏柳
哀陈麦饭款宾朋　　含悲怕听蓼莪诗　　晓露含愁看早梅

泣父悲声羊束语　　音容未远悲畴昔　　屋外迎春多乐事
致儿哭废蓼莪诗　　杖履空存忆老成　　堂中忆父动哀思

屋内儿如差父逝　　陟古回看无父面　　胜日偏遭椿树萎
门前客吊履霜来　　趋庭失训痛儿心　　和风难拂棘人悲

凄凉云树愁千里　　倚门人去三更月　　深恩未报惭为子
惆怅春风恨隔年　　泣杖儿悲五夜寒　　隐憾难消忝依人

深恩未报终留憾　　痛矣今朝成永诀　　痛哭父亡辞戚友
饮泣难安欲断肠　　伤哉何日报深恩　　默祈母寿看孙曾

萱花早萎心还痛　　慎终不忘先父志　　椿影已随云气散
椿树遭摧泪更枯　　追远常存孝子心　　鹤声犹带儿孙悲
（母先逝）

嗟余家父今朝去　　雾掩椿庭千古恨　　静听风声聆教诲
累尔亲朋此日来　　云迷岵岭一天愁　　悲观月色想严容

孝守三年难报德　　四野田园留父影　　严椿病逝归天去
肠回九曲怎酬恩　　一堂翰墨省亲颜　　孝眷心伤动地哀

严父亡魂归地府　　晴天霹雳严椿折　　父在远乡骑鹤去
平生积德尽天年　　寒舍凄凉孝眷哀　　儿迎骨盒接灵归

父恩未报哭长夜　　严尊魂逝愁云暗　　伤心泪淌三江水
子孝怀情恨远天　　孝子泪流苦雨悲　　哭父悲生五岳云

常忆音容铭肺腑　　福寿全归音容宛在
每思父训断肝肠　　齿德兼隆名望常昭

陈辞祭酒表赤子孝意　　遗容寓遗志子孙承志
洒泪讴歌悼严父英灵　　哀乐寄哀思后代永思

亲厌尘粉寿终正寝归蓬岛　　父归西土几辈儿孙同洒泪
儿悲手泽眼流双泪滴麻衣　　亲梦南柯合家老幼尽悲哀

有子擅书法之长风追颜柳　　华月光寒韵满庭前含孝意
骑鲸别水口而去云黯冬桃　　愁云寂寞旌飘户外痛哀情

音容莫睹伤心难禁千行泪　　音容宛在勤劳一生传佳话
亲恩未报哀痛不觉九回肠　　神魄当安芳名百世著好风

事已明心不愧平生求大道　　痛父长眠哪方寻得还魂草
言犹在耳敢承遗志振中华　　哭亲骤去何处买来止泪丹

鹤驾将升思亲空有情千古　　碧落茫茫天际空留翔鹤影
雁行分散扶枢独伤儿一人　　鲤庭寂寂夜阑还听诲儿声

噩电凉闻匍匐奔丧空有泪　　遗爱难忘黍雨棠阴皆政德
遗言长在抽搭泣血哭无声　　寻声遍诵江云海水尽哀思

情切一堂红泪相看都是血　　大义是难明无言复诲空流泪
哀生诸子斑斓忽变尽为麻　　深恩非易报有像徒存只恸心

多年教导音容笑貌永铭心下　　仿古学丁阑刻木奉亲追往事
一朝诀离言谈举止化作儿行　　悲今当孝子抚灵哭父寄哀思

音容难追寻唯留美德励儿志　　愁思向谁宣空想胏欢承菽水
教诲当铭记化作嘉行慰父魂　　终天成永诀枉教泣涕进羹汤

第四编　丧葬哀挽类

举家哀泣哭家严此后儿当安仰　　　父痛沉疴只冀医药有灵承欢有日
全国欢腾迎国庆他时我更思亲　　　儿曹悲恸奈何回生无术侍养无期

一生辛苦谁知听诸父道扬愈增悼痛
三载够劳未报奉慈帏教命只进饔飧

不肖子才庸德薄有负期望慈颜永别去
承志人奋发读书遵循教诲不忘养育恩

严君此去仙逝何日方归未尽乌私情未了
儿女岂将恩负几时得报长擎手泽泪长流

鲤对方殷竟将大事付儿惨目灵椿生意老
乌私未遂犹念小人有母伤心慈竹泪痕多

严父匆匆逝尘想当年克俭克勤甘苦备尝今已矣
棘人切切饮恨痛此日弗闻弗见与世长辞竟何如

挽母亲

一堂泣雨	云封萱阁	南柯梦母
六月寒风	泪洒慈帏	望月思亲
流芳百世	向苍天问母	春晖恩似海
遗爱千秋	对遗像哭娘	悲恸泪如泉
哀乐揪心肺	哭干两眼泪	麻衣披孝子
慈恩及子孙	难报三春晖	泪眼望慈晖
望断九泉路	慈恩尚未报	七四慈颜成幻影
更思三春晖	福寿已全归	两行儿泪涌泉流
口泽犹存恩罔报	六月凄风天有恨	天涯芳草留晖远
音容顿杳泪横流	五更冷月子伤心	海角哀鸿洒泪多
无路庭前重见母	心想慈颜心有缺	出外再无娘嘱咐
有时梦里一呼儿	月临寒夜月难圆	在家哪有母音容

母恩未报哭长夜　　母往方壶千古乐　　守孝难回佳节礼
子孝含情恨远天　　儿居家室百年哀　　思亲仍贺盛世年

罔报难酬慈母德　　犹忆熊丸承母训　　良操美德千秋在
挥毫莫馨此儿情　　何从乌啼报慈恩　　亮节高风万古存

空悬月冷人千古　　奉母欠情空作子　　思亲有影青云驻
华表魂归鹤一声　　负亲长望愧为儿　　怜子无人白鹤飞

恸望三江皆血泪　　春江桃叶莺啼湿　　春归那晓离魂杳
愧为寸草报春晖　　夜雨萱花蝶梦寒　　梦断方知恩惠深

厚德深恩光子舍　　终天唯有思亲泪　　堂上欲闻亲教诲
亲朋戚友仰慈晖　　寸草痛无益母灵　　梦中想见母音容

菽水未承空掉泪　　萱草萧条悲夜月　　悲听凄风吹落叶
纸钱飞蝶倍伤心　　梅花冷落泣空门　　愁看冷雨打萱帏

隔世欲留慈母影　　萱萎深秋黄叶落　　萱谢寒冬山戴孝
三餐嚼碎孩儿心　　儿瞻遗像白云飞　　风号大地水鸣哀

缠身恶疾催萱萎　　鹤接慈颜归上界　　回首已成蝴蝶梦
刺骨寒风令子悲　　月临寒树望归魂　　伤心空作杜鹃啼

慈母音容常在梦　　多感嘉宾来祭奠　　几束诔文悲母逝
孝儿思念总萦怀　　深悲慈母去难留　　三杯酹酒洒灵前

四代同堂三冬别母　　　　看月瞻云慈云在目
九旬上寿一病还山　　　　期劳戒逸母训铭怀

绮阁风寒伤心鹤唳　　　　久别慈颜忧乐几多尚未话
兰台月冷陨涕萱阴　　　　骤闻噩耗聪眸一概顿无知

反哺未能忽听慈乌啼夜月　　杜宇伤春泣残雪泪悲花老
获灰空画难将寸草报春晖　　慈乌失母啼破哀声夜月寒

声咽丧帏肠断秋风伤鹤唳　　宝婺云迷两行热泪濡衾忱
泣残蕙帐血枯夜月恸鹃啼　　萱花霜萎一瓣心香奠母灵

第四编　丧葬哀挽类

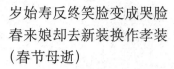

岁始寿反终笑脸变成哭脸　　　　　祸及贤慈当日顽梗悔已晚
春来娘却去新装换作孝装　　　　　愧为逆子终身沉痛恨靡涯
（春节母逝）

萱杖欲同扶又惧以恩掩义　　　　　慈母东来绕膝慕深萱草碧
蓼莪深抱痛终难为礼夺情　　　　　彩云西去献觞悲断菊花黄

慈亲魂杳尚呼儿难离骨肉　　　　　育女养儿一世操劳何乐日
哀子心伤常忆母永别音容　　　　　持家创业终生苦楚未闲时

乌养昔犹亏树背冀能延晚寿　　　　凉月写凄情环砌秋声听倍惨
黄泉今永诀草心恨莫报春晖　　　　慈云归缥缈空庭落月恨何如

陟岵痛前年方祝萱颜长白发　　　　跪乳恩尚待报此日亲竟去也
陨帏当此日忽悲蓣水隔黄泉　　　　反哺意未尽酬问心子奈何哉

扶丧杖以寻亲只恨冥中无子路　　　平生未享半日福都只为养儿育女
枕草苦而盼母除非梦里有颜回　　　满目但见一天愁却原来断肠伤心

忆当年望子成龙慈母常遵机杼诲　　视之而弗见听之而不闻母何往也
悲今日送亲驾鹤怜儿痛读蓼莪诗　　生无以为养死无以为礼儿感愧乎

数历沧桑矢志不移誓以耕读教儿女　勤劳终生母爱弥深每睹布鞋垂泪涕
几经风雨慈心永笃空将诗礼传子孙　潦倒半辈子孝未尽怕听乌语恸心胸

寿享七旬方期蓣水承欢慈荫满门蒙母训
病终腊月那料萱堂遽冷凄风绕地断儿肠

母本是德人在昔年勤于耕织受尽百般辛苦
儿享先慈福当此日唯用金钱难报万种恩情

挽继母

生母继母皆是母　　　　　哀哉虽非亲子赛亲子
养恩育恩俱为恩　　　　　痛矣不是生娘似生娘

挽乳母

乳哺提携奶儿亲儿一样　　恩同生母只少怀胎十月
襁欢拥抱生母乳母何分　　孝尽亲儿也应泣血三年

何惭划荻和丸钟爱螟蛉如己子　　忆昔年襁褓提携含食哺孤真似母　　
岂亚斑衣泣杖孝尊乳母胜亲娘　　看今日承欢侍奉煮汤病榻确如儿

挽养母

生我者妈养吾者母旧事忆从头感念深恩未及报
持家以俭教子以勤今朝俱往矣缅怀懿德尽含悲

挽义母

早岁痛莪蒿感频年兰砌相依心同保赤
比邻悲薤露恨此日萱堂倏萎目断垂青

挽伯父

一世勤劳俭朴　　　　寿终德望犹在　　　　一生务农勤稼穑
终身浑厚和平　　　　人去徽音长存　　　　全心爱国勉儿孙

永别儿孙功业在　　　　　　勤劳本质侄儿永记
长辞盛世遗风存　　　　　　革命家风世代相传

勤劳毕业足堪侄儿表率　　　红日难留暮景生愁黯夕照
忠厚一世实乃邻里楷模　　　白云不返竹林挥泪洒径筵

挽伯母

画荻同遵推恩犹子　　　　苦雨凄风问归何处
系繄以鹰视死如生　　　　嘉言懿训痛想当年

慈训夙亲承高枝秀茁田荆箕帚无嫌资冢母
遗容今宛在几树荣分窦桂埙篪有韵协诸孤

挽叔父

一世辛勤范式乡里　　　　昔年训诲亲承犹子鲤庭聆教范
终生节俭泽留村邻　　　　此日音容顿渺儿曹马诚感遗书

叔父早魂飞梅岭云寒未知何年还鹤驭
比儿常泪湿枫江月冷怕逢薄暮听乌啼

幼侄无知想当年训诲谆谆眷顾深恩同无报
悲叔忽逝叹今日音容寂寂空瞻遗颜有余哀

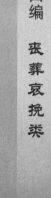

挽婶母

劫后持家唯吾婶是赖　　　　　　勤俭持家半生最怜叔母苦
床前侍疾憾犹子未能　　　　　　报酬天地六亲都为比儿悲

幼年失恃仰荷慈云获画着贤劳分得恩情及犹子
远道相依遽歌薤露蓬山嗟缥缈更谁孤苦念伶仃

挽姑父

常怀典范　　　　身逝音容宛在　　　　一生俭朴留典范
寄托哀思　　　　风遗德业长存　　　　半世勤劳遗嘉风

完来大璞归天地　　　　勤以持家善教子女生前诸事无荒废
留得和风惠子孙　　　　乐于助人声闻村邻殁后何人不含悲

挽姑母

驾鹤西池去　　　　　　　　山容惨淡浑如睡
留名人世间　　　　　　　　闺范留遗永不忘

菱镜影孤哉惨听秋风吹落叶
锦机声寂矣愁看夜月照空帏

挽舅父

流水高山思典范　　　　　　勤俭持家远近赞誉
春风霁月仰仪型　　　　　　宽厚待人老少共钦

敦厚可风实为前辈表率　　　　晋重耳车马长辞神伤渭水
和谦共仰堪作后人楷模　　　　谢安石室庐依旧泪洒州门

明月不长圆桂子香时舅已逝　　　有泪洒州门千古白眉增太息
高风安可仰菊花开后甥方来　　　无才成宅相廿年青眼益酸辛

天边忽陨少微从今小草无知奚所瞻依成宅相
地下若逢先父但说灵萱尚健莫提坎壈到孤儿

挽舅母

慈竹风摧长有遗徽留懿范
含桃雨润不堪清酌奠灵帏

荻画夙同遵愧樗栎非才未符宅相
嫡星悲顿陨幸桂兰竞秀丕振家声

懿训昔难忘霜萎灵萱自顾庸愚惭宅相
慈容今顿杳风嘘小草未曾报答到春晖

挽姨父

儿孙称典范　　　　　　　悼念不闻亲教诲
邻里赞楷模　　　　　　　情怀仍忆旧音容

齿德兼尊犹执谦恭延后辈　　冷雨迫残春时节偏逢百五日
典型具在尚留声望启儿孙　　高风怀遗事音容邈渺九重泉

挽姨母

顿失慈容劳想象　　　　　　萝茑昔攀依差喜女婴得所
缅怀懿训寄悲哀　　　　　　门楣今落寞更教弱弟如何

鹤驾遽西归痛姨音容从此杳
雁行竟中断伤予手足何以堪

偕吾母姊妹同行更欣茑萝相依芳循钟郝
谬不才侄儿雅爱胡竟萱帏陡冷姻失刑谭

挽岳父

丁年病入黄泉路　　大雅云亡梁木断　　丈人峰屺瞻如昨
午夜惊颓太岳峰　　老成凋谢泰山颓　　半子情灰怅在兹

永夜空悬儿女念　　半子无依何所赖　　南极辉沉空太息
终天辜负丈人心　　东床有泪几时干　　东床望断失瞻依

泰岳无云滋玉润　　　　　峰顶大人嗟已矣
东床有泪滴冰清　　　　　膝前半子痛何如

楞木同瞻幸分椿荫　　　　公不少留风采伤心分半子
泰山莫仰怅绝兰阶　　　　吾将安仰音容回声隔黄泉

半子情深叨预鲤庭诗礼训　　甥馆昔相依又接芳邻叨茂荫
三山迹杳忍教鹤驾海天秋　　婿乡悲不已那堪蓬岛作游仙

第四编　丧葬哀挽类

东阁惯延宾公如高适为诗垂老联吟常不辍
西园今乏主我比羊昙哭舅生存零落总堪伤

生时已托足西天知咸佛何难早证前身罗汉果
殁世定栖神东岱怅颓云太速空教引领丈人峰

挽岳母

自入婿乡蒙厚爱　　　凄凉甥馆慈云黯　　　劳燕遗雏恩未报
何堪甥馆杳慈云　　　缥缈仙乡夜月寒　　　春蚕化蛹恨难留

慈竹影寒甥馆月　　　曾附诸昆聆训迪　　　婺星西陨恩无既
昙花香杳佛堂云　　　顿伤半子失依归　　　泰水东流泪与俱

菊径荒凉乔阴莫仰　　　　　莲蕊生香有子心中无限苦
蓉城缥缈仙驭难回　　　　　萱花遽谢出人意外不胜悲

公不少留风木伤心分半子　　义薄云天未报涓埃无限恨
吾将安仰典型空欲问重泉　　波寒泰水更增半子一番悲

才愧裴宽爱重慈帷呼射雀　　忆半儿昔日乘龙东床有幸
悦损苗母波寒泰水泣乘龙　　痛岳母今朝驾鹤堂北无依

懿范堪夸此去九泉空景仰　　小草附乔松每诵白圭资训勉
灵柩在驾殊深半子痛哀思　　高峰倾列岳每瞻素旐倍凄怆

半子荷深恩玉镜台前承色笑　　获选昔乘龙独忆东床初祖腹
一朝悲怛化璇闺堂上失慈晖　　游仙今驾鹤那堪北堂杳慈颜

爱女爱婿回异寻常回思义薄云天未报涓埃无限恨
秋雨秋风几多感慨忽报波寒泰水更增半子一番愁

挽师母

懿范永留芳童叟皆碑村邻共仰
慈容今遽杳老师落泪弟子伤怀

门下昔相依风坐雨霈感阿母同声颂德
座前今致奠白炊盆鼓愿老师破例达观

148

挽友父

德才见诒谋有子能担家务事
荣哀酬生平伤心遽失老太公

梁木忽崩折亲友衔哀长挥热泪
国事方倚重先生著述永垂美名

文章留人世先生教子义方千古
劫后情热忱造就桑梓今失中坚

挽友母

忽报风凄三晋地
怕看云暗半边天

哀乐寄哀思亲友共钦贤母德
遗容寓遗志子孙长念三春晖

第三辑　挽同辈联

挽丈夫

花为春寒泣
鸟因肠断哀

夫去黄泉乍瞑目
妻居寒舍倍伤心

生前记得三冬暖
亡后思量六月寒

白发同心容易过
黄泉异路苦难追

每思田园共笑语
难禁空房放悲声

梦绕青山花滴泪
心惊碧水草牵魂

假如我死替你死
换来君生代吾生

欲殉难抛黄口子
偷生勉事白头翁

欲效鸳鸯随尔死
又怜子女赖谁生

裂肺撕肝小寻老
捶胸跺足妻哭郎

碧水青山谁做主
落花啼鸟总伤情

鸾飞镜里悲孤影
凤立钗头叹只身

燕阵残斜孤月冷
箫声吹断白云愁

鹧鹕音断云千里
杜鹃声哀月一轮

无禄才郎长夜不醒蝴蝶梦
伤心感妇深宵悲听子规啼

郎果多情楼上冀迎萧史凤
妻真薄命冢前愿作舍人莺

亲老家贫负担忍付称孤子
行修名立诔词悲作未亡人

哭望天涯愿到黄泉痛洒大乔泪
恨如春水谁言世上唯独小青悲

第四编　丧葬哀挽类

数十年赤子起家你死料难如往日　　良人仙人念一夜恩情画眉愿作封侯婿
八旬人白头永诀我生谅也不多时　　今夕何夕想半途冷淡对镜便教寻故夫

并蒂莲已萎对秋而寒衾不禁啼鹃添泪血
思夫梦未熟处孤灯冷室那堪落叶搅心情

君去矣万事独任艰难能无追念前徽深为吾痛
儿勗哉尔父既归泉壤尚其各自努力克振家声

挽妻子

春风闲楚管　　　　　落花春已去　　　　　窗竹鸣秋雨
明月断秦箫　　　　　残月夜难圆　　　　　床琴断夜弦

长夜不醒蝴蝶梦　　　云深竹径樽犹在　　　宝琴无声弦柱绝
深宵悲闻子规声　　　雪压芝田梦不回　　　瑶台有月镜奁空

泪残秋雨遭罗衫　　　春江桃叶莺啼湿　　　梦游蝴蝶飞双影
肠断春风陨玉娇　　　夜雨梅花蝶梦寒　　　血泪杜鹃泣孤身

南极无辉寒北斗　　　惨听秋风悲落叶　　　月明华表魂应返
西风失望痛东人　　　愁看夜月照空房　　　霜冷牛衣泪更寒

兰摧玉折孤儿哭　　　　　　炊臼梦来哭尔三年发白
云暗雨泣六月寒　　　　　　断机人去愁予五月枫青

茗碗寄来曾悯黔娄梦白　　　一百年弹指光阴天胡靳此
蓉城迎去又悲汝士升仙　　　九十载齐眉夫妻我独何堪

负我多情空抱鸳鸯偕老愿　　炊臼梦成粉悴脂憔金阁冷
祝卿再世重寻鹣鲽未完盟　　断弦情切鸾孤凤只绣帏寒

钗逐燕飞影分鸾凤悲菱镜　　菱镜影孤惨听秋风吹落叶
梭停龙化尘染鸳鸯废锦机　　锦机声寂愁看夜月照空帏

鸳谱徒虚名美满姻缘成幻梦　　半辈好夫妻少米缺柴无口角
宏图期共展辉煌事业缺阿娇　　一双幼子女食粗穿破有谁怜
（挽未婚妻）

150

织女别牛郎七月七日总可会
后羿失嫦娥何时何地才能归

四十年赤手持家卿死料难如往日
八旬人白头永诀我生谅亦不多时

数十年勤俭持家卿死料难如往日
恍然间今生永诀梦乡方能晤汝颜

苦我半生可怜举案荆妻先归天上
祝卿再世不遇登科夫婿莫到人间

为何刚入中年辞白昼败柳残花不忍睹
怎忍抛开二老赴黄泉幼儿稚女最伤心

卿逝矣那堪堂上机丝伤心空剩遗痕在
我悲哉怕捡箧中针线触目倍生感慨深

无一日缘偏教彩楼传名空向风前独惆怅
成三生恨太息红丝多事料知月下亦欷歔（未婚妻丧）

夙缔是良缘此番谱订鸳鸯天下永年何太促
俄闻传噩耗异世侣语鸾凤事求如意总无凭（未婚妻丧）

最怜儿女无知犹自枕畔娇啼问阿母重归何日
但愿苍穹有眼补此人间缺憾许良缘再结来生

念此生何以酬君幸死而有知奉泉下翁姑依然称意
论全福似应先我愿事犹未了看床前儿女怎不伤心

四千里累汝远来父在家母在殡翁姑在堂属纩定知难瞑目
廿三年弃予永诀拜无儿哭无女承继无侄盖棺未免太伤心

挽兄

愁系竹林畔
泪弹荆树边

不图花萼终联集
何忍雁行各自飞

从今死后分人鬼
但愿生来再弟兄

信口呼兄兄不应
痛心慰嫂嫂含悲

雁阵霜寒悲折翼
鸽原露冷痛孤翔

北望鹡原千里远
南来雁侣半行孤

原上春深鹊鸰音断云千里
林梢夜寂鸿雁声哀月一轮

魂兮归来夜月楼台花萼影
行不得也暮天风雨鹧鸪声

训弟课儿一生辛苦今犹在
持身涉世十分忠厚苦来稀

松柏伴君一朝挫折风霜苦
表兄爱弟毕竟情深肝胆知（挽表兄）

云路仰天高谁使雁行分只影
风亭悲月冷忍教荆树萎连枝

椿树萎经年方期棣萼敷荣争辉两阮
荆花摧往日谁料茱萸遍插又少一人

挽嫂

自愧不才此后议围难遽解
敢忘懿德于今家政复谁操

回想幼年时绕膝相依如我母
难疗今日病伤心何以慰吾兄

家事赖支持应知长嫂为娘一室不生轹釜怨
仙游伤仓卒忍听阿兄悼妇数声莫慰鼓盆悲

挽弟

一生辛苦今犹在
十分忠厚古来稀

春草池塘犹入梦
秋风鸿雁不成行

棠棣联枝嗟失一
雁行折翼泣无全

归去来兮夜月楼台花萼影
行不得也暮天风雨鹧鸪声

竹径萧条平生壮志三更梦
云山迢递万里西风一雁哀

原上春深鹡鸰音断魂千里
林梢夜静棣萼花分月一轮

云路仰天高谁使雁行分只影
风亭悲月冷忍教荆树折连枝

云路仰天高谁使雁行分棣萼
风亭悲月冷何堪鹡鸰失葭莩（挽表弟）

同气遽分途原隰秋风魂还返
异时谁共被池塘春草梦难通

劲节励冰霜定卜泷冈终有表
衰年鲜兄弟可堪雷岸更无书

汝性最聪明曾伴阿兄吟柳絮
甥行皆幼弱忍看若辈著芦花

雁翼折西风先我而生乃遂先我而死
蛰音悲落日可叹在弟毕竟可叹在兄

谈笑一家中成咏雪诗当年才调原推尔
羁愁千里外登大雷岸此后音书待寄谁

亢宗唯盼兄那堪一阵秋风鸿雁哀鸣悲折翼
传经常励弟回忆三年化雨鳣堂冷落最怆怀

相隔仅数里耳忆穷愁角酒谈笑论文话不尽黄卷青灯今兹已矣
作别竟千古耶叹游子浮云高堂日暮赋罢了绿波春草伤如之何

挽弟媳

与我季共挽鹿车久传郝法
奈王母倏催鹤驾想伴荷仙

隔室惨难闻知是侄儿呼母哭
游仙魂不返忍看我弟悼亡诗

溯贤媛来自名门俭朴勤劳梁鸿妇
嗟予季悼伤佳偶凄凉呜咽鼓盆声

挽姐

绮阁风寒我哭姐
瑶台月冷甥怨天

贞静幽娴姊妹行中推独冠
凄凉寂寞杜鹃声里暗伤神

萝茑昔攀依差喜女婴得所
门楣今落寞更教弱弟如何

姐去孰怜甥托睹音容犹在目
我来谁呼弟依稀景况尽寒心

鹤驾遽西归痛姊音容从此杳
雁行竟中断伤予手足何以堪

挽妹

月冷璇闺鸾音缥缈
风寒绮阁鹤泪凄情

阿妹云亡香茗已消空抱恨
沙哥未老浊茶虽寄亦无缘

人羡陆家姑万事补缝能爱弟
我仪张玄妹一时荣秀不留春

宅相未离怀忍抛夫婿随姑去
诸昆幸无恙还期吾妹告亲知（挽表妹）

挽内兄弟

谊气洽醇醪忍使衰年悲北海
恩情铭肺腑不胜儿辈恸西州

从婿乡几度联欢异姓深情同手足
抚灵柩不堪洒泪空斋遗物感琴书

异姓亦弟兄甥馆联欢犹忆同寻春草梦
深情谐伉俪闺房絮语不堪重读大雷书

挽连襟兄弟

姻娅相关不殊兄弟
人天永隔空羡邢谭

第四编　丧葬哀挽类

两婿相关谓之娅平时贰室追随共说亲情谐秦晋
二姓好合其唯姻此后高门进谒空言戚谊到邢谭

挽朋友

海内存知己　　　　　一生刚直无邪　　　　　友思今成永别
云间渺嗣音　　　　　终世清白光明　　　　　笑绪已为悲端

生前不卑不亢　　　　赤心光昭日月　　　　　哭君今天离去
死后可泣可吟　　　　清名终古长留　　　　　盼友再世重逢

一世深交堪难得　　　九原有泪流知己　　　　千里吊君唯有泪
九泉有知念旧情　　　万户同声哭好人　　　　十年知己不因文

文章卓荦生无死　　　云深竹径樽犹在　　　　平生风义兼师友
风骨精灵逝有神　　　雪压芝田梦不回　　　　来世因缘结弟兄

玉树栽来欣擢秀　　　幽兰空觉香风在　　　　竹影仍偕身影在
琼枝萎去动悲怀（女友）宿草何曾泪雨干（女友）墨花尽带泪花飞

犹似昨日共笑语　　　杨柳春风怀逸致　　　　岭表玉梅多减色
恍惚今时汝尚存　　　梨花寒食动哀思　　　　山阳寒笛不堪听

诔文作自先生友　　　老泪无多哭知己　　　　秋草独寻人远去
遗稿归于后死朋　　　苍天何遽丧斯人　　　　寒林空见日斜时

壶中日月三生梦　　　断稿残编余手泽　　　　悲哉今日成永别
海上云山万里秋　　　白杨衰草尽哀音　　　　痛兮何时再相逢

感旧有怀同向丽　　　六书渊源秦汉文字　　　生前忠节松凌霜雪
招魂何处问巫阳　　　一夕解脱神仙之人　　　死后高风水照青天

亲同手足此时杳无踪影　　　　　廿载契何如犹觉兰言在耳
近伴春秋来日梦中相逢　　　　　三秋悲永诀那堪楚些招魂

时事伤心风号鹤唳人何处　　　　松柏侣君一生错节风霜苦
哀情惨目月落乌啼霜满天　　　　同志爱我毕竟深情肝胆知

何处可招魂检箧尚遗玄草
为君欲挂剑登堂空忆白云

梁木风摧从此不见尊君影
德星夜坠往后只看仙鹤飞

小别遽招魂始信忧劳能损寿
高堂久忘世哪堪迟暮转摧心

无缘话永诀知音来时泪泣血
有期解相思苍鸟啼处梦传神

学术各门庭与子平生无唱和
交情同骨肉俾予后死独伤悲

挂剑若为情黄菊花开人去后
思君在何处白杨秋浮月明时

管子天下才公论当年青史在
鲍叔知我者故交此日白头稀

君竟永离故土含恨含悲今独去
我依活在此间常思常想再偕来

君竟忘父母衰羼忍割尘缘骑鹤去
我但觉友朋寥落怕从天上识鸿归

百岁亦为何世路崎岖不如乘风破浪去
一杯安足恋江流浩渺同在高天厚地中

与人何尤可怜白发双亲养子聪明成不幸
自古有死太息青云一瞬如君摇落更堪悲

数十年孤诣苦心叹文字无灵秋风吹冷邯郸梦
七千里山重水复问妻孥安在旅榇扶归蜀道难

挽友妻

其夫贫而乐妇可知矣
有子贤且文母何恨欤

丧贤妻固是人间哀痛事
想未来当也不必太悲伤

学伟人凡事心宽留取精神再奋斗
比先哲遇痛忍悲意在前途更争强

自古志士当不为儿女温情贻误国事
而今我辈即便是恩爱齐眉亦应达观

岁月无情鸳鸯折翼足令人肝肠痛断
事业有望骏马争奔抬望眼心胸放宽

挽同学

万卷诗书我还读
一时风月向谁谈

千秋女学开襜褛
一脉师承重典型（女同学）

幸有高文垂宇宙
未酬壮志在中华

学富雕龙文修天上
才雄倚马星殒人间

茗赋柳诗为同学冠　　　　　　　我辈读书正希望鹏程万里
兰摧蕙折贻我辈忧（女同学）　　他山攻玉忽惊闻鹤唳九皋

追往岁仙君与吾结笔砚之好寒窗共度
抚今日挚友向汝表手足之情悲泪独流

挽亲家

儿女亲事今世如意　　　　　　幸托丝罗荣分椿荫
两家结缘再生相逢　　　　　　悲歌蒿薤空奠椒浆

风片雨丝萧飒忽摧女贞荫　　　寥落数晨星鹤驾云中偏去远
莺啼燕语凄凉偏杂子规声　　　凄凉忆旧雨蜂吟床下不成声

有弱女感姑恩为言辛苦持家十载伤心搔白发
最诸孤承父志会见联翩竟爽一门接踵到青云

论年齿宜兄事论婚媾是亲家忆日前话别依依何意重来失良友
以道义式乡间以实学导后进与门下谈文娓娓所欣继起有佳儿

第四辑　挽晚辈联

哭夭亡者

才同甘露偏无寿　　　深痛昙花才一现　　　如此少年聪明不寿
色现昙花总不长　　　方知芝草本无根　　　正当弱冠摧折堪悲

哭中年早逝者

人间未遂青云志　　　待至来年才及壮　　　数毕鸳鸯才一载
天上先成白玉楼　　　不堪今日便登仙　　　化为蝴蝶梦三更

箧里诗书疑谢后　　　老泪无多哭晚辈
梦中风貌似潘前　　　苍天何遽丧亲人

锦梭声阻银河路　　　　　　　花落燕脂春去早
罗袜波寒洛水尘（中年女性）　魂归鸳帐梦来惊（中年女性）

学业功深年征强壮　　　力学伤身如李贺呕心而死
死生莫测天厄贤人　　　英才短命同岳云遇害之年

孔雀东南飞最是伤心同命鸟
鸳鸯左右顾不堪寒夜可怜虫（夫妇双亡）

屈指计华年噩耗传书才得古稀及半
举头望明月深宵奠洒空留清影成三

挽子

庭梧虽有雏栖处
池鹤今无子和声

痛子情深尚有尔母
藐躬德薄累及吾儿

八秩有三年只望曾参善曾皙
一堂开四代那知颜路哭颜渊

痛汝命夭儿誉满亲朋始信虚名能折福
伤余年老父默参因果好归定数只由天

十三龄经史粗通誉满公卿始信虚名能折福
廿一载迤遭迭遘默参因果将无造孽是居官

挽女

弄玉结仙缘神女应归天上去
掌珠遭物忌奇珍未许世间留

三载奉姑嫜可怜你孝养未终此别竟成千古恨
九泉逢汝母为道我精神大减不知还有几年来

由来当作掌珠看纵非赋茗清才差喜乘龙偕伉俪
到此难禁心绪劣闻道拈花微笑傥教控鹤做神仙

挽女婿

云气初呵诗题桐叶庭前绿
天台永别泪染桃花洞口红

快婿羡乘龙傅粉方欣光晋殿
仙人长跨凤吹箫终不返秦楼

弃尔子并弃尔妻此际殊多不了事
哭吾婿即哭我女从今永作未亡人

汝少孤汝子又少孤哀服遽加身坠地娇声才一月
吾痛甚吾女亦痛甚何年重见面掩帏长泣恨终天

挽侄儿

少者殁长者存数诚难测
天之涯地之角情不可终

深且问尔绝命时执手黯然唤汝声声胡不应
客尚记取行箧中贻书具在读来字字痛伤心

挽侄女

爱汝如掌中珠每来膝下请安俨同己出
视余犹堂上父回忆案头问字倍觉神伤

犹子比儿从来锦字成文猝掌居然称不栉
浮生若梦此后玉台断咏招魂何处拾明珠

挽孙儿

年来正喜今饴偏成茶苦　　搔首望长天夜月飘残丹桂子
病重难占勿药遽痛兰摧　　伤心挥老泪和风吹折玉兰芽

吾女生甯馨何处独无寿者相
彼苍偏多忌那堪卒读外孙辞（挽外孙）

挽孙女

正喜随班联玉笋　　芝草无根名列兰阶争献瑞
忽惊绕膝失珠兰　　昙花一现香残桂蕊不禁秋

挽甥儿

天道何知不许阿弥留李贺　　展我甥兮期望魏舒成宅相
神仙安在翻教老泪哭羊昙　　念汝母否忍闻李贺呕心肝

挽弟子

一载卧沉疴李贺床头呼阿弥
十年问奇字杨云门下失侯芭

往日列门墙最怜年少美才常指青云期远到
朔风吹噩耗顿触老人旧感重回白道忆前游

第五辑 社会各界挽联

政界

人间鸿羽折
天上大星沉

哀歌动大地
浩气贯长空

正道至今犹在
清名终古常留

上方旧识双飞鸟
下士空怀一瓣香

千行遍插莱公竹
两泪同挥羊祜碑

出生入死当年事
廉洁奉公此时心

奋斗一生留业绩
激励后代展宏图

志壮情豪诚可敬
赤诚坦白留美名

驾返新城悲落日
名高故里仰遗风

磊落英才冠时辈
欷歔太息动哀情

建设国家曾尽瘁
光辉竹帛永流芳

令子高才比麟凤
使君厄运遇龙蛇

政绩应书循吏传
讴歌早勒去思碑

生为人民功高迹显
死于国事名垂千秋

勇退急流神鸾戢羽
觉余大梦孤鹤横江

单父焚琴七弦音绝
河阳花瑟一县风凄

日月驶如流一朝永诀
风云诚不测千古同哀

生前忠节似松凌霜雪
死后高风如水照青天

平凡工作系千秋大业
高尚情操留万世芳名

惊悉讣文哀歌动大地
敬承遗志铁誓振长天

奋斗为人民精神不死
光荣留青史百世流芳

风风雨雨为人民终生奋斗
水水山山留足迹风范长存

恪守党纪一生节与冰霜厉
善全晚节千古心同日月明

沥血呕心革命精神足堪效
先人后己崇高品质诚可钦

为国为民如此好官实难得
立功立德至今遗泽不能忘

立志兴中华无愧公仆本色
毕生为革命堪为后人楷模

毕生为党赢得光辉齐日月
廉洁奉公长留清白在人间

爱党爱国爱集体精神永在　　　　鞠躬尽瘁一世无憾尤无愧
有德有功有美名风范长存　　　　光明磊落终身不谄也不骄

为人民利益而死比泰山还重　　　勤于学问生为人民功高心愈下
替祖国建设捐躯与日月齐辉　　　忠于职守死为国事身殁名更扬

公殁犹存在天为日星在地为河岳　　忠心于党毕生勤劳临终恻恻心犹在
我生憾晚深未见江汉高未见华嵩　　革命到底鞠躬尽瘁虽死耿耿志长存

无垠故人心关塞纵横万里遥情芳草绿
史官循吏传声名洋溢千秋遗爱岘山青

苍天何不殷遗看惠泽长留百姓含情皆有泪
世人均瞩目光辉业绩永存万口铭碑颂君名

居帷幄中落落然有英雄气具豪杰襟怀当今能有几
于执事间耿耿者实事求是兴马列之风长别竟何堪

军界

大树生前号　　　　中天悬明月　　　　世称奇男子
长城死后名　　　　前军落大星　　　　天丧真将军

一身肝胆生无敌　　大树国高万人敌　　于国有功真不世
百战威灵殁有神　　将军星陨一天寒　　为民捍患更何人

南征北战功不朽　　　　　南朔战功青史在
春去秋来名永留　　　　　古今名将白头稀

天坏长城河山变色　　　　公有千秋名国有儒将
功称大树风雨惊秋　　　　生为万人敌死为鬼雄

山川含泪军中难见老战友　　北伐南征革命精神传后代
风云变色祖国又少一栋梁　　奉公守纪光荣传统激来人

死者瞑目戍边尚多英雄汉　　保卫祖国视死如归最豪壮
烈士安息革命自有后来人　　气壮山河舍生不顾真英雄

跨鹤人归松径不堪风月冷
屠龙技在剑光犹带斗牛寒

铁券分封剑气当年横塞北
黄粱入梦将星一夜陨江南

天上大星沉万里云山同惨淡
人间寒雨进三军筛鼓共悲哀

可以为河岳可以为日星卫国保家一片丹心耀宇宙
不知有功名不知有富贵捐躯抗敌满腔热血洒河山

商界

井廛操亥算
天市陨庚星

商业界双弱一位
老成人永别千秋

感旧有怀同向秀
招魂何处失陶朱

有长者风无市侩气
离浊尘世登极乐天

忠厚存心市井成钦盛德
音容隔世经营空惜长才

慷慨论平生合冶黄金铸范蠡
老成留典则惊看丹旐失灵光

致富万金为实业界中泰山北斗
斯人千古是货殖传上端木陶朱

学界

学子无师表
老成有典型

殁可祭于社
天将丧斯文

才子本来多不寿
谪仙归去悟前身

为国育才曾尽瘁
此生勋业永留芳

老境文章应待定
后堂丝竹已无声

学界于今伤巨子
名山自古有遗书

咏絮才华惊一世
拈花妙缔证三生

壮怀犹在风云上
诗卷长留天地间

谋文作自先生妇
遗稿归于后死朋

新学潮流摧砥柱
斯人风度渺云山

大雅云亡露滋桃李
哲人其萎光及栋梁

君有刘勰雕龙文艺
我悲贾谊赋鹏年华

学富雕龙文修天上
才雄倚马星陨人间

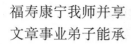

福寿康宁我师并享
文章事业弟子能承

此意竟萧条高文幸在
一生何落寞壮志未酬

茹苦含辛半世劬劳培后代
鞠躬尽瘁满门桃李足千秋

为国育英才手栽桃李三千树
平生薄名利坐守山乡数十年

雕鹗正摩宵一夕秋风摧劲翮
龙蛇悲发识三更夜雨吊英雄

校舍感凄凉后日典型仍足式
讲坛悲寂寞当时謦咳竟无闻

讲学立台端前无古人后无来者
修文归天上生为师表殁为仙灵

教育终身备尝艰苦喜桃李芬芳正遍布天下
桂兰挺秀勇攀高峰看中华振兴应含笑九泉

桃李正盈门藉公一手栽培化雨春风齐应候
芙蓉何促驾奋我五朝名宿文章经济总归空

文艺界

文章卓荦生无敌
风骨精灵殁有神

壮怀犹在风云上
诗卷长留天地间

墨云香冷来琴馆
薤露寒生赋鹏文

锦章留于后世读
挚友还在梦间交

工精艺巧堪称妙手
赤胆忠心一片真诚

六书渊源秦汉之学
一夕解脱神仙中人

刘伶何心死便埋我
摩诘圣手画中有诗

星暗遥天玉楼待记
云迷沧海金阙修文

名士古无虚余子让公大手笔
才人多不寿痴心嗣响两当年

东壁陨文光一星炯然果应此老
南园访乔木三吴学者又失斯人

公为儒林丈人不独能书雄视千古
我抱世界观念愿以此竟质之九原

累年陋室相随泼墨手书师弟交情如骨肉
此后吾庐谁主隔江挥泪梦魂终古恋湖山

第六辑　专用挽联

挽伟人

功德无量　　　江河呜咽　　　恩泽四海
青史永垂　　　草木含悲　　　功高九天

悲歌动地　　　丰功垂史册　　　光辉齐日月
哀乐撼天　　　大节勖人民　　　身影耀河山

伟业秀千古　　　伟绩垂宇宙　　　化悲痛为力量
英名在人间　　　丰功壮山河　　　继遗志写春秋

已有丰功垂青史　　　山河共存音容在　　　功业常齐天地永
犹存大节誉人民　　　日月同辉伟业新　　　红旗自有后人擎

功德常与天地在　　　功著神州音容宛在　　　革命者大名垂宇宙
英名永垂宇宙间　　　名垂青史恩泽长存　　　八宝山烈焰照山河

忠魂一缕萦萦依故土　　　大功垂宇宙鞠躬革命
正气无量浩浩满中华　　　讣电震环球举国伤心

追忆逝者缅怀前辈创业　　　惊回首伟业丰功垂宇宙
悼念伟人勉励后代接班　　　抬望眼高风亮节勖人民

五洲共仰覆地翻天开国运　　　举国同悲忠心赤胆兴邦手
四海同悲竭忠尽瘁为人民　　　永年不朽伟业丰功革命家

人间失去当代伟人泪如河泉流大地
世上常留千古英杰名似日月耀长天

挽烈士

千秋忠烈　　　生为人杰　　　生无媚骨
百世遗芳　　　死做鬼雄　　　死留芳名

出生入死　　　忠魂不泯　　　丹心昭日月
虽死犹生　　　浩气长存　　　正气壮河山

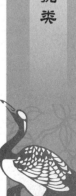

忧国身先殉　　　　　英名垂千古　　　　　铁肩担道义
游仙梦不回　　　　　丹心照汗青　　　　　热血荐轩辕

正道至今犹在　　　　以正气还天地　　　　先烈精神永在
清名终古长留　　　　将身心献人民　　　　英灵浩气长存

一心为公似火热　　　马革裹尸烈士志　　　未酬壮志身先死
九泉含笑众山青　　　捷报传家父母心　　　留取丹心照汗青

只有父母思娇子　　　生经白刃头方贵　　　先烈精神千秋颂
从无人民忘功臣　　　死葬红花骨亦香　　　英雄浩气万古存

江河大地存忠骨　　　知此死必为雄鬼　　　青山有幸埋忠骨
哀泪悲歌悼英灵　　　愿来生再做奇男　　　战士无敌报国仇

星斗芒寒烈士墓　　　　　　烈士精神传万代
风雷灵护英雄碑　　　　　　革命事业铭千秋

祖国山河埋忠骨　　　　　　黄土一杯埋忠骨
神州儿女颂英雄　　　　　　心香三瓣吊雄魂

捐躯献身浩气长留寰宇　　　天若有情应寿百年于俊杰
舍生取义英灵含笑苍穹　　　人谁不死独将千古让英雄

为人民利益而死死亦无憾　　死为鬼雄笑樯橹灰飞烟灭
寄亲友同志之思思也长存　　魂掀怒浪看大江云乱石崩

忠骨毁灭浩气存千秋万代　　当年长夜已过烈士竟去成遗恨
遗志永铭赞歌传六合八荒　　如今春晖当空忠魂应来共笑声

名垂青简功耀红旗万古长怀英烈
气壮丹霄人埋黄土千秋共仰仪型

挽师长

一生倾心血　　　　　学生失师表　　　　　典型如在目
万里传芳名　　　　　志成有典型　　　　　愁思向谁宣

坯上罔闻呼小子　　全校同教伤益友　　当年幸立程门雪
雪中空心见先生　　满庭桃李哭良师　　此日空怀马怅风（挽师父）

培育桃李曾尽瘁　　面命只今无一语　　筑室未能如子贡
光辉竹帛永留芳　　心丧未可短三年　　心丧聊以学檀弓

最怕教工伤战友　　欲见严容何处觅　　欲见音容云万里
难闻桃李哭春风　　唯思良训弗能闻　　梦听教诲月三更

烛光莹莹照百代　　热血一腔化春雨　　慈惠常留众口颂
桃李妖妖遍九州　　壮志千秋泣鬼神　　典型堪作后人师

想见仪容空有影　　蚕烛精神终不朽　　热血满腔兴教业
欲闻教诲杳无声　　芳菲桃李尽含悲　　心香一瓣吊师魂

春蚕丝尽情难尽　　一校恩师音杳杳　　敬业爱生扬美德
蜡炬流干泪未干　　三千桃李泪纷纷　　滋桃培李播芳声

满面春风常道好　　序列门墙沾化雨　　寂寞校园失典范
盈门桃李尽含悲　　顿教桃李泣春风　　芳菲桃李哭春风

白笔红圈留教业　　一身汗水浇花艳　　德存学校育梁栋
鲜桃艳李慰英灵　　半柱烛光伴月明　　人去蟾宫植李桃

教诲不再迷雁塔　　两行挽句悬绛帐　　大雅云亡风凄紫陌
津梁无识困书山　　三柱檀香谢教魂　　哲人其萎雨泣青郊

大道为公徒存手泽　　秋水兼葭溯回往哲　　德高学富名归梓里
因材而教顿失心传　　春风桃李想象斯文　　桃哭李悲我失良师

教育深恩终身感戴　　　　唯大学问功高心愈下
浩然正气万古长存　　　　是真淡泊身没志益明

频年善训常聆何以报德　　　　萎矣哲人无复典型式我
一旦讣音忽至能勿伤心　　　　回然名德待看福报自天

真不幸满地苗株伤化雨　　　　一世风流赢来桃李遍华夏
最难堪一门桃李哭春风　　　　几番磨炼铸就丹心颂舜尧

第四编　丧葬哀挽类

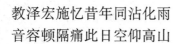

教泽宏施忆昔年同沾化雨
音容顿隔痛此日空仰高山

一生献丹诚南山松柏长苍翠
九天无遗憾故园桃李已芳菲

先生虽逝去文章遗世功千古
桃李正芬芳教诲铭心传百年

桃李悼良师从今不复闻教诲
教工伤益友忆昔徒嗟失音容

明月照寒窗细检遗文长拭泪
子规啼午夜重怀旧事倍伤神

秉烛照千秋浓李妖桃齐俯首
文星光万里忠肝义胆见师心

求学感当年重谒元亭空洒泪
传教珍此地再瞻绛帐暗催心

德劭年高痛惜木坏山颓一朝永诀
生荣死哀每忆春风化雨百世流芳

濂溪道统资水师宗三湘四水敷桃李
不染污泥坚持晚节学海儒林树范规

品德崇高多能博学昔时为师誉盈乡里
谦虚谨慎时诲箴言今日永别泪染红桃

将己作灯烛灼灼其华白笔红圈留事业
爱生如子女循循善诱鲜桃艳李慰英灵

春到便芳菲纵桃李资庸都向公门含意蕊
秋归才信宿奈芙蓉诏促顿教吾辈哭心丧

孝思尽宦海家园亲养亲荣一笑生天证佛果
道望齐太山梁木吾仰吾放几人入座哭春风

挽医生

医德高尚众口颂
药方神灵百疾除

恨百草竟无救汝药
念一生常怀爱人心

慈心待人人尽怀念
良方济世世留芳名

惜乎带去回春妙手
悲哉留来济世芳名

董奉山居饶有杏林资济世
苏仙被召还留桔井广疗人

殿五福曰考终从古名医都登上寿
痛三号而未已伤心老友莫觅仙踪

著述有奇书仁术仁心操业岐黄传三世
针砭及末俗医人医国留名赤县自千秋

挽书画家

丹青失态未完画　　　　　笔管墨枯高手杳
翰墨动情不尽书　　　　　面前书真揪心悲

当其少时醋嬉淋漓而不厌
谁能拔尔抑塞磊落之奇才

海内竟无家唐李邕题字为生胜有高名寿金石
人间问何世晋士燮祝宗祈死甘随浩劫付沧桑

挽诗人

仙才自古多不寿　　　岂知地府招骚士　　　词苑诗坛大手笔
君子而今竟归天　　　应是人间要好诗　　　鸾骑鹤驾小神仙

尊酒昔从游檀板清歌此曲只应闻天上
湖楼才小别幔亭余韵可哀空余唱人间

挽楹联家

诗苑中少一位怀才彦士　　　严训杳乎亮节高风容吾学
联坛内留许多传世文章　　　良师去也佳联妙对向谁求

生前乐此不疲堪称联海泛舟者
死后抱斯而去确是诗坛痴艺人

挽史志工作者

雪天鹤驭难留方志未成功总纂何堪中道逝
汉史班姬曾续明时无废政遗规毋虑后贤承

挽离休老干部

业绩永垂还官还职无还志
典型尚在归梓归田不归心

挽荣退军人

宝魂升天界与功臣并列
璋体化骨灰和烈士同班

第四编　丧葬哀挽类

挽村支书

先建村后建家廉洁清高见物思人君不朽
文有德武有功光明磊落抚今忆昔泪难干

挽五保老人

膝前无子女村民同赡顾
身畔尽亲人邻里齐送终

挽守寡妇女

空守孤帏玉管冰肌寒三月
励贞苦节霜松雪柏颂千秋

自挽

一死便成大自在
他生须略减聪明

月白风清其有意
斗量车载已无名

活七旬心亦足矣
赴三岛吾岂惧哉

朝闻道夕死可矣
今而后吾知免夫

功名事业文章他生未卜
嬉笑悲歌怒骂到此皆休

笑煞世间人都被黄金作祟
居然天上客正看白玉成楼

七秩古来稀去日已多来日少
百年曾有几生时且乐死时休

生值乱离时不慕利名居草野
世无干净土权将泉壤作桃源

立地挺身论生前失和得问心无愧
归天撒手评在世是与非瞑目自安

著作等身是非曲直听任品评人去后
黄泉信步牛马鬼判但凭点击事由先

我虽去矣莫伤心数点寒鸦漫天秋叶
志应承之且放眼三江热浪万里春风

妻勿伤子勿泪友勿悲生死本来寻常事
钱少花工少误亲少扰烟云怎报永别情

百年一刹那把等闲富贵功名付之云散
再来成隔世似这样夫妻儿女切莫雷同

红白喜事对联大全

既死莫伤心好料理身后事宜莫弄得七颠八倒
再来还是我且撇下生前眷属重去寻六故三亲

五千里北辙南辕看人富贵受人怜落拓穷途何处洒狂生泣泪
十一次东涂西抹呕我心肝催我命仓皇歧路再休提名士风流

第七辑　祭祀逝者联

三年祭

　　在我国民间，父母去世之后要祭奠三年，后辈儿孙在三年内忌穿红戴绿，以表示对先父母之孝意（如有特殊情况如儿孙结婚等要事，则可提前谢孝）。三年内每逢新春佳节，门上不贴大红春联。第一年贴黄表纸春联（也有第一年门上不贴春联的）；第二年贴蓝色纸春联；第三年以后，方可贴大红春联。

一载春秋一载泪　　　不觉何时观柳绿　　　岁月逢春儿不觉
百思父母百思愁　　　勿知哪处有桃红　　　风光胜旧世长新
（一年祭）　　　　　（一年祭）　　　　　（一年祭）

思亲修德交三友　　　二度春秋二度梦　　　乍观门户新春到
服孝养心祭一年　　　四时草木四时香　　　忽报儿孙大事成
（一年祭）　　　　　（二年祭）　　　　　（二年祭）

守孝不知红日落　　　春来秋去花开落　　　儿孙已尽三年孝
思亲常望白云飞　　　冬暖夏凉景展舒　　　宅舍欣期百世昌
（二年祭）　　　　　（二年祭）　　　　　（以下三年祭）

万端遗愿皆须补　　　丹心一点祭先祖　　　守孝三年时易过
一掬笑容何处寻　　　白骨三年死后香　　　思亲百载恩难忘

哀音泣绝三年血　　　壶中日月三年梦　　　慎终已尽三年礼
苦调吹伤一片心　　　海上云山万里秋　　　追远常存一片心

慎终须尽孝心一片　　　　父训可遵何止三年不改
追远常怀恩德千年　　　　父恩罔报应知百代难忘

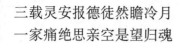

三载灵安报德徒然瞻冷月　　　麻服已除每忆先型宛若在
一家痛绝思亲空是望归魂　　　灵帏将撤依然食脂未能甘

墓碑

山环水抱　　　上天行乐　　　龙蟠之地　　　龙虎之地
虎卧龙蟠　　　入土为安　　　虎卧之山　　　福祥之天

它年共枕　　　在天驾鹤　　　青山作枕　　　青山常在
此穴同眠　　　入地翔鸾　　　翠鸟催眠　　　绿草不枯
（合葬墓）　　（合葬墓）

青山做伴　　　音容虽杳　　　泉流笑语　　　一生心性厚
碧石为邻　　　德泽弥长　　　松挺身姿　　　百世子孙贤

月白蓬莱近　　月下松涛劲　　生前留正气　　生前无媚骨
风清泉路宽　　岩前泉气清　　死后亮高风　　死后有清名

生前常共枕　　先人德望在　　先生真磊落　　阳间留德泽
死后永同眠　　后辈政声高　　后世仰清明　　阴穴享安宁
（合葬墓）

阳里同心伴　　吉人眠吉地　　含笑九泉下　　含笑松涛响
阴间共枕眠　　佳偶奠佳城　　长眠五岳间　　长眠竹影闲
（合葬墓）　　（合葬墓）

忠魂归故里　　音容青山现　　美德千秋颂　　重山朝吉地
浩气励乡人　　风范绿水传　　英名万古传　　叠水颂佳城
（烈士墓）

骑龙腾北去　　隆恩被后世　　翠柏苍松抱　　瞻山仰泰岳
驾鹤向西归　　高格启来人　　青山绿水环　　饮水思泉源
　　　　　　　　　　　　　　　　　　　　　　（岳父墓）

青龙蟠福地　　苍松依热土　　山青灵气在　　泰山临紫府
白虎镇佳城　　孝悌仰忠魂　　水秀福源长　　福水绕佳城

泽共青山永　　魂归三尺穴　　正气留天地
恩同绿水长　　德竖一方碑　　清风遗子孙

英魂归乐土　　　　福人眠福地　　　　面前一湾碧水
硕德铸丰碑　　　　佳偶葬佳城　　　　背后万仞青山
　　　　　　　　　（岳父墓）

前世龙山凤水　　　银女凤凰福地　　　福地得天独厚
再生福海祥天　　　金童龙虎仙山　　　后人家旺路宽
（合葬墓）　　　　（合葬墓）

一堂财水千秋盛　　一堆黄土成芳冢　　一身正气昭明月
四面文峰百代兴　　满本哀词颂祖恩　　两袖清风壮远山

千载长眠何寂寞　　山环冥宅藏青翠　　门出高仙骑龙背
九泉安息岂孤单（公墓）水抱杰城蔼碧明　　石雕群兽壮虎威

日月光华昭吉地　　风水称佳宜虎卧　　为女难酬先父德
山川灵秀壮佳城　　钟灵毓秀待龙飞　　竖碑毋补泰山峰

举世冰霜延后福　　龙腾穴显先人乐　　龙盘吉地山河瑞
一生硕德继前贤　　水绕山环后代荣　　凤绕佳城草木香

永报亲恩随母葬　　白骨青山千古恨　　白鹤青鸦飞冥地
长施厚爱傍儿眠　　丹心碧血一生贤　　苍天后土载英灵
（母子合葬墓）

先父辛劳承旧业　　同穴同居生死伴　　此间黄土埋忠骨
后人奋发创新天　　合心合意冥间情　　故地青山作墓碑
　　　　　　　　　（合葬墓）

地葬贤人常绕凤　　地穴龙归龙穴地　　冰清玉洁传幽德
庭悬机杼每回龙　　山形凤舞凤形山　　人杰地灵启后贤

花开墓地香魂魄　　花招蝴蝶魂牵挂　　忠贞之后无怨事
梦绕故乡美山川　　草发春秋梦绕连　　儿女所求有成时

忠厚承先绵世泽　　忠魂安息青山畔　　岭上梅花香百里
荣光裕后振家声　　笑貌犹留绿水边　　墓前风月壮千秋

贤良典范千秋誉　　考如松柏驻青色　　青山忍痛埋忠骨
质朴嘉风万古传　　恩似霖流润后人　　绿水含悲吊亡魂

青山有幸埋忠骨　　卧虎藏龙风水地　　刻石难书先父德
紫气无边绕墓碑　　栖鸾驻凤栋梁林　　竖碑略表孝儿心

故里遗容慈旧一　　高瞻碧野前当阔　　高风宛在乾坤顺
坟前枯草易青三　　稳靠苍峰后不空　　厚德常存日月光

高峰陡立先人德　　脊土长埋忠烈骨　　借得山川灵秀气
野草生香后代贤　　高山永在杰魂灵　　育成兰桂馥馨香

借得青山相共枕　　泉喷碧水皆成泪　　泉路同行无寂寞
移末黄土永同眠　　门对青山亦带愁　　冥间共枕享安宁
（合葬墓）　　　　　　　　　　　　　（合葬墓）

梅花半掩诗人冢　　梅花愿献同心伴　　傍水依山大福地
枫叶宜书怨女情　　鹤语勿惊共枕人　　步云攀桂有缘门
　　　　　　　　　（合葬墓）

傍水依山真吉地　　魂牵梦绕双情冢　　蝶恋花香归墓地
藏龙卧虎好佳城　　凤舞鸾翔共枕人　　凤还巢静在碑文
　　　　　　　　　（合葬墓）　　　　（合葬墓）

满面慈晖归佛国　　慈惠常留先哲颂　　长辈遗言人敬仰
一生淑德荫兰庭　　典型堪作后人师　　高堂辞世众钦崇

高风亮节彰先辈　　音似清风容似月　　荫庇子孙遗泽远
伟业丰功启后昆　　品如碧水德如山　　魂托山水惠风存

青山面水无双地　　人间天上皆为伴　　无际山河陪日月
庇子荫孙别一天　　绿水青山总是情　　有情草木伴慈严

椿萱共卧钟灵地　　北斗七星迎远客　　厚德兴家昭日月
兰桂同承明媚天　　西天双鹤护佳城　　公心济事荫儿孙

翰墨凝成前世爱　　青龙护地子孙旺　　严德长存昌后世
文章续写再生缘　　白虎盘峰事业兴　　慈容宛在裕贤孙

携手蓬门泽延后世
同眠福地业继先人（合葬墓）

远水绕玉带状对马鬣
泰岱列名堂穴起牛眠

祖德无穷千秋常祀典
儿孙百代万古绍书香

碧水长流恩泽儿孙福
苍山滴翠爱遗草木香

严德荫儿孙苍山不老
慈恩荣草木碧水长流

酬功报德培植百年仁义
法祖尊亲佑起万代兴隆

慈爱常随碧水流先人有德
严恩更比青山重后福无边

竹瓦平盖房岂征此壤地气厚
山峰齐拱穴预料是续福泽长

墓碑横批

流芳千古　　美德遗风　　浩气长存　　永垂不朽
吾将安仰　　冥地长眠　　灵魂安息　　德文载古
雅范霁光　　万古流芳

烈士陵园

先烈精神在　　英灵垂日月　　烈士血凝九土
英灵浩气存　　肝胆照河山　　英雄气壮千秋

一方黄土埋忠骨　　生伟大无人不颂　　先烈精神千古在
三月鲜花馥九泉　　死光荣有口皆碑　　英灵浩气百年存

星斗芒寒烈士墓　　烈士精神传万古　　精神不朽传千古
风雷灵护英雄碑　　英雄业绩颂千秋　　青史流芳颂万年

塔似山平辟地开天颂烈士
园如画美青松翠柏伴英灵

宗祠

春秋匪解　　昭假烈祖　　世代源流远
继序不忘　　佑启后人　　孙枝弈禩长

英声振百世　　宗祖规模远　　典祀千年重
清誉垂千秋　　儿孙绍述长　　绵延百世昌

福田宗祖种
心地子孙耕

一门忠气山河壮
百代精神日月光

千百年祖宗如在
亿万世子孙同荐

不忘孝友为宗政
还冀诗书着祖鞭

玉树芳兰承俎豆
金章紫诰答蒸尝

百代孝慈山仰泰
万年支派水流东

先代贻谋由德泽
后人继述在书香

孝友弟恭皆学问
诗书礼乐尽修齐

孝友传家绳祖武
诗书继世翼孙谋

身范古端绳祖武
家规垂训翼孙谋

启后人诗书执礼
光后绪孝弟力田

诗书继世名光祖
勤俭治家业耀宗

祖砚父田垂燕翼
阶兰庭桂肇宏图

祖功宗德流芳远
子孝孙贤世泽长

俨若思亲孙有庆
祭如在孝德惟馨

道德传家绳祖武
诗书继世翼孙谋

教孝教忠开世德
且耕且读振家声

绳其祖武唯耕读
贻厥孙谋在俭勤

雅言不外诗书礼
家教无非孝弟慈

满门忠节传宇内
世代宗亲在人间

藉谈数典知有祖
富辰小念不忘宗

俣见忾闻孝思不匮
秋尝春礿祀事孔明

凡今之人不如我同姓
聿修厥德无忝尔所生

乔木发千枝岂非一本
长江分万脉总是同源

春露秋霜本支衍百世
萍繁藻洁俎豆祝千秋

修身齐家不外纲常大节
继志述事毋忘考友先声

先代有贻谋肇基端由勤俭
后人宜续绪务本只在读耕

要好儿孙须从尊祖敬宗起
欲光门第还是读书积德来

春祀秋尝遵万古圣贤礼乐
左昭右穆序一家世代源流

勤俭持家农工商贾各居业
文章华国祖考高曾乃慰心

兄及弟矣式相好矣无相犹矣
神之格思不可度思矧可射思

德业并山河俎豆馨香同四海
勋名昭日月烝尝禴祀及千秋

立业维艰虽一粟一丝无忘先泽
守成非易遵六德六行不坠家声

春露秋霜遵戴礼遗规钦崇祀典　　家兴则族兴不外亲亲长长数大事
父慈子孝式文公懿训笃念伦常　　祖远而宗远全凭子子孙孙一个心

秩元祀礼莫愆继祢继祖继高曾孝思不匮
屡丰年岁大有奉牲奉盛奉酒醴明德惟馨

尊祖敬宗岂专在黍稷馨香最贵心斋明而躬节俭
光前裕后诚惟是簪缨炳赫自当家礼乐而户诗书

宗祠匾额

光宗耀祖	治世久远	佑启后人	久远传宗
沧桑世时	祀事孔明	孝思维永	明德惟馨
流芳百世	奉先思孝	继序不忘	德范传宗
德音永响	源远流长		

第八辑　挽幛实用语谱

通用挽幛

奠	心哭	泣血	灵安
千古	铭恩	悲难却	清且白
恩如海	鹤游天	长相思	慰忠魂
古道照人	天人同悲	沉痛悼念	南极光沉
梦入华胥	悲作古人	名远德高	仁厚堪师
惠泽长存	永钦德范	望云思亲	高风亮节
寿老归真	化鹤东来	逍遥碧落	驭鹤仙乡
典型犹在	君子有终	隐德垂芳	畅其天游
福奋箕畴	心哀悲切	遗爱千秋	扬声甲马
风范长存	福寿全归	驾鹤游仙	神直仙岛
生荣死哀	神赴仙境	携杖云游	扶灵悲痛
流芳百世	美德永昭	音容宛在	虽死犹生
黄泉路缈	返魂无术	挥泪含悲	碧落黄泉
我心泣血	令人断肠		

吊男性

一别千古	功业长存	鹤归华表	蓬岛归真
老成凋谢	松柏常青	哲人其萎	大雅云亡
良操美德	殿圯灵光	英灵随鹤	仙驭难回

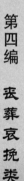

清白一世	鹤驾西天	驾返蓬莱	寿终正寝
驾鹤归仙	抱痛瘐楼	典型尚在	雅范霁光
义仪万斛	名垂千古	古柏霜摧	木坏山颓
神归紫府	临风陨涕	作范九原	乘鹤竟去
遗志永昭	骖鸾腾天	南极星殒	丹成羽化
音嗣终南	悲同宋玉	香山添座	帐寒几冷
风流顿尽	声寂案冷	痛切山颓	凄风凌椿
风木悲伤	痛切五中	椿树霜凋	乾德可风
德并西天	言犹绕耳	玉清增悲	人品流芳
五福全归	斗山安仰	长仰德徽	仙苑驾鹤
骑鲸西归	仙界风清	硕德长存	泪洒西洲
管鲍遗风	悲恸早逝	哭奠中堂	痛失知音
德厚堪思	乾德嘉风	浩气长存	

吊女性

女史留芳	母仪千古	慈颜宛在	彤史留芳
凤落长空	慈帏摧竹	温恭淑慎	品高德厚
贞操美誉	淑德常昭	德媲仇欧	宝婺星沉
芳容永存	慈竹风凄	母仪足式	懿德永昭
淑德一生	壶范常存	慈颜不泯	懿德遗风
光寒宿婺	婺宿沉芒	妇德无愧	名耿百世
百世流芳	云轺西驭	美德留芳	风木含悲
萱帏月冷	紫帐风寒	雨泣巾帼	翠水云归
金萱辉冷	苦雨侵萱	夜月鹃啼	坤德千古
瑶林玉碎	齿德并隆	瑶池月冷	驾鹤西池
花萼逊色	泪洒冰清	孟母留迹	坦德可风
芹香玉冷	淑德懿型	慈惠可式	余香霁月
坤惠流芳	慈孝并蓄	玉埋名留	慈容猝玉
懿范犹存	坤归真泉	驾鸾瑶池	

吊祖父

风摧祖竹	遗训长昭	祖训在耳	祖杖仙游
驾鹤蓬莱	祖德留后	悲哉孙声	泪洒孙兰
哀号王父	祖德千秋	燕贻恩深	风凋祖竹
祖德永垂			

吊祖母

懿德传世	慈恩如山	鸾骖顿杳	孙兰痛心

痛失慈爱	悲读陈表	恸切含饴	慈辉常昭
陈情无地	孙枝洒泪	含饴难再	忍弃桐孙

吊外祖父

遗训昭后	善训永聆	典型莫仰	寿高德重
德泽永存	驾鹤云游	德范霁光	老翁成仙

吊外祖母

难纾母戚	如失重闱	蟠桃添座	痛失含饴
骑鲸归西	王母赐位	婺宿沉芒	驾鸾瑶池

吊父亲

心泣血泪	哭失严亲	严训铭心	蓼莪抱痛
呜呼哀哉	昊天罔极	哭尊高尊	悲恸欲绝
痛失严亲	陟岵空嗟	椿影顿杳	空余南陔
痛冷高堂	薤露兴悲	痛失严椿	德惠无极
鹤声寒月	恩德难酬	哀思难尽	哀思揪心
望云思亲	无父何怙	父魂何去	云掩大椿
严训难忘	孤儿谁怜	椿难傲雪	椿庭日黯
诗废蓼莪	风摧椿萎	陟彼岵兮	趋庭谁训
严亲千古	德范永昭		

吊母亲

哭断肝肠	悲痛欲绝	慈云缥缈	彤管流芳
陟屺生悲	痛失母爱	慈恩难报	顿失慈爱
悲切含饴	哭亲泪枯	母子难分	无母何恃
鞠我恩深	慈恩铭心	悲爱终身	萱堂风凄
慈云望断	风冷慈帏	陟屺兴悲	慈萱霜摧
顿杳慈颜	母仪垂范	母德不忘	伤心鹤唳
遗爱永珍	痛煞儿也	泣血萱花	顿逝慈兰
悲随鹤唳	顿失慈晖	鹤唳悲声	骑鲸转世
鸾骖瑶池	慈逝难归	遗爱千秋	
痛失双亲（父母双逝）		严慈双颓（父母双逝）	

吊岳父

丈人峰坠	泰山其颓	病仰岳尊	恩重泰山
东岳陨坠	雾隐泰山	泰山安仰	岱岭月冷
吾将安仰	泪洒甥馆	望岳含悲	雪冷岳峰

半子失恃　　　　泰山露蔽

吊岳母

心伤泰水	泰水西流	爱遗甥馆	甥馆凄情
冰清永怀	泰水枯竭	半子泣血	哀及东床
东床失倚	泰水恩深	泰水顿杳	泰水断流
半子无依	望重二泰（双逝）		岱老双颓（双逝）

吊舅父

痛切渭阳	德泽犹存	泣送渭阳	音容犹在
携杖云游	寿老仙逝	渭阳灵光	哭奠渭阳
泪洒渭阳	西州恸然	痛深渭阳	终成宅相
西门泣别	渭阳顿杳	泪倾西州	神赴仙境
驾鹤蓬莱			

吊舅母

神伤渭水	痛哉甥心	渭水顿竭	懿德千古
月仰慈颜	慈容顿杳	仪型在目	驾鹤西池

吊伯父

寿终德在	遗训绕耳	恩同严亲	德泽儿孙
驾鹤游天	南极星陨	悲恸涕零	犹子同悲

吊伯母

慈颜宛在	懿德流芳	痛悼萱灵	淑德昭世
懿型千古	霜陨帏堂	痛失慈萱	

吊叔父

顿失叔音	遗训不忘	叔恩难酬	范式乡里
竹林忽寂	福寿归宿	视吾犹子	同室衔辈

吊婶母

婶萱忽萎	慈容宛在	恸如陟屺	慈恩未报
懿德永昭	慈惠儿孙	婺宿夜沉	

吊姑父

恩籍三业	大璞归天	德范醒世	乘鹤游仙
常怀典范	指座无人		

吊姑母

萱堂陨涕	瑶池赐座	慈颜顿杳	痛失姑爱
德惠儿孙	泪洒泉台		

吊姨父

终生修德	家传高风	遗训入杯	葭莩增感
德泽后世	痛杳音容	德延后辈	驾鹤南极

吊姨母

情同慈母	慈爱杳然	姨音在耳	陶母遗风
悲怀懿德	贤惠留芳	追思慈爱	遗爱千秋
瑶宴添位			

吊夫

夫山雾黯	失仰终身	徒陟夫山	痛失良人
夫归何处	天坠放悲	苦雨揪心	撕肝之痛
恨天无眼	孤苦惟怜		

吊妻

月冷闺室	儿啼声咽	梦断香帏	钗分镜破
痛失内助	惠兰顿摧	贤竹雨折	伤吾心肝
贤惠难觅	贤人影杳	家室空落	

吊兄弟

雁行失序	折翼伤怀	如折吾手	手足分离
棠棣花凋	鹡鸰音断	断股痛肱	分痛有谁
雁行折翼	花萼楼封	神伤棠棣	棣萼风摧
荆庭云黯	棠棣霜寒	水咽哀音	永隔人天
抱痛鸰原		我泣仲田（挽襟兄弟）	
痛伤襟怀（挽襟兄弟）		东官怀韵（挽内兄弟）	
伤感西州（挽内兄弟）		桃园失一（挽义兄弟）	

吊姐妹

大雷书杳	棠棣花萎	痛萎连枝	萎枝伤心
悲同季路	春苑燕杳	痛失女嫛	泪洒茱萸
痛切焚嫛	泣吊湘灵	姊归望断	
伤同折翼（妹挽姐）		莺夫燕泣（妹挽姐）	

第四编　丧葬哀挽类

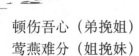

顿伤吾心（弟挽姐）　　　　　燕逝莺悲（姐挽妹）
莺燕难分（姐挽妹）　　　　　阿甥谁鞠（兄挽妹）

吊姐夫妹夫

痛姐失爱	致奠挥泪	替姐分悲	帐寒几冷
葬雪情切	遗爱归心		

吊婿

月冷东床	情同半子	恸深乡水	泪浸东床
痛失半子	吾女失依	悲难堪言	痛女失夫
半子难归			

吊甥儿

宅相谁成	痛哭云县	余情何极	对题生悲
痛袭宅相	恸杳甥容		

吊师长

桃李含悲	蒿里作赋	水清永怀	痛失师训
教诲铭心	德文载誉	顿失春风	天殒良师
德垂教化	师表永存	良师楷模	溯洄往哲

吊朋友

风雨永怀	甘苦同尝	玉树凋残	愧乏麦丹
桂枝痛落	情若手足	过庐念旧	冰清玉洁
（以下挽女友）			
清如冰雪	不染荷萎	痛殒知音	

吊文朋诗友

书香千古	人品如诗	遗墨飘香	悲失椽笔
文章传世	锦绣一生	痛失丹青	翰墨遗香
诗魂入梦	笔管滴泪	泪浸诗叶	大雅仙逝

吊同事

清白一生	功德永昭	光明磊落	痛切怀旧
哲人顿杳	梦萦君容	一代风范	亮节高风
遗愿化锦	浩气长存	正德清风	含笑九泉

x

180

吊晚辈

怅汝早逝	早登仙界	水清辞世	乘鹤早去
痛深失爱	芹香玉宇	风摧雏翥	花萎黄泉
（以下女性）			
冬梅早殒	凄风折桂	芙蓉凋谢	残花伤神

吊儿女

老我何依	曾暂谁奉	痛失颜回	血凝月暮
望断子路	白首心痛	杖折风摧	伤痛心矣

吊夭亡者

昙花顿萎	嫩蕊霜摧	兰摧玉折	珠玉光沉
痛失掌珠	遗爱悲杳	早赴玉楼	春蕾早谢
雏燕早逝			

第四编 丧葬哀挽类

第五编

新居喜庆类

第五编　新居喜庆类

一、太极八卦图在民居建造中的运用

太极八卦图，又叫阴阳八卦图，是古代圣人伏羲氏首创，在《周易》中，有详细的记载和说明。古人认为：无极生太极，太极生两仪，两仪生四象，四象生八卦，八卦生六十四卦，这是太极化生八卦的基本理论。《周易·系辞下传》曰："古者伏羲氏之王天下也，仰则观象于天，俯则观法于地；近取诸身，远取诸物；于是始作八卦，以通神明之德，以类万物之情。"对于太极八卦图，很多人感到神秘莫测。太极图就是一个圆，圆里画着阴阳鱼；八卦图，是《周易》中的八种符号组成的正八边形，每条边上都有一个特殊的符号。整线"——"为阳、中断线"— —"为阴。其名称分别为乾（☰）、坤（☷）、震（☳）、巽（☴）、坎（☵）、离（☲）、艮（☶）、兑（☱）。按星卦关系分，乾、兑、离、震为阳，巽、坎、艮、坤为阴（如图）。

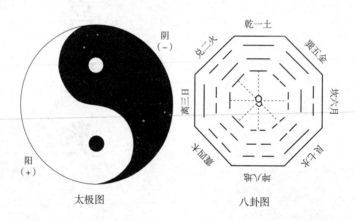

太极图　　　　　　　　八卦图

太极八卦图在民居建造中的运用，首先是定居址方位。在民居选址定位方面，应根据自然地形、地貌、水流方向、气候特征等决定"大向"，即大致朝向。一般规则是坐北朝南或坐西朝东。这就应了民间的那句谚语："有钱不买东南房，冬不暖和夏不凉。"民居宅院，俗称阳宅。人们建造住宅都喜欢选址在朝阳处，这是有一定道理的。而且阳宅建造下线时的长度（四址长宽）应是单数，单数属阳。忌用偶数，偶数属阴。当然，这种观念有着深厚的封建迷信色彩，不可相信。

太极八卦图在民居建造中的运用，其次是大门位置的确定。《相宅经纂》卷一、二云："宅之吉凶全在大门……宅之受气于门，犹人之受气于口也，故大门名曰气口，而便门则名曰穿宫。""地理作法……全藉门风路气，以上接天气，下收地气，层层引进以定吉凶。"按太极八卦图定位，坎字宅宜开巽字门，艮字宅宜开坤字门，乾字宅宜开震字门。对照传统民居的大门位置，民间一般立门于南、东南及东三方，俗称"三吉方"，其中尤以东南为最佳，俗称"青龙门"。同样，这种观念也是很迷信的。

太极八卦图在民居建造中运用最普遍的是新房上梁。农村在盖新房上梁（木梁、现浇、预制）时，都要在正梁中间贴太极八卦图。但是，如果按一般格式画太极八卦图，贴到梁上就显得错位了。所以，往梁上张贴的太极八卦图画法要正确。

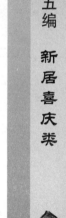

第五编 新居喜庆类

二、民居影壁与大门匾额文化

　　民居的建造历来对大门十分看重。大门如果开的方位或冲的物件犯了忌，就得想办法避讳。门向忌对别人家的屋栋、墙角、门窗、滴水，门前也忌冲山头、岩石、水池、道路。破解的方法就是在自家大门口垒一墙屏，俗称"影壁"。影壁除了避讳不吉外，还有聚气、凝瑞、敛福、藏财、纳祥等吉祥含义。所以在民间多见人家大门口竖有影壁，一进大门，首先给人一种祥瑞吉庆之感觉。旧日的大户人家的影壁更是排场讲究，有的影壁上是"麒麟腾云"，有的是"五福捧寿"，有的是"松鹤延年"，有的则是"双鱼吐莲"。这些吉祥图案皆是大型砖雕，构成了古代民居的亮丽风景。如今民间民居中的影壁已很少有砖雕图案了，有的是烧制而成的琉璃山水画图案，有的是请民间画匠绘制的山水画，而大部分影壁是"福"字迎门。"福"字影壁如今在农村较为流行，它寄托着人们避邪、纳吉，期望幸福生活的美好心愿。

　　民居的大门（农村也称街门），在民居中占有相当重要的位置。除了前面提到的忌讳之外，大门的建造与装饰也十分重要。现在农村的民居大门，大都比较讲究。有的古朴典雅，取材琉璃；有的形式现代，瓷砖贴面。而且都要在大门上方或开池、或木刻，做一个引人注目的匾额。大门匾额因袭古代民居的格式，有的两个字，有的三个字，有的四个字。按民间惯例：大门匾额出现四字的必然是四合院，其他格局的民居一般不宜用四字匾额，而宜用二字或三字匾额。匾额的词语大多以祈福纳祥为内容，如景瑞、凝瑞、晟裕、福泰、崇德轩、安且吉、德为邻、庆有余、蕴福轩、昶升楼、抱福楼等。也有根据庭院主人的志趣与喜好而撰写的。如有位户主是位有学识之人，我给他撰"博远"二字；我的一位好友姓冯，我为他新修住宅门匾撰题"丰德轩"。"丰"字有财气旺盛之意，又与"冯"姓谐音，暗示此为冯氏宅院。"德"字昭示主人与后人以德为怀，以德传家的高尚风范。笔者曾为自家门匾撰题"清实轩"，"清"指一生清白，崇高清明高洁的道德情操；"实"谓做老实人、办老实事，且表明自己生活充实，同时亦蕴含家底厚实丰裕之意。民居宅院称谓种种，可上匾额的有"居""宅""寓""庐""园""院""斋""家""轩""堂""阁""楼"等。民居大门匾额中用"居"字，再贴切不过。乔迁新居、安居乐业、居安思危、居高临下……都说明居之有道。然而，近日有友人提醒我说"居"字属"尸"字偏旁，而且下面又是个"古"字，题在某某故居恰如其分，题在今人门匾之上既不高雅也不吉祥。这也许是在鸡蛋里拣骨头吧，不过，中国汉字一字一音，一字一义，讲究起来也颇有学问。于是，后来我为友人题写门匾多用"斋""轩""堂""楼"等字，自然而然地用"居"用的少得多了。实践证明，民居大门匾额是民俗文化的一部分，而且是一种较为高雅的民俗文化。

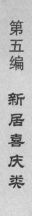

第五编　新居喜庆类

三、楼宇居室选择大有讲究

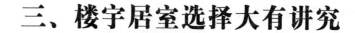

现代城市建设趋于高层化发展，旧日的低矮小平房已然被高楼大厦所代替。随着城镇人口的增加，人们的住宅发生着日新月异的变化。随着土地的减少，城市住宅用地愈显紧张，居民的安居工程只好向高层发展。为了给广大读者提供必要的可资借鉴的资料，这里就现代楼宇居室的选择禁忌做些探讨。对于其中涉及迷信的成分，读者应自行做出鉴别。

宜居楼层有讲究

说到城市的生活质量，噪音是人们迫切需要摆脱的一个问题。研究人员经测试证实，高层住宅 11 ～ 14 层楼噪音是最大的。这主要是因为声音在空气中传播时，会产生折射和反射。如果噪音主要是来自于马路，往往底层受噪音干扰最小，中间层最大，再往高层噪音又逐渐减小。

另外，空气质量并不是楼层越高越好。有关专家检测的数据显示，灰尘第一个停留带是在 10 米左右的空气中，一般是楼房的 3 ～ 4 层的高度，一些较大颗粒的灰尘容易在此间短暂聚集。再往上，30 ～ 40 米的空中，又是小灰尘颗粒悬浮带，相当住宅楼的 9 ～ 10 层。所以，人们在买高层住宅选择楼层时可将此作为一个参考因素。

门的方位有讲究

门，通常指一家居室的大门。住平房时有院子，院子前面有大门。现代人大多住进了楼房，各家各户都蜷进了钢筋水泥的住宅里，门，是家庭的脸面，是居室进出的必经之所，也是吐纳空气的地方，是气口所在，相当重要。从风水学说讲，门的开向大有讲究，过去平房小院就有"四吉门"（东南、东方、南方、北方），"四凶门"（西方、西北、东北、西南）之说。俗语说："千金大门四两屋。"整个住宅的吉凶祸福全由大门来决定。当然，现代楼房的住宅门都比较简单统一，不可能再按八卦四正四隅：震、巽、离、坤、兑、乾、坎、艮判定吉凶。但是，居室的门是住宅聚气养气之所，还是要有些禁忌的。如居室的大门不可正对电梯门或楼梯，大门正对电梯门造成冲射，为凶，而且电梯门必然比住户门大，风猛，对住户不利。另外，居室大门不得对厨房门，也就是所谓的"门不见灶"。大门也不能与卫生间门相对。

大门，从风水角度讲，是藏风纳气之处，从大门入宅的旺气和财气应

188

尽可能在住宅内回旋停留，然后慢慢流出屋外。大门与阳台、窗户不要形成直线。直入直出，是"泄水""破财"之局，对家人不利或令财气难以积聚。所以，进入客厅时应有一段缓冲区域，风水学称作"玄关"，也是引气入室的必经之道。一进门，宜有墙壁，类似平房小院中的影壁。在墙壁上最好挂一幅喜庆一点的画或装饰品，或摆一盆绿色水性植物，有道是"开门见红""开门见喜"，门旁摆水，为吉。切不可在门前或门旁摆镜子，因镜反射易泄气泄财。

客厅的重要性

客厅，是家人聚会、会客之场所，是居室之中心。布置的主导思想应突出"利""福""聚"。从风水学上讲，客厅应设在整个住宅的前方，并与玄关相接。客厅应宽大明亮、光线充足、空气流通，令人心旷神怡。客厅门最重要的方位在风水中被称为财位，关系到全家的财运、事业、声誉的兴衰，所以财位布局与摆设是不容小视的。沙发是客厅的重头家具，其摆放在风水上颇有讲究。①不得与大门对放，风水称之为"对冲"，有弊无利，会导致家人流失、财散外流。②沙发摆放宜弯不宜直，两旁宜有伸出的弯位，形成U形。③沙发宜摆放在吉位，背后靠墙，喻义有靠山。墙是实的不空，符合风水之道。不宜靠窗、靠门或通道，显得无靠，空荡荡的。如实在难以避免，应在沙发后设一屏风，喻为"人造靠山"。④沙发顶上不宜有灯直射，镜子也不宜挂在沙发的前后。⑤按人体生理学讲，沙发靠背高度应在80～90厘米。人坐在沙发上，头可以舒服地仰在上面，而且不容易腰酸脖子痛。沙发的坐高应相当于人的小腿高度。如果过高，容易使两腿悬空，人体躯干的重量都压在腿部，腿部和背部肌肉会感到酸痛。

茶几，最好应比沙发矮些。如果把较高的沙发比作山，那么较低的茶几就是水，有山有水，山水相依，二者必须匹配。山水有情，符合风水之道。茶几不论款式多么时尚、新潮，其基本功能是随时取用所需物品。茶几与沙发的距离最好在50厘米左右，这样不仅取东西方便，而且便于走动，避免磕碰。

电视是客厅的又一主要物件。按风水学论，应放在东方或东南方，因为东方与东南方均属木，木生火，电视机工作时发光发热，相辅相成。电视现在大多为壁挂式，高低宜与视线平行，过低过高都会导致视觉疲劳和不适。沙发与电视放置的距离一般应在2米以外，切忌距离太近。太近，荧屏在工作时有X射线，对人体有影响。电视旁边不宜摆放花卉、盆景，因为花卉散发的潮气对电视机有害。另外，电视的X射线辐射会导致花卉枯萎、死亡。

客厅的主灯作为居室的亮点，无论是复杂的水晶灯，还是简单的吊灯，都应该安装在视线范围偏上的位置，至少离地面2.2米，光线才不会刺激眼球，让人产生压抑感。

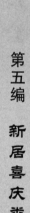

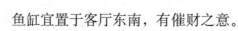

鱼缸宜置于客厅东南，有催财之意。

客厅的整体主色调也很有讲究，东向的宜黄色，南向的宜白，西向的宜绿，北向的宜红。

客厅摆放的植物要选那些观叶类常绿植物，如富贵竹、发财树、金钱树、橡胶树、万年青、棕竹、铁树等。不宜摆放夹竹桃（有毒性，易使人昏睡，降低智力）、夜来香（散发刺激嗅觉的微粒，对高血压、心脏病患者有危害）、郁金香（花朵含有毒碱，易使人毛发脱落）、松柏类（散发油香，使人恶心）。

卧室中的风水

人的一生，仔细想来，有1/3的时间是在卧室的床上度过的。所以，床的摆放位置相当重要。从某种意义上说，床又是人们生儿育女延续香火的地方，床放在吉位，夫妻和顺，儿孙满堂。一般来讲，床应摆放在"不动方"。理想的床位应该是两边不靠墙，有一头靠墙，这样富有稳实之感，可以获得理想的休息状态。床头宜斜对着门口，人在躺下时，很容易看到门口。从气运方面而言，斜向门口，可以使人吐纳自如。床，不可四面无靠，无靠即造成运势不稳之局。床，不冲门，也不背门。更不可背靠卫生间墙壁。床后不可有神位，那是大不敬。床前忌对镜子，床尾更不可挂镜子。所以，梳妆台的镜子不宜对着床，以在床上躺着看不见镜面为宜。通常来讲，床距离地面45～50厘米最为舒适。有人喜欢低矮的床，虽然时尚，但不利于健康，更易受潮、藏匿灰尘。床不可直接在窗户下摆放。床与窗户应有1米以上的距离，之间可放置床头柜。床离窗户太近，会让人觉得没有安全感，如遇刮风下雨的坏天气，还会影响睡眠。另外，北方的空气干燥、污染物多，床放在窗边也会影响人身健康。

书房中的风水

书籍，乃正气之物，在住宅中有镇邪之说，故人的居室设置中必须有书房。书房中应有书桌、书柜两大件。从阴阳平衡的角度来讲，如果书桌摆在屋子中间，书柜摆放的自由度就大些。如果书桌靠左，那么书柜就要靠右。依照风水学中"左青龙、右白虎"的规则，书柜最好放置在左方的墙侧，书桌放置在右面。为了利于书籍的保护与收藏，书柜不宜放在阳光照射的方位，应该置于蔽光透风之地。书柜的高度因人而异，一般在2米以上，主人一伸手即能取到书的高度。尤其是有孩子的家庭，如果想把书柜当成隔断、屏风，切记一定不要太高，而且要厚实。如果是藏书家、学问家、文学家，家中书籍很多，书柜可以作成从底到顶的通体型，但一定要下重上轻，才会稳固。

厨房的风水及设计

在现代家庭生活中，厨房的地位已显得相当重要，已非过去的单纯的烹调、做饭之所。

厨房忌与大门相对，最佳位置应在阴面临窗通风处，便于排放油烟异味。在橱柜、洗涤池、灶台的整体设计中，还要考虑厨房电器配置，包括微波炉、电磁炉、烤箱、消毒柜等的设置。厨房整体设计一定要人性化，如灶台、操作台以及吊柜的高低，都要根据主人尤其是女性的身高进行设计。灶台一般距离地面 70～80 厘米，太低或太高无形中会增加做饭的辛苦程度，让人感到腰酸背痛。煤气灶台下可设消毒柜，上方可设调料吊柜，洗涤池下方可放置锅类等，让主人操作方便、顺手。

卫生间的风水与设置

卫生间，属龌龊之地。楼房居室的卫生间不同于院落的厕所，兼具洗漱、淋浴、排泄等功能，所以一要考虑隐蔽、私密；二要考虑通风、排气。卫生间的门不能与大门相对，那是风水大忌。也不能与厨房相对，否则，一水一火，是水火不容的败局。更不能开向客厅。尤其是有客人造访时，家中有老人或婴儿如厕，显得很不文雅、礼貌。另外，卫生间不可设在走廊的尽头，因为卫生间散发的湿气和秽气，会顺着走廊扩散到相邻的房间，很不卫生。卫生间最好把洗漱、洗衣设在前区，洗浴、排便设在后区；互不干扰，方便卫生。

第五编 新居喜庆类

四、新居喜庆对联集萃

第一辑　新居建造乔迁联

吉日上梁

上梁择吉日　　　上梁云助手　　　上梁凌碧宇　　　上梁鼎盛日
安栋选良辰　　　立柱日当头　　　竖石及青云　　　立柱吉祥时

上梁喜鹊叫　　　龙腾日有吉　　　世盛大梁正　　　良辰竖玉柱
竖柱彩云飞　　　梁上云呈祥　　　家和五业兴　　　吉日上金梁

坚贞瞻柱石　　　金梁光耀日　　　忠诚为柱石　　　喜金梁永固
巩固庆苍桑　　　玉柱力擎天　　　耿直做栋梁　　　庆磐石长安

梁悬四面瑞　　　擎起栋梁木　　　一门立栋逢佳日
门启八方新　　　奠成磐石基　　　众手托梁盖大楼

人心诚实根基固　　　大梁鼎起家中喜　　　门开有喜逢佳日
壮志凌云梁栋升　　　基石奠成天下春　　　基座如山遇吉时

千秋家业凭勤于　　　今朝玉柱根基固　　　云栋尽书金碧字
百代栋梁靠铁肩　　　明日新房喜庆多　　　瑶阶并种吉祥花

玉柱朝天天赐福　　　玉柱功撑歌绕日　　　正直为梁千载业
金梁盖屋屋呈祥　　　金梁高架笑连云　　　忠诚作石万年基

巧夺天工梁映日　　　安石喜逢康乐日　　　安基石天时地利
别开生面栋盘龙　　　上梁正是吉祥时　　　架金梁凤舞龙飞

吉日上梁凝百福　　　花开锦地人开眼　　　金梁灿灿花朝日
良辰立柱集千祥　　　日上中天屋上梁　　　玉柱巍巍力胜天

鸣花炮声声道喜　　择地适逢春及第　　起大梁新居降福
起大梁步步登高　　上梁正值喜盈门　　燃花炮宝地生辉

栋起祥云连北斗　　家业振兴凭众手　　喜得青云盘玉柱
堂开瑞气焕东风　　栋梁托起靠齐心　　笑得紫气绕金梁

燕唱桑榆莺唱柳　　立柱迎祥上梁纳吉　　玉柱擎天天长地久
诚为基石志为梁　　发家常盛致富长荣　　金梁耀日日丽风和

玉柱功撑蓬勃风采　　　　金梁耀紫微千秋永固
金梁高架潇洒新姿　　　　玉柱擎黄道百世其昌

上梁横批

人杰地灵　　上梁大吉　　日久月恒　　吉庆上梁
吉祥如意　　否极泰来　　梁起福来　　喜气盈门
紫气东来　　福星高照

新房落成

大厦凌霄汉　　文明昌景运　　甲第崇高远
阳春展画图　　栋宇绕彤云　　门轩焕德风

江山呈瑞彩　　良材撑大厦　　虎踞龙蟠地
庭院荡春风　　彩凤宿高梧　　夏凉冬暖家

茂林莺语闹　　栋宇朝红日　　新房承福泽
新院燕声喧　　竹林引惠风　　芳院醉春风

一朝成就千秋业　　山水朝宗依旧日　　山增翠色敷居室
百代安居万事兴　　门庭集瑞霭新居　　日洒金辉饰栋梁

日月耀辉光院落　　龙喜明山秀水地　　龙蟠虎踞康平地
山川秀丽映门窗　　凤栖修竹茂林园　　凤巢鹤乡幸福居

华构落成三载力　　华构落成莺并语　　华堂建造六亲力
小楼安乐四时春　　新居焕彩燕双飞　　小院落成百匠功

华堂耀日燕争舞　　青砖构筑咸新宇
大厦连云凤稳栖　　紫燕盘旋觅旧居

新楼一座千年业　　　瑞彩盈门山聚秀
丽日百花万户春　　　春光当户水联辉

新房横批

龙光燕喜　　　华构落成　　　栋宇重光　　　瑞集祥凝
华堂焕彩　　　营造成功　　　喜庆安居　　　落成大禧

新居大门匾额

诚笃	安且吉	泰然如磐
迪吉	和致祥	祥和幸福
恒福	福顺吉	敛福呈祥
致远	蕴福轩	淑景庆云
泰康	惠德居	谦光迪吉
泰瑞	崇德轩	惠德昌隆
祯祥	瑞杰祥	紫气凝瑞
敛福	丰裕堂	福音绕梁
盛昌	泰然斋	福海春山
隆福	景德轩	福韵久远
逸风	明远堂	雅宜妙香
葆祥	熙瑞贤	瑞气嘉风
晴岚	清景轩	德门吉庆
祺瑞	吉硕楼	德泽久远
毓杰	昶升轩	碧宇光辉
德馨	顺德堂	春景朝晖
蕴杰	抱福楼	积秀凝瑞

乔迁新居通用

大门来燕贺　　　小院腾清气　　　门庭多福寿　　　风和新宅暖
小院起宏图　　　新楼纳福音　　　草木有春秋　　　日丽小楼安

月上中天瑞　　　文明开淑景　　　文明新世界　　　江山添锦绣
居安福地祥　　　瑞霭满新居　　　幸福好家园　　　家室庆康宁

好景年年好　　　吉日莺迁树　　　乔木莺歌脆　　　华门安且吉
新居处处新　　　良辰燕入楼　　　高楼燕语新　　　福祉寿而康

茂林莺语巧　　　居高能望远　　　松菊陶潜宅　　　院好何须大
新屋燕声喧　　　室雅可聚贤　　　诗书孟子邻　　　居安不在高

家生如意草　　借得山川秀　　莺迁金谷晓　　登楼人近月　　
院种向阳花　　添来气象新　　花报玉堂春　　接福喜盈门

楼览千重景　　楼迎风雅客　　楼外江山景　　楼台新气象
室藏万卷书　　室纳吉祥春　　门中福寿人　　道德旧家风

新建平安宅　　　　新居腾喜气　　　　新居铺锦绣
乐居幸福人　　　　吉地发春晖　　　　庭院满春光

鲜花香小院　　　　德风新宅院　　　　一座新楼拔地起
明月照新居　　　　福气好家园　　　　万家笑语与天谈

一片彩霞迎旭日　　九如宅院和为贵　　三阳日照平安地
满门喜气庆新居　　五福门庭德是邻　　五福星临吉庆门

山环水抱风光好　　门户长春人有寿　　门迎春夏秋冬福
柳暗花明景色新　　江山盛世福无边　　户纳东西南北祥

小院更新承福泽　　小院栽花香四季　　小院春秋多淑景
合家康乐享天伦　　大门结彩乐全家　　新楼前后皆睦邻

日照新居添锦绣　　风和日丽锦铺院　　四合宅院花馨满
花栽玉圃吐芳菲　　冬暖夏凉福满堂　　三口人家笑语稠

四合院庭开淑景　　平安竹种向阳院　　古槐树下丰收曲
小康岁月有新声　　富贵花开和睦家　　新宇楼头幸福歌

迁居喜遇吉祥日　　好宅院花香鸟语　　庆乔迁今天大吉
择里正逢如意春　　小家庭月满云开　　居新宅四季呈祥

庆安居玉堂凝瑞　　有德有才勤俭户　　宅靠青山四季稳
祝乐业金屋纳祥　　无忧无虑小康家　　门依绿水百年安

光临福地燕鸣喜　　百日无恙门积瑞　　吉星高照向阳院
花饰新居莺放歌　　连年有余户呈祥　　喜气常盈幸福家

华构生辉花入户　　房建乐园穷变富　　鱼跃龙门随变化
新居焕彩喜盈门　　身居福地锦添花　　莺迁乔木喜腾飞

第五编　新居喜庆类

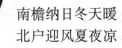

南檐纳日冬天暖　　积玉堆金花满院　　辉生田野山川秀
北户迎风夏夜凉　　聚祥敛福喜盈门　　福到人家庭院新

莺过新居留吉语　　新居晨耀喷薄日　　德邻地卜莺花胜
花开福地吐奇香　　小院晚悬吉庆灯　　人杰家传经史香

春日迁居

上林春色好　　门阑生喜气　　仁里春风暖　　佳地莺声脆
乔木福音多　　杨柳舞春风　　德邻喜气浓　　新居燕语喧

春光盈宅院　　春风舒柳眼　　春风新燕语　　腊尽新居暖
喜气满门庭　　燕子入新居　　瑞气好家风　　春来燕子忙

紫燕贺新喜　　新春来小院　　白杨深处农家乐　　乔木更换花入户
黄莺唱早春　　福气上新楼　　绿柳岸边村舍新　　高楼焕彩燕掀帘

乔木好音听燕语　　乔木春深延福景　　地无寒谷春常在
上林春色望桃烟　　华堂昼永喜新居　　居有芳邻德不孤

里有仁风邻有德　　里有仁风春日永　　鱼跃龙门三级浪
堂开淑景院开春　　家余德泽福星明　　莺迁花径一枝春

高山流水门前景　　新月一弯悬屋角　　燕喜新居春正暖
淑气和风屋内春　　春风十里卷楼栏　　莺迁乔木日初长

夏日迁居

门前喜鹊叫　　日斜门有客　　雨洗芙蓉艳
院内蔷薇开　　风爽室宜人　　霞飞宅院新

室有芝兰气　　槐花香入户　　人居佳构乐园里
家居福寿人　　喜鹊乐登枝　　家在荷塘月色中

山光水色皆盈户　　小院早迎喷薄月　　金鱼入夏翔荷泽
竹径荷塘若比邻　　新居夜挂荷花灯　　彩凤凌空栖梧桐

雨过天晴虹壮丽　　　　　　荷花香里开新屋
居安人乐日康宁　　　　　　杨柳荫中敞小门

红白喜事对联大全

196

夏屋新迁莺出谷　　　　　槐花落处生香气　　　　　　　　
华堂彩焕凤栖梧　　　　　阳雀啼时入德居

秋日迁居

一轮秋月满　　　一片丰收景　　　八月秋风爽　　　十月风光好
四合宅门新　　　四领幸福园　　　小楼明月悬　　　合家喜气浓

十月逢佳日　　　门阑迎月色　　　五谷香庭院　　　乔木莺迁瑞
新居住好人　　　家室染秋香　　　中秋赏月光　　　高秋桂吐香

迁居逢吉日　　　阳光辉十月　　　谷香飘宅院　　　金菊香庭院
安宅在金秋　　　福气满新居　　　菊色染门庭　　　玉盘照雅居

明月一轮满　　　　艳阳辉吉第　　　　一轮明月中天照
德邻四面和　　　　金菊染新居　　　　五谷金风小院香

八月桂花香四舍　　　十月阳光来小院　　　中秋月照门庭静
千家福气聚新楼　　　八方秋色染新居　　　小院花开幸福来

天高云淡秋风爽　　　天高自有高飞雁　　　青堂瓦舍农家院
院静楼新喜气浓　　　室雅乐居雅逸人　　　金谷玉楼八月秋

青砖红瓦新楼画　　　莺迁乔木松流韵　　　蟾宫玉兔拭明月
明月秋风大雅诗　　　月洗高秋桂吐香　　　新屋金风送谷香

冬日迁居

门庭多喜气　　　丹楹题吉语　　　蜡梅一簇秀
寒腊报新春　　　白雪舞新春　　　新屋四时安

雪与梅争俏　　　一家和睦驱寒意　　　门对青山鹤舞雪
宾同主共欢　　　小院向阳沐早春　　　屋临绿水鹊登梅

门前冰雪逢春化　　　气象宜人天坠玉　　　玉树银花门外景
室内宾朋贺喜来　　　家庭和睦地生金　　　欢歌笑语室间春

冬去矣祥光入户　　　竹报小楼先占喜　　　竹苞松茂及时秀
春来也喜气盈门　　　梅开新院早逢春　　　桂馥兰馨迁地新

岁寒三友傲香雪　　　光耀丹楹春在户　　　栋宇增辉门泛彩
和睦四邻聚德风　　　笑融白雪喜盈门　　　江山吐秀地迎春

院内梅花戏粉蝶　　　淑景宜人树挂玉　　　银装素裹江山画
门前燕子舞春风　　　新居得意院迎春　　　仁里德邻家室春

勤劳门第春来早
和睦人家燕去迟

乔迁横批

四季平安　　　乔迁大吉　　　乔迁大禧
吉祥如意　　　吉庆有余　　　欢度小康
幸福人家　　　莺迁燕贺　　　满屋光辉
新迁福址　　　福星高照　　　德必有邻

第二辑　民居装饰联

大门

山河壮丽　　　门户有福　　　门庭敛福　　　丰收景象
家室雍和　　　江山多娇　　　岁月呈祥　　　幸福家园

文章华国　　　龙蟠福海　　　四时吉庆　　　时和世泰
诗礼传家　　　虎踞春山　　　八节安康　　　人寿年丰

诗书继世　　　诗书继世　　　厚德载福　　　春风扑面
忠厚传家　　　道德传家　　　和气致祥　　　福气临门

家传美德　　　康平盛世　　　谦光迪吉　　　门对千棵竹
世继嘉风　　　丰稔年华　　　和气致祥　　　家藏万卷书

门间溢喜气　　　日暖江山丽　　　对门开竹径　　　华屋辉生壁
山水含清辉　　　家和事业新　　　临水种梅花　　　春山绿到门

扫径待延客　　　竹柏门庭喜　　　忠厚传家久　　　街巷千门晓
闭门思读书　　　田园气味长　　　诗书继世长　　　河山万簌春

红白喜事对联大全

勤俭是美德
劳动最光荣

德门呈燕喜
仁里灿龙光

居乡恕乡乃睦
治家严家斯和

和睦聚祥致富
忠厚多福永安

小院栽花香四季
大门结彩喜全家

风清流水当门转
春暖飞花隔岸来

平安即是家门福
孝友可为子弟风

吉星高照平安第
瑞霭常临幸福家

阳和先到图书府
福曜常临翰墨家

明月清风小院入
梅花爆竹大年开

舍南舍北皆春水
村后村前多好山

种树如培佳弟子
卜居恰对好湖山

一德同心四邻所共
福民利国万邦乃和

家富人喜顺如流水
时言乐开穆若清风

得劳动情其人多寿
传勤俭风子女当贤

天地无私勤劳自然获福
诗书有教修德可以齐家

丹桂有根独长诗书门第
黄金无种偏生勤俭人家

霁月和风一家仁德乾坤厚
碧桃丹桂万卷诗书雨露新

重门

三阳临吉地
五福萃重门

鸟语重门醉
花霏小院香

地起三阳泰
门昭五福轩

重门迎喜气
高第煦春风

庭院花荫密
重门景色新

庭院绿荫抱
重门曙色开

瑞日重门启
春光福地来

燕报重门喜
莺歌大地春

鸟过重门多好语
花飞满堂有清香

金莺日报重门晓
彩凤辉荣大地春

春风锦砌苍苔润
旭日重门紫燕飞

春融丽日莺声滑
花压重门燕语清

重门尽暖花迎户
深院春归燕入帘

重门桃色连金谷
深院花香绕玉堂

香浮深院梅花发
翠绕重门燕子飞

第五编　新居喜庆类

瑞绕重门增百福　　　满院笙簧齐入韵　　　燕绕重门传喜事
春回甲第集千祥　　　一重门户又增新　　　莺迁乔木报佳音

客厅

客来花入户　　　　客来宜对酒　　　　座上客常满
友至燕掀帘　　　　人静好读书　　　　杯中酒不空

留客风吹竹　　　　海内存知己　　　　一庭明月会佳趣
吟诗月满堂　　　　天涯若比邻　　　　满座春风和雅朋

人间岁月闲难得　　　旧书细读犹多味　　　鸟过客厅多好语
天下知交老更深　　　佳客能来不费招　　　花飞上座有清香

进门皆是明理客　　　丽日楼台春似海　　　花径不曾缘客扫
晤面堪为清白人　　　清风杖履客如仙　　　蓬门今始为君开

明月清风开朗韵　　　诗情画意皆良友　　　客来庭下竹犹翠
高山流水有知音　　　鸟语花香最可人　　　诗落座前兰更香

挥毫对客春如意　　　流水白云常自在　　　倾壶待客花开后
酌酒谈天月知心　　　金风玉露一相逢　　　出竹吟诗月上初

得好友来如对月　　　爱客襟怀春满座　　　清潭三尺竹如意
有佳书读胜看花　　　照人肝胆月盈庭　　　宴坐一枝松养和

日照雪时金樽酒满　　　　　好鸟名花自成眷属
月临水滨碧山人来　　　　　和风朗月别有情怀

茶熟香温适来嘉宾　　　　　认天地为家休嫌室小
花明酒宴定有新诗　　　　　与圣贤共语便见朋来

厅堂

一轮明月　　　春来眼底　　　高堂永日　　　松菊开三径
四壁清风　　　月步堂前　　　绮阁生春　　　琴书萃一堂

恪勤在朝夕　　　高清薄霄汉　　　海润云连树　　　堂上金萱茂
怀抱观古今　　　浩气贯虹霓　　　花香春满堂　　　阶前玉树荣

博览增高见　　庭院花香鸟语　　虚心莫过竹节　　雅言诗书执礼
广交得大观　　楼台月满云开　　人品应如兰馨　　益友直谅多闻

一帘花影云拖地　　广庭有露桂花湿　　风度鹤声闻远谷
半户书声月在天　　空山无风松子香　　山横雨色卷浮岚

为爱鸟声多种树　　有无不争家之乐　　好山入座清如洗
欲留花气不垂帘　　上下相亲国乃康　　嘉树当窗翠欲流

自喜轩窗无俗韵　　松窗翠绕凌云久　　忠厚传家安且吉
亦知草木有真香　　兰畹香清得露多　　公平处世炽而昌

庭前瑞发花成锦　　栽竹尽成双凤尾　　高敞轩窗迎海月
门外春来鸟奏歌　　种松皆作老龙鳞　　预栽花木待春风

淑气和风光栋宇　　清风无私雅爱我　　野树穿花月在涧
芝兰玉树满庭阶　　修竹有节长呼君　　清风拂座竹环门

云现吉祥星明福寿　　竹契兰言春因日永　　金石其心芝兰其室
花开富贵竹报平安　　水幽山静乐与天随　　仁义为友道德为师

秋实春华学人所种　　栽桂佩兰香生几席　　得山水情其人多寿
礼门义路君子之居　　品松种竹荫庇门庭　　绕诗书气有子必贤

慈孝友恭家庭礼乐　　　　劳动高尚人间第一美
烟霞山水今古文章　　　　知识闪光宝中占首魁

种十里名花何如种德　　　继祖宗一脉真传克勤克俭
修万间广厦不若修身　　　示儿孙两条正路惟读惟耕

立品如岩上松必历千百载风霜方可柱明堂而成大厦
俭身若璞中玉须磨数十番沙石乃堪琢玉玺而宝画廊

居室

开门有福　　良操美德　　和谦为贵　　入帘新燕语
入室无尘　　玉品金心　　勤俭是珍　　对户晓莺啼

小屋低于艇　　　山水多清韵　　　斗室乾坤大　　　月影窗后静
梅花瘦似诗　　　子孙继嘉风　　　寸心天地宽　　　琴声雨后清

床上书连屋　　　松柏荣而健　　　室有山林乐　　　晓径扫黄叶
阶前树拂云　　　芝兰清且香　　　人同天地春　　　晴窗看白云

惜花春起早　　　　新月挂楼角　　　　合诗书为三益
爱月夜眠迟　　　　春风掀竹帘　　　　以花鸟作四邻

窗前数声鸟语　　　风飐茶烟浮竹榻　　　玉杯珠柱小园赋
帘外几点梅花　　　月移梅影上纱窗　　　草色苔痕陋室铭

半窗月落梅无影　　　多子多孙不是福　　　贫舍不嫌居陋巷
三径风来竹有声　　　聚贤聚德方为真　　　著书独喜在名山

茶声韵杂花梢雨　　　春风拂槛温如玉　　　家庭幸福真和睦
帘影晴通竹坞烟　　　好日当窗刻似金　　　琴瑟和谐乐自由

家藏经史子集部　　　素甘淡泊心常泰　　　窗含青山鸟衔翠
人在烟霞泉石边　　　曾履忧危体愈坚　　　门垂碧柳燕语枝

数竿修竹三间屋　　　东阁冬梅西窗夏竹　　　和气致能一家祥瑞
一席清风万壑云　　　南华秋水北苑春山　　　书声足起万里风云

秋月照人春风坐我　　　家有藏书墨庄香远　　　认天地之家休嫌室小
青山当户白云过庭　　　门无俗客竹径风清　　　转乾坤作志堪称怀宏

卧室

开窗明月白　　　月映妆台晓　　　月影窗前静
倚枕竹风清　　　风延绣阁春　　　琴声雨后清

风清杨柳梦　　　对镜青鸾舞　　　齐眉举玉案
月淡海棠阴　　　当窗紫燕飞　　　联句写霞戕

卷帘投燕子　　　室中春霭霭　　　一心不为风尘蔽
添水插芙蓉　　　窗外日迟迟　　　半榻常如天地宽

飞花乱扑珠帘暖　　月色平分窗一角　　月侵一帘花影瘦
新月斜窥玉槛明　　秋声半在树中间　　风摇半榻竹荫凉

春入翠帏花有色　　春晓凝妆窥柳色　　珠帘日暖调鹦鹉
风来绣阁玉生香　　天寒同梦爱梅花　　画槛春深醉海棠

竹影横窗花香入室　　　　芳草有情夕阳无语
春光交梦秋月沁心　　　　海棠开后燕子来时

书斋

一帘花气　　　书山觅宝　　　文章江海　　　博通上下
四壁书香　　　学海泛舟　　　书籍林泉　　　雅集古今

一窗金石气　　几净云生砚　　书中乾坤大　　书江山春意
满室墨花香　　窗明月映书　　笔下天地宽　　画人物风流

书林含馥郁　　月明高士榻　　风来书幌动　　立德齐今古
艺海贮英华　　风展古人书　　花落墨池香　　藏书教子孙

益我书千卷　　雨过琴书润　　弦随书韵雅　　诗从肺腑出
惊人笔一枝　　风来翰墨香　　诗带墨花香　　心与水月清

闻鸡晨练笔　　研朱点周易　　泉清洗端砚　　读书觅妙句
伴月夜读书　　饮酒和陶诗　　室雅藏奇书　　润墨得奇观

读书晨寂处　　修业勤为贵　　藏书如蓄宝　　与书画为知己
听雨夜阑时　　行文意必高　　破卷为求真　　集古今之大观

书山千仞磨志　　挟风云于翰墨　　一帘风雨王维画
学海万里在胸　　罗山水在心胸　　四壁云山杜甫诗

千古文章书卷里　　小院花香春雨后　　与贤者游信足乐
百花消息春风中　　一声书韵午晴初　　集古人文亦大观

书从难解翻成悟　　书分八法中郎秘　　书山有路无捷径
文到无心始见奇　　赋就三都左氏雄　　学海无涯有轻舟

书屋风和花正茂　　心清自得诗书味　　云淡雨香诗世界
画廊日暖桂生香　　室雅时闻翰墨香　　水流山静画根源

文泉如流水出峡　　文能换骨无余法　　文章醉我非关酒
心镜似皓月当空　　学到寻源自不疑　　风雅宜人不在山

风飐柳烟浮琴榻　　无瑕人品清于玉　　天地春色由我写
月移梅影上书窗　　不俗文章淡若仙　　古今风流任君评

立志须存千载想　　古墨半浓评砚谱　　对弈一宵飞墨白
闲谈莫过五分钟　　新泉初沸补茶经　　藏书千卷杂朱黄

有奇书读无他好　　竹荫遮几琴生韵　　竹菊梅兰可养性
与古人游何所期　　花气熏窗砚载香　　琴棋书画能陶情

竹露松风蕉叶雨　　花香满座客对酒　　更深倚枕时听雨
茶香琴韵读书声　　灯影隔帘人读书　　夜静挑灯好读书

诗书千载经纶事　　奇松诡石天然画　　昼日明窗闲试墨
松竹四时潇洒心　　飞瀑行云自在书　　寒泉古鼎自烹茶

秋水为神玉为骨　　重帘不卷留香久　　读书心细丝抽茧
词源如海笔如椽　　古砚微凹聚墨多　　炼句功深石补天

读书身健即为福　　爱看春山疑读画　　谈诗客至风生座
种树花开亦是缘　　静研古墨试听香　　论画人归月透帷

窗含春色墨生艳　　窗临水曲琴书润　　愧无媚骨难谐俗
笔吐真情诗出新　　人读花间字句香　　赖有痴心苦著书

山水幽深襟怀妙远　　　吃墨看茶听香读画
诗书凤好心气和平　　　吞花卧酒喝月担风

花竹满庭四时生趣　　　学士青莲尚书红杏
读书万卷一理润深　　　中郎绿绮太史黄庭

春亦多情鸟向枝头催笔意　　修竹茂林五夜灯火照书屋
人共得意梅从窗外放诗怀　　奇花异卉四时墨香沁楼台

204

潇洒谢红尘满架图书朝试笔
光明生玉叶一窗风月夜弹琴

到门莫问姓名花草一庭欣有主
入室自分雅俗图书四壁可留人

苦心搜索素月露风云篇篇是锦
极力铺张写烟霞山水处处皆诗

厨房

三餐味美　　　烹调有术　　　广筵留上客　　　巧厨调美味
四季安康　　　饮食长宜　　　丰膳出中厨　　　妙手绣春光

四季粮油足　　四时烹鼎俎　　岁推春作首　　　寻常无异味
三餐蔬菜鲜　　五味和盐梅　　人以食为天　　　鲜洁即家珍

烹煮三鲜美　　家珍罗鼎箫　　应知米粮宝贵　　入厨且问调羹事
调和五味羹　　新味荐馨香　　不忘稼穑艰难　　在位何嫌越俎谋

山肴野蔌含真味　　　三升畬粟香炊饭　　　五味调和称善饪
麦饭葱羹养太和　　　一把畦菘淡煮羹　　　三餐适口算良厨

白日缸中多积水　　　休说飧蔬无兼味　　　别看寻常无奇品
黄昏灶下少堆薪　　　须知蔌粟有真香　　　只要适口即佳珍

调和五味承金鼎　　　柴米油盐样不少　　　清茶淡饭有真味
掇拾群芳补太和　　　甜香酸辣味俱全　　　嫩菜鲜鱼庆大年

油盐柴米节约为贵　　　　粒米寸薪当思来之不易
锅碗瓢盆卫生当先　　　　一粥一饭勿忘昔日维艰

楼阁

小楼春水抱　　　阳回山径草　　　沿溪花覆水
俊鸟竹林喧　　　风入一楼花　　　深树碧藏楼

树拥江边阁　　　窗外千峰秀　　　楼小听春雨
山浮雨后楼　　　树高万木低　　　峰多望夏云

楼台承月色　　　楼阁烟云里　　　楼高离月近
琴韵和风声　　　山河锦绣中　　　室雅赏花痴

红白喜事对联大全

庭院花香鸟语　　千里好山云乍敛　　小楼一夜听春雨
楼台月满云开　　一楼明月雨初晴　　孤桐三尺泻秋泉

半榻清风云乍散　　百尺楼观沧海日　　花香日暖垂帘静
一楼明月雨初晴　　一重帘卷泰山云　　月淡风和小阁幽

近水楼台先得月　　金谷春深杨柳绿　　浣溪石上窥明月
向阳花木早逢春　　玉楼人醉杏花红　　向日楼中吹落梅

满堤花柳全依水
一路楼台直到山

花园

石榻看云坐　　竹影扫凉月　　花竹有清气
溪窗听雨眠　　花光映晴霞　　风泉无俗情

园静花留客　　径隐千重石　　桂香浮半月
林深鸟唤人　　园开四季花　　竹影乱清风

梅花千树白　　溪声晴亦雨　　半窗月落梅无影
石竹数重青　　松影夏如秋　　三径风来竹有声

半榻有诗邀月共　　花不知名难品第　　花气不离人左右
一春无事为花忙　　竹因有节更清高　　槐阴常在路东西

林花经雨香犹在　　林莺绿树声中老　　树影不随明月去
芳草留人意自闲　　竹马青梅影里来　　荷香时与好风来

满园繁花红隐蝶　　嘉木随时皆入画　　静坐莲池香满袖
两岸嫩柳绿藏莺　　好山无面不当窗　　晓行花径露沾衣

雨树晴山平分画谱　　　　静对一帘垂杨清荫
白云红叶绍蕑秋光　　　　偶来三径细草幽香

人影镜中被一片花光围住　　金井暮凉高树数声蝉送晚
霜华秋后看四山岚翠飞来　　玉兰春住一帘芳景燕同吟

后记

民间喜事分红白，
庆典对联离不开。
实用对联堪应手，
任由笔墨巧安排。

对联，是独具中国文化特色的文学形式，是与人民生活联系最密切的文化载体。民间的婚丧嫁娶、生育祝寿、乔迁新居等喜庆之事，统称"红白喜事"。而"红白喜事"与对联结缘由来已久。据宋代孙奕《示儿编》载，宋人吴叔经贺黄耕庚夫人百岁寿联："天边将满一轮月，世上还钟百岁人。"对联演变到今天，其渲染"红白喜事"喜庆气氛之独特作用依然。

从民俗民风的角度审视"红白喜事"活动，其中的民情风俗各地有各自的特点，表现出丰富的内容和不同的趣味。本书为了增加人们对民间"红白喜事"的了解，领略其中的知识性和趣味性，特意把"红白喜事"的有关民俗民风编入书中。同时，为了给广大读者提供方便，增强该书的可读性和可操作性，对"红白喜事"中有关文墨技艺方面的知识，做了一些介绍，意在抛砖引玉，播惠人间。

今年，承蒙中国农业出版社（农村读物出版社）的支持，由我编著的《贴出年的吉祥——中华春联大全》出版了。《红白喜事对联大全（第三版）》这本书当属《贴出年的吉祥——中华春联大全》之"姊妹篇"。《红白喜事对联大全》出版已久，重印多次，已成为一本深受广大读者喜欢的畅销书。此次出版，在内容上做了必要的删改。无论从对联实用上讲，还是从民俗民风上看，这两本书一脉相承，相得益彰，互为补充，相互媲美。从某种意义上讲，这两本书填补了对联文化和民俗文化的一点空白。在此书即将付梓之际，特向给予热情支持和无私指导帮助的出版社领导与编辑表示衷心感谢！

在编著书稿过程中，得到了马萧萧、范堆相、谈周钧、李景峰、徐秉祥、刘伯生、冯富和、赵修琴、代凯军等领导与友人的支持。书中相当篇幅的对联是从本人多年创作的作品中遴选的，传统对联部分精选自祖传的古籍资料。民间剪纸是由李霞女士和赵应潮先生提供的。同时，我的胞弟梁栋做了不少辅助工作，我的夫人胡翠棠为我专心著述而含辛茹苦，做出了不少牺牲。在此，谨向上述师友及家人表示深深的谢意！

编著《红白喜事对联大全》这样的工作，虽然是轻车熟路，但也不容有丝毫懈怠。崇高神圣的职责与职业道德激励我忠实地为读者服务。读者对我编著之书的青睐，即是对我的最大奖赏和鼓励。谢谢了！

梁　石
戊戌年仲夏于逸然斋